잠 못 드는 밤의
궁궐 기담

잠 못 드는 밤의 궁궐 기담

현찬양 소설

엘릭시르

【 내명부 】

◉ 교태전 ◉

원경왕후 | 중전 |
경안궁주 | 공주 |

마노아 | 지밀나인 |
장백희 | 세답방 나인 |
감연홍 | 소주방 나인 |
장미 | 생과방 나인 |

◉ 휘영당 ◉

신녕궁주 | 후궁 |

유채선 | 지밀나인 |

◉ 안상재 ◉

효순궁주 | 후궁 |

남효진 | 세답방 나인 |
손민아 | 세답방 나인 |
송숙 | 세답방 나인 |

◉ 운경당 ◉

정의궁주 | 후궁 |

한단지 | 몸종 |

1장 ◉ 도깨비집터

고양이매

조선의 중심 한양부 바위산 백악 아래는 경복궁이 있는데 『시경』 「대아」편에 나오는 "이미 술에 취하고 덕에 배부르니 군자 말년에 큰 복을 누리리라"라는 구절에서 '경복景福'(큰 복)이라는 말을 인용하여 삼봉 선생*이 지은 이름이다. 정문인 오문午門(광화문)을 중심으로 동쪽에는 의정부, 이조, 한성부, 호조가 있고, 서쪽에는 예조, 사헌부, 병조, 형조 같은 작은 관청들이 줄지어 복잡한 육조 거리가 형성되어 있어 관리들이 수시로 드나든다. 이곳에는 정의롭지 않은 사람을 보면 뿔로 들이받아 버린다는 해태상이 양쪽으로 호위하듯 서서 등청하고 퇴청하는 관리들을 노려보고 있다.

여름을 상징하는 오문을 들어서면 궁궐을 지키는 군사들이 쉴 수 있는 작은 건물들이 있고 다시 홍례문을 통과해야만 한다. 문을 두 개나 통과했는데도 아직 궁궐에는 미치지 못했다. 영제교永濟橋를 건너 임금이 정사를 보는 근정전의 올록볼록

---

* 삼봉 정도전. 조선의 설계자이다.

한 어도御道를 지나 월대에 오르면 난간에 청룡이 조각되어 있다. 화마가 보고 놀란다는 드므*에 가득 찬 물이 달을 비추자 고양이매가 크게 한 번 포효하더니 날개를 푸드덕거려 막는 이 없는 경복궁의 하늘을 날았다.

강녕전까지 이어지는 길목은 교태전 앞 양의문에서 뚝 끊겼다. 금부도사가 활활 타오르는 횃불 앞에 서서 사람만이 교태전에 들어올 수 없도록 막고 있었다. 해가 졌다고는 하지만 공기가 한껏 데워진 팔월이다. 덥지 않을 리 없는데도 금부도사와 병졸들은 흐르는 땀을 닦지도 않은 채 험상궂은 표정으로 문을 지키고 섰다. 고양이매는 그 위를 제멋대로 비행하다가 낮은 버드나무 위에 앉았다. 그 동그란 눈동자에는 경복궁의 대소사가 모두 담겼으리라.

금부도사를 앞에 두고 어린 궁녀 둘이 어쩌지도 못하고 발을 동동 구르고 있었다. 그중 하나는 비단옷을 입었지만 나머지 한 명은 무명옷을 입어 한눈에도 신분을 알 수 있었다. 중전의 취침 전 몸단장을 돕기 위해 물을 길어 온 세답방** 궁녀 백희와 무수리 머루는 양의문 앞에서 한참을 망설이다가 용기 내어 금부도사와 몇 번 말을 섞은 참이었는데, 금부도사와의

* 불을 끄는 소방수를 채워놓았던 소방 기구.
** 궁녀가 맡는 부서 중 하나. 빨래를 담당한다.

실랑이는 처음 시작이 어려웠을 뿐이었는지, 얼마 지나지 않아 백희는 얼굴이 벌게질 정도로 말싸움을 해버리고 말았다.

물론 그 혼자 그랬다는 것이다. 금부도사는 백희가 무슨 말을 해도 심드렁하게 굴었고 백희는 그것에 화가 나 점점 말소리가 빨라지고 또 높아지고 있었다. 하긴 아무리 백희가 강하게 항의를 해도 스물 몇 살밖에 되지 않은 궁녀일 뿐이다. 금부도사 눈에 일개 어린 궁녀가 무서울 리 없다. 그는 스스로도 이렇게까지 해야 하나, 생각하면서도 어린 여자애가 따박따박 대드는 모양새에 그저 기분이 상해 "여기서 한 발자국도 못 들어간다"며 버티는 중이었다. 이래서 궁녀들이 싫다니까. 제까짓 게 뭐라도 되는 줄 알고 감히 사내를 이겨먹으려고 들지. 금부도사는 더욱 허리를 꼿꼿이 펴고 섰다.

"아—무도 이 앞을 지날 수 없다. 주상 전하의 명이시다."

"하지만 저는 중전마마의 궁녀입니다. 소셋물을 받아 온 것뿐인데 이렇게 길을 막으시면 어쩝니까?"

"안 돼. 돌—아—가—거—라."

꽉 막힌 꽁생원 같으니. 중전이 언제까지고 냉궁에 갇혀 있을 줄 아나 보지? 복귀하시면 넌 죽은 목숨이야. 백희는 이렇게 말하고 싶었지만 입술을 꾹 깨물고 자분자분하게 대꾸했다.

"주상 전하께서 지금은 노하셔서 교태전을 묶어놓으셨지만 그것이 중전마마를 폐하라는 명은 아니지 않습니까. 소주방과 생과방 궁녀들은 잘도 들어가던데 왜 저한테만 이러십니까?"

"쓸—데—없—는 출입을 엄—격하게 통제하라는 주상— 전하의 명—이 계셨다."

아무튼 말이 안 통하는 양반이었다. 금부도사의 입은 너무 느리고 느긋해서, 마음 급한 백희가 아무리 쏘아붙여도 꽁하게 닫은 입술이 천근만근은 되는지 꾹 닫혀 잘 움직이지도 않았다.

"제가 왜 쓸데없습니까? 아, 식사를 들고 온 것이 아니라서요? 사람이 밥만 먹고 삽니까? 자기 전에 씻기는 해야지요. 도사님은 자기 전에 소세도 안 하시오?"

"안— 하—느—니—라."

"도사님. 정말 이러시깁니까? 마마께서 급하셔서 매우틀*이라도 찾으시면 어쩌실 거예요? 그때도 이렇게 막으실 겁니까?"

"매우틀은— 들—여보내—주마."

"정말 이렇게 답답하게 구실 거예요?"

그때였다. 잠깐이지만 금부도사의 얼굴 근육이 부드러워졌다. 백희의 어깨 너머로 무언가를 본 금부도사의 눈썹이 일자에서 여덟팔자로 구부러졌다.

"아유, 고생이 많으십니다."

---

* 이동식 화장실.

높고 부드러운 목소리가 귀에 익다 싶었더니 교태전의 지밀나인 마노아였다. 다섯 살에 입궁하여 고려 공양왕 때부터 지금까지 네 명의 임금을 모셔온 궁녀이다. 그렇다 보니 궁중 예절이라면 숨 쉬듯이 익숙하고 일하는 솜씨도 똑 부러진다. 이제 스물셋의 나인에 불과한데도 웬만한 상궁 마마님들도 '야, 너' 하고 부르지 않고 '자네'라고 불러줄 정도로 모두가 인정하고 있다. 어릴 적에 죽었다 살아난 이후로 머리가 하얗게 세어버렸다는데 그 탓으로 노아는 어디를 가도 눈에 띄었다. 금부도사도 세답방의 백희는 몰라도 교태전 지밀나인인 노아의 얼굴은 알아봤는지 "왔는가" 하고 알은척을 했다.

"이렇게 더운 날 고생이 많으십니다. 갑주가 보통 무게가 아닐 텐데 금부도사님이나 되니까 그런 것을 입으시고도 이리 늠름하게 서 계신 거겠지요."

"주상— 전하—께서 명하신 일인데 공—치사할 것 없네."

노아의 목소리는 간지러운 곳을 긁어주는 효자손처럼, 더운 날 바람을 안겨주는 죽부인처럼 나긋하고 상냥했다.

"더우시죠? 이거라도 한잔 드시고 하세요."

그 소리에 금부도사는 물론이고 흐물흐물 녹아내리던 병졸들의 눈빛이 한순간 반짝였다. 작은 사발에 담긴 탁한 그것은 누가 봐도 동동주였는데 어찌나 차가운지 항아리 겉에 이슬이 송골송골 맺혀 있었다. 달큰한 술 향이 바람에 실려 코끝을 간지럽혔다. 더위에 지친 병졸들은 벌써부터 입안에 침이 고였다. 금부도사가 선뜻 노아가 건넨 사발을 받아 들지 못하자 병졸들은 아쉬움에 침만 꼴깍꼴깍 삼킬 뿐이었다. 살랑 바람이 부는 짧은 순간이 아주 길게 느껴졌다. 잠깐 동안이었지만 금부도사의 얼굴에 망설임이 몇 차례나 지나갔는지 모른다.

"아무리 그래도 업무중 음주는……."

"이게 부처님도 드신다는 조계사 곡차입니다. 영험하신 스님이 만들어 차가 꼭 술처럼 달큰하다고는 합니다."

"차!"

"그럼요. 전하께서도 여름이면 자기 전에 꼭 한 잔씩 하시는 약차지요."

그래, 술은 무슨. 곡차일 뿐이지. 금부도사는 초승달처럼 웃는 궁녀의 눈매를 보며 자신도 허허 웃었다.

"이왕 준비해준 정성이 아까우니."

노아는 입꼬리를 올려 싱긋 웃으며 차가운 사발을 내밀었고, 금부도사는 백희에게 느릿느릿하게 말하던 때와는 완전히 다른 사람이 된 것처럼 빠르게 그것을 낚아채듯 쥐었다. 그리고 아주 목이 말랐는지 꿀꺽꿀꺽 한 번에 들이켰다. 나머지 병졸들도 눈치 보지 않고 노아 앞에 다투듯이 모여들어 한 잔씩 받아 갔다. 노아는 그 틈을 놓치지 않고 백희에게 눈짓을 했고 백희는 머루의 손을 낚아채 몸을 낮추고 교태전으로 들었다.

금부도사는 분명 백희와 머루가 교태전으로 들어가는 모습을 보았으면서도 마치 아무것도 보지 못했다는 양 노아를 향해 사발을 들어 올렸다.

"한 사발 더 주겠나?"

백희는 머루와 함께 퇴선간으로 가서, 길어 온 물을 가마솥에 옮겨 데우기 시작했다. 머루는 아궁이에 불을 붙이느라 눈물을 줄줄 흘렸으며 백희는 그 옆에 나란히 앉아 떠 온 물을 가마솥에다 한 바가지씩 부었다.

"저리 가세요, 항아님. 옷에 묻습니다."

"너 혼자 어느 세월에 다 하니? 잔말 말고 어서 불이나 피워."

백희는 익숙하게 물바가지를 퍼 올렸다.

"물 뜨러 다니기 힘들지?"

"제 일인걸요."

머루가 무심하게 대답했다.

하긴. 머루는 백희와 같은 나인이 아닌 무수리였다. 푸른빛으로 염색한 거친 무명옷과 일하기 좋은 널찍한 허리띠가 그녀의 신분을 말해주었다. 무수리란 말하자면 궁녀들의 시녀와 같은 위치였다. 물을 떠 오고 아궁이에 불을 붙이고 궁녀들이 시키는 온갖 잡일을 도와주어야 한다. 같은 궁궐 하늘 아래 같은 웃전을 모시고 있지만 다 같은 위치는 아니기에 백희는 유난히 머루를 챙겼다. 침방이나 수방에서 일하면 모를까, 매일 세답방에서 일하면서 수많은 무수리를 봤으니 그 일이 얼마나 고된지 잘 알고 있었다. 그리고 그중에서도 꾀부리지 않는 머루가 좋았다. 머루 역시 항아님, 항아님 하면서 백희를 잘 따랐다. 교태전이 냉궁이 되어 아무도 일하러 오기 싫어할 때도 오직 백희 하나만을 보고 자원한 머루였다. 일 힘든 것은 머루에게 아무것도 아니었다. 자기 힘든 걸 알아주는 사람이 있는 곳이 더 좋았던 것이다.

"일이 힘들지는 않은데…… 그래도 북쪽에 문이 하나 나 있으면 좋겠습니다. 돌아 돌아 물을 길어 오다 보니 시간이 너무 오래 걸려요."

날이 워낙 덥다 보니 전에 없이 머루가 불평을 늘어놓았다. 사실 그랬다. 직선거리로 하자면 강녕전과 근정전을 지나 광화문 앞에 있는 우물에서 물을 긷는 것이 가장 빠르겠지만 높으신 분들의 눈에 띄지 않기 위해 굽이굽이 지나다니다 보니 궁궐을 반은 돌아야만 했다. 하지만 북문이 있다면 다를 것이다. 북쪽에는 기껏해야 후궁들 처소가 띄엄띄엄 있을 뿐이라 거리는 멀더라도 오히려 더 빠르게 다녀올 수도 있을 것이다.

"머루야, 경복궁 안에 북문이 없는 연유를 아느냐?"

백희의 물음에 머루는 고개를 갸웃했다. 남쪽에 광화문, 동쪽에 건춘문, 서쪽에 영추문을 두고 북쪽에 아무 성루가 없는 이유는 생각도 해보지 않았다. 그러고 보면 북쪽에는 울타리 몇 개가 있을 뿐, 그럴듯한 성문도 이름도 없다. 그 울타리를 통해 이동하는 사람도 드물다. 멀더라도 건춘문이나 영추문을 이용한다.

"글쎄요. 북쪽에는 인적도 드물고…… 굳이 문이 필요 없어서가 아닐는지요."

"그것은 인과가 뒤바뀐 것이지. 문이 없어서 인적이 드문 것이 아니냐? 문이 있으면 주변도 정비되었을 테고 이용하는 사람도 많았겠지."

"그런가요."

"북문이 없는 이유는 임금님께서 여인을 두려워하셔서란다. 북쪽이 상징하는 게 뭐겠니. 음기 아니냐. 여성의 음기가 문으로 들어오는 것이 무서우신 게야."

"그래서 교태전도 묶어놓으신 거라고요?"

"왜 아니겠니. 외척이라면 자다가도 벌떡 일어나실 정도인데."

임금이 왕좌에 오른 것은 왕비 덕이었으나 그는 즉위하자마자 외척을 경계하기 시작했다. 여봐란듯이 왕비님의 몸종을 후궁으로 삼는가 하면 더 많은 후궁에게서 더 많은 왕자를 보겠다고 하여 왕비님의 마음을 아프게 했다. 그토록 정다웠던 왕비님과의 사이 역시 자연히 나빠졌는데, 임금은 외려 왕비가 투기를 한다며 그를 모시던 상궁이며 몸종들을 모두 출궁시켜버리고 대신 신입이나 다름없는 나인들을 배치했다. 왕비의 모든 움직임은 철저하게 감시당했으며 소셋물을 뜨거나 식사를 내가는 몇몇 궁인들 외에는 교태전 안으로 들어올 수도 나갈 수도 없었다. 교태전이 냉궁이 되어버린 것이다. 사람들은 교태전에 갇혀 지내는 왕비를 가리키며 사실상 폐비가 된 것과 마찬가지라고들 입방아를 찧어댔다. 물론 백희와 머루 역시 그랬다.

"또, 또. 쓸데없는 이야기를 하는구려. 내가 들어서 다행이지 다른 마마님들이 들었으면 경을 칠 것이오."

발소리도 없이 걸어와서 끼어드는 것은 노아의 특기였다. 백희는 깜짝 놀라 바가지를 떨어뜨렸다.

"아유, 깜짝이야."

"마마님 소셋물 좀 떠 오랬더니 이렇게 늦었소? 물 길러 청계천이래두 간 게요?"

노아가 도끼눈을 뜨며 백희를 나무랐다.

"아니…… 금부도사님이 나를 들여보내주질 않아서……."

"금부도사랑 싸우려고 하니 그렇지. 형님은 그 나이 먹고 머리 굵은 중년 남자 하나 구워삶을 줄도 모르오? 대충 비위나 맞춰주면 될걸. 그게 그렇게 힘드오?"

"그러게 말이다. 나는 아직도 남자들을 어떻게 대해야 할지 모르겠어."

여자들과 함께 일하는 것이 편하다. 여자들은 괜한 일로 사사건건 서열을 정하려고 하지 않는다. 물론 그런 사람이 없는 것은 아니지만 대체로 신분 고하와 맡은 직분에 따라 행동하면 실수하는 법은 없다. 서로 싫어하는 경우는 있지만 일로 만나면 공적으로 대해준다. 뒤에서 담화를 할지언정 겉으로는 일이 잘 돌아가도록 해준다.

하지만 남자들은 일단 여자가 말하는 것 자체를 싫어한다. 평생 남종이나 남편, 시어른 정도만 보고 살아야 한다면 모르지만 여기서는 남자들과 '일'을 해야 하는데 남자들은 자신과 '공무'를 할 생각이 없다. 다른 남자들과는 형님 아우 불러가며 서로서로 일도 대신 해줄지언정 궁녀들과는 업무 공유를 하는 것 자체를 귀찮아하며 그저 자기 기분 내키는 대로 할 뿐이다.

예컨대 이런 것이다. 거기 여자, 말을 좀더 예쁘게 하거나 행동을 좀더 공손하게 하지 않으면 너와 '일하는 척'도 해주지 않을 거다. 그러니 나에게 잘 보여라. 감히 여자 주제에 나와 말을 섞으려 하면서 허리도 충분히 굽히지 않는다니 무엄한 것. 신하든 환관이든 신하와 환관의 시종이든 무엇 하나 다를 것이 없다. 백희는 남자가 지겹고 신물 났다.

그러기에 백희의 눈에는 노아가 신기했다. 노아 역시 자기 못지않게 남자들을 싫어하고 또 얼마쯤은 업수이 여기면서도 얄미울 만큼 노련하고 능숙하게 그들을 구워삶는다. 늘 웃는 낯과 높은 목소리로 대하면서 적당히 남자들의 가려운 곳을 긁어준다. 그래서인지 노아는 누구에게나 사랑받는다. 저 무뚝뚝한 금부도사조차 웃으며 노아를 대하지 않던가. 몇몇 신하나 환관은 들키면 목이 날아가는 줄 알면서도 사랑시가 적힌 편지를 돌에 감싸 노아가 머무는 행각 창문 안으로 던지기도 했다. 그런 노아와 같은 방을 쓰는 탓에 백희는 사랑시가 적힌 돌덩이를 이마나 눈언저리에 맞고 며칠을 앓아누운 적도 있었다.

사방이 적이라 등줄기에 식칼이 몇 개라도 꽂힌 느낌으로 살아가는 백희는 아무 적도 없고 모두에게 사랑받는 노아가 언제나 부러웠다. 그런 백희의 마음을 아는지 모르는지 노아는 세 살이나 많지만 일하는 것이 영 마뜩잖은 백희에게 쪽물 들인 손수건을 내밀었다.

"땀이나 좀 닦고 다니시오."

백희가 머뭇거리며 땀을 닦자 물기 때문에 머리카락이 얼굴에 붙어 우스운 꼴이 되었는지, 노아는 작게 웃으며 직접 백희의 앞머리를 손가락으로 슥 훑어 정리해주었다.

"몸가짐에도 신경 쓰고. 교태전 궁녀가 이게 뭐요?"

"오늘 날이 더워서……."

"궁녀 채신이 말이 아니구려. 안 되겠소. 마마님은 내가 씻겨드릴 테니 형님은 목간 좀 하시오. 얘, 머루야. 너 나가서 물 좀 더 떠 오너라. 아궁이 불은 내가 피울 테니."

노아의 말에 머루는 허리 굽혀 네, 하고 인사를 하더니 얼른 자리를 떠났다.

"난 괜찮은데."

백희가 서둘러 머루를 말리려고 했지만 이미 떠난 뒤였다. 백희는 미안해졌다. 그 먼 길을 가서 고작 자기 몸 닦을 물을 길어 와야 한다니. 얼마나 무거울까. 자신보다 몇 배나 땀에 절어 있던 머루의 등이 보이는 듯했다.

"괜찮긴 뭐가 괜찮소? 쉰내 나는 궁녀를 누가 좋아하오? 항시 깨끗해야지. 왜 모든 일을 형님이 다 하려고 하오? 어떤 일은 남에게 시킬 줄도 알아야지 왜 자기가 무수리처럼 모든 일을 다 하려고 하느냐는 말이오."

노아의 말은 늘 올바르다. 틀린 것이 하나도 없다. 자신을 위해서 하는 말이라는 것도 알고 있다. 그래도 백희는 이따금 노아가 불편했다. 오히려 무수리인 머루와 있는 것이 더 편하고 좋았다. 물동이를 이고 땀을 흘리고 나면 진짜 일을 한 듯한 기분이 든다. 하지만 금부도사에게 나긋나긋하고 애교 있는 말투로 '도사님~ 문 좀 열어주시면 안 될까요?' 하고 말하는 것은 아무리 생각해도 일한다는 느낌이 들지 않는다. 그저 약간 비참해질 뿐이다.

어쩌면 나는 궁녀 일과 잘 안 맞는 걸지도 몰라. 백희가 그렇게 생각하자 노아는 마치 그녀의 마음을 읽은 것처럼 백희가 닦은 손수건을 다시 가로채며 퉁명스런 표정을 지었다.

"또, 또 무슨 생각 한다. 그렇게 맨날 딴생각하니까 늘 어딘가 다치지."

노아는 손수건을 탈탈 털어 몇 번 접은 뒤 백희의 왼손 위에 감아주었다. 어디서 다쳤는지 기억도 나질 않는데 손등이 조금 긁힌 모양이다.

"나는 형님이 진짜 좋은 궁녀가 될 거라고 생각하오. 형님은 손도 빠르고 눈치도 빠르고 머리도 좋으니까. 하지만 형님은 생각이 너무 많소. 생각 너무 많이 하지 마시오. 그럼 오래 일 못 해요."

"알았어."

백희는 기어들어가는 목소리로 겨우 대답했다.

정말이지 백희는 좋은 궁녀가 되고 싶었다. 하지만 일은 아무리 해도 손에 익지 않고 해가 갈수록 어려워지기만 한다. 아무래도 여기 속했다는 느낌도 들지 않는다. 그냥 시집가서 살 걸 그랬나. 궁에 들어오는 것 이외에 아무 선택지가 없었다는 것을 알면서도 백희는 괜히 후회해보았다. 생각을 너무 많이 하지 말라는 노아의 말은 일리가 있지만 한나절을 일하고 하루를 쉬니 시간이 많이 남는다. 생각하는 것 말고 대체 뭘 한단 말인가? 자신은 천애 고아이니 대식*도 할 수 없고 글을 아는 것도 아니니 책도 읽을 수 없고 시, 서, 화는 꿈도 못 꾼다. 윷놀이와 투호는 질려버렸다. 지긋지긋하고 아름다운 궁궐 생활을 견딜 수 있는 것이 있다면 좋을 텐데.

백희는 목을 죄어오는 나른한 무료에 지쳐 있었다. 아무것도 하고 싶지 않지만 무엇이라도 하고 싶다. 침방에 부탁해 자투리 천을 얻어 이불이라도 하나 만들어볼까. 지금부터 시작하면 겨울까지 목화솜 이불 한 채는 만들 수 있지 않을까. 백희는 또 생각하고 있었다.

"아유, 저 형님은 생각하지 말랬더니 그걸 또 생각하고 있네."

노아가 불평했다. 백희는 자기가 또 혼자 공상에 빠져 있었음을 깨닫고 멋쩍게 웃었다.

백희는 몰려오는 잠을 쫓으며 모시 이불 위에 누워 방 동무인 노아가 얼른 일을 끝내고 돌아오기를 기다리고 있었다. 혼

---

* 궁 바깥에서 가족이나 친구를 불러들여 함께 식사를 하는 일. 동성애의 은어로도 쓰인다.

자 잠드는 것이 무서웠던 것이다. 하지만 노아가 쉬이 오지 못할 것을 알고 있었다. 인경(밤 10시)부터 부엉이가 울었기 때문이다. 그것은 근정전을 날아 악귀를 쫓는다는 처마 끝 삼장법사 돌 인형 위에 보란 듯이 앉아 고래고래 소리를 질러댔다. 부엉이가 울자 양의문 밖이 시끄러워졌고 금부도사들과 병졸이 달리는 소리가 이어서 들렸다. 한 조각 바람도 스치지 않는 팔월의 여름밤이 소란해졌다.

시간이 늦었기 때문에 호롱불도 켜지 못해 방 안은 어둠뿐이었다. 이 안에 혼자 있다고 생각하니 백희는 너무 무서웠다. 분명 자신이 내는 소리일 텐데도 들숨과 날숨 소리마저 끔찍하게 들렸다. 백희의 등줄기가 서늘한 땀으로 젖었다. 자시(밤 12시)가 지나서야 노아는 번살이를 교대하고 나인들이 머무는 행각으로 돌아왔다.

"형님. 여태 안 잤소? 설마 나 기다린 거요?"

백희는 전혀 아니라는 듯이 시치미를 떼려고 했지만 노아를 보는 순간 꼭 지옥에서 삼신할머니라도 만난 사람처럼 벌떡 일어나 노아를 꼭 껴안고 왜 이제 왔느냐고 반겼다. 노아는 그런 백희가 어리둥절하면서도 기분이 싫지는 않아서 자기도 백희를 꼭 안아주었다. 안은 목덜미에서 소금 냄새가 났다.

두 사람이 머무르는 행각은 양의문과 연결되어 있어서 바깥 소리가 잘 들렸기 때문에 그들은 쉽게 잠에 들 수 없었다. 교태전 밖이 얼마나 부산스러운지 사람들이 달리는 소리, 소리치는 소리가 들리더니 지금은 스님들이 『금강경』 외우는 소리가 들렸다. 아무래도 부엉이를 쫓는 데 실패한 모양이다. 부엉이를 쫓지 못한 밤이면 왕은 스님들을 불러 『금강경』을 읽게 했다. 한 번에 몇백 명이나 불러 모아다가 『금강경』을 읽게 한 적도 있었다. 노아는 까슬까슬한 여름 이불 위에서 백희와 꼭 붙어 누웠다. 상현달이 구름에 숨어 마치 그믐처럼 어두웠다. 부엉이 소리가 경복궁에 낮게 울렸다.

"대체 몇 시경째야. 고양이매 이것은 잠도 없나."

불안한 듯 백희가 말했다. 노아는 그런 백희의 손등을 잡았다.

"아무 일 없을 거요. 한동안 괜찮았으니."

한번 시작된 부엉이의 울음소리는 멈추지 않았고 이윽고 의금부의 관원들과 내시들이 새를 쫓는 소리가 났다. 그물을 던지거나 아예 소리를 지르는 사람도 있었지만 그것을 비웃듯 부엉이는 더욱 높이 올라 대전 용마루에 앉아서 굵직한 울음을 울어댔다. 방문이 드르륵 열리며 옆방에서 자고 있어야 할 어린 나인들이 들이닥친 것도 그때였다.

"자기 방에서 자야 한다. 규칙이다."

가장 서열이 높은 노아가 엄한 목소리로 말했지만 아직 열댓 살밖에 안 된 연홍과 장미는 변명도 하지 않고 베개를 쥐고 바들바들 떨고 섰을 뿐이었다.

"들어가면 안 되나요?"

"안 되긴. 들어와, 들어와. 오늘만 같이 자자."

백희의 말에 두 사람은 얼굴이 밝아져서 노아가 뭐라고 말이라도 덧붙일세라 얼른 방 안으로 들어와 자리를 잡았다. 원래 방 동무끼리는 친한 법이지만 연홍과 장미의 사이는 각별해서 모두 그 둘의 이름을 이어서 '연홍 장미'라고 불렀다. 한 명이 다른 한 명과 붙어 있지 않으면 "연홍아, 장미는 어디 갔니?" "장미야, 왜 연홍이랑 안 노니?" 하고 물을 정도다.

백희는 그 애들이 마치 갓 태어난 병아리처럼 끊임없이 조잘댄다고 귀여워했으나 노아는 조금 성가셔했다. 이따금은 귀엽게 느껴질 때도 있다. 하지만 그것은 안 피곤할 때 이야기다. 종일 일하고 퇴근해서 이제야 조금 쉬려고 하는데 또 육아라니. 노아는 머리가 지끈거렸다.

"형님이 자꾸 봐주니까 애들이 여기가 자기 방인 줄 알잖소."

"어떠냐. 아직 어린 애들인데."

노아는 백희가 자꾸 어린 나인들의 편을 드는 것이 싫으면서도 더이상은 타박하지 않았다. 하긴 노아는 백희의 말이라면 나인들이 아니라 빽빽 우는 생각시*라고 해도 방에 들여 자게 했을 것이다. 물론 불평을 좀 하겠지만.

"빈손으로 온 것은 아니어요."

장미가 뒤에 감추었던 자기 주먹보다 굵게 자란 참외를 꺼내 내밀었다. 생과방 나인인 장미는 궁궐 구석에 오이며 참외 같은 것들을 길러서 이렇게 귀여운 뇌물로 이용해먹곤 했다. 시녀상궁 마마님께 들켜 혼이 난 적도 있지만 오히려 중전마마께서 그 정도 텃밭이 무에 어떠냐, 새로 지은 궁궐에 초록이 없어 심심했는데 무척 보기 좋다고 편을 들어주신 덕에 종류가 조금씩 늘어나고 있었다.

연홍은 자기 옷고름에 찬 은장도로 시원스럽게 참외를 잘랐다. 다른 아이들도 다 과일 잘라 먹는 은장도를 하나씩은 가지고 있었지만 대장장이의 딸인 연홍의 것이 가장 고급이라 같이 있노라면 늘 그것을 애용했다. 잘 벼려진 칼날은 과일을 먹을 때마다 항상 큰 역할을 해냈다. 네 사람은 싱긋이 웃으며 참외를 네 조각으로 쪼개어 한 조각씩 베어 물었다. 올여름은 비가 안 오고 날이 더워서인지 꿀이 많고 아주 달았다.

"뇌물 때문에 받아주는 게 아니다. 고양이매가 나왔으니 오늘만 봐주는 게야. 내일부턴 정말 너희 처소에서 자야 한다. 알았느냐?"

"알아요, 알아요."

---

* 아직 계례를 올리지 않은 어린 궁녀.

연홍 장미는 그렇게 말하면서 노아와 백희 사이에 끼어들어 자신들이 잘 자리를 만들었다.

"제가 살던 곳에서 부엉이는 영물이긴 했지만 두려운 대상은 아니었는데. 궁에선 왜 이리 부엉이를 무서워하지요?"

유난히 새까만 머리카락을 가진 연홍이 돌멩이처럼 반짝거리는 눈을 빛내며 물었다. 횃불을 든 병사들이 몰려나와 해괴한 가면을 쓰고 새를 쫓으려고 기를 쓰는 모습은 재미있다기보다 기괴하고 두려운 것이어서 특히 들어온 지 얼마 안 되는 나인일수록 혼란스러워했다. 부엉이 쫓는 것을 보고 놀라서 간혹 경기를 일으키는 생각시들도 있었다.

"고양이매 말이냐?"

"그래, 그 고양이매라는 것은 또 뭡니까? 왜 아무도 부엉이를 부엉이라고 말하지 않나요?"

"불길한 것의 이름은 부르는 게 아니야. 무엇이라고 부르면 무엇이 되어버리기 때문에 진짜 이름을 불러주면 안 돼. 그래서 별명을 부르는 거란다. 역신을 마마라고 부르는 것처럼."

백희는 긴 손가락으로 연홍의 숱 많고 새까만 머리카락을 연신 쓸어내렸다.

"역신을 마마라고 부르는 건 꼭 임금님을 두고 마마님이라고 부르는 것 같네요."

연홍의 말이 끝나기 무섭게 노아는 검지를 세워서 그의 입술에 댔다.

"안 해도 될 말은 굳이 하지 마라."

연홍의 뺨이 이름처럼 발그레해졌다. 이 아이는 똑똑하지만 아직 어리기 때문에 해서 될 말과 안 되는 말을 구분하지 못한다. 노아는 입을 잘못 놀리는 바람에 궁에서 쫓겨난 아이들을 많이 보았다. 죽은 아이도 있었다. 차라리 순진하기만 하면 오히려 아무런 걱정이 없다. 아무리 무딘 손이라도 일하는 손은 언젠가는 익숙해지기 마련이다.

하지만 머리가 좋은 아이들은 경계해야 한다. 그들은 무슨 달이 어느 계절에 어떻게 뜨는지, 하루에 몇 개의 나무를 쓴다고 가정했을 때 겨우내 패야 할 장작이 몇 개인지를 파악하는 데는 밝아도 상전이 왜 화내는지에 대해서는 전혀 모른다. 그저 논리적으로 옳으면 다들 그러려니 할 줄 안다. 세상이 순리대로 공평하게 흘러간다고 막연히 기대한다. 하지만 상전의 꾸짖음은 올바름과는 아무 상관이 없다. 그것은 그야말로 기분의 문제다. 어려서 너무 오냐오냐 자랐군. 노아는 속으로만 그렇게 생각하며 연홍의 입에 묻은 참외 씨앗을 손으로 떼어주었다.

"너는 언제 입궁했느냐?"

노아가 물었다.

"이제 삼 년 차요."

연홍이 대답했다.

"지금이 제일 위험한 때구나."

"네?"

"삼 년 차 궁녀가 제일 많이 사고를 친단다. 너도 어디 가서 입조심하거라."

연홍이 표정 관리를 하지 못하고 입을 비죽이자 노아가 콩, 하고 연홍의 이마에 딱밤을 때렸다.

"표정 관리 잘하고. 일을 잘해놓고도 그런 표정을 짓는다면 상전이 때린다 한들 무슨 할 말이 있겠느냐."

"네."

연홍은 울먹울먹하며 이마를 손바닥으로 문질렀다. 엄살은. 아프게 때리지도 않았는데. 노아가 작게 중얼거렸다.

"장미는 들어온 지 오래됐지?"

"네. 이제 오 년 차요."

장미가 대답하자 연홍이 깜짝 놀랐다.

"너 그렇게 오래됐어?"

"그러엄. 내가 네 선진이야."

연홍 장미는 또 자기들끼리 뭐가 그렇게 즐거운지 까르르하고 손바닥으로 이불을 투닥투닥 치며 웃어젖혔다. 자기들이 질문을 해놓곤 들을 생각도 없군. 노아는 피곤해졌다.

"그럼 장미 선진께서 이야기해주어라. 왜 궁에서 고양이매가 위험한지."

백희의 제안에 장미는 흠흠, 하고 목소리를 가다듬으며 마치 스승이 제자에게 하듯 낭랑한 목소리로 연홍에게 물었다.

"오늘이 며칠이냐?"

"팔월 닷새!"

"작년에는 고양이매가 언제 울었게?"

"칠……월인가?"

"재작년에는?"

"그때는…… 모르겠는데. 팔월?"

"정답은 전부 팔월 닷새!"

"뭐? 매년 똑같은 날짜야?"

장미는 의기양양한 표정으로 고개를 크게 끄덕였다.

"고양이매는 날짜를 잊어버리는 법도 없어. 매년 팔월 닷새부터 이 주간 운단다. 이렇게 매번 같은 일이 반복되면 무섭겠니, 안 무섭겠니?"

"그야 괴상하긴 하지만 무서울 것까지 있나?"

금상이 계실 때 들어와 선왕을 한 번도 모신 적이 없는 연홍은 순진한 송아지처럼 눈만 꿈뻑꿈뻑할 뿐이었지만 다른 궁녀들은 기억하고 있었다. 왕들이 얼마나 부엉이 소리를 끔찍해하며 도망갔는지. 팔월 닷새부터 이 주간 부엉이는 근정전과 침전을 오가며 울어젖혔고 선왕은 밤이면 들려오는 부엉이 소리에 혼이 나가서 결국 즉위 이 년 만에 형제인 정안군에게 임금의 자리를 양위하고 말았다. 임금이 된 정안군*조차 부엉이가 우는 밤마다 무서워서 처소를 옮긴다. 아예 경복궁에서 살지 않겠다고 선언한 적도 여러 번이다. 정궁인 경복궁을 지어놓은 지 십 년밖에 되지 않았는데 벌써 창덕궁을 지었고 이어**하겠다는 둥, 사가私家에서 자겠다는 둥 매번 어린아이처럼 떼를 쓴다. 부엉이가 우는 밤이면 잠도 자지 못하고 근정전부터 동궁전이며 일개 궁녀의 처소까지 뒤집어놓으면서 온 경복궁을 돌아다니느라 하루에 예닐곱 번이나 잠자리를 옮긴 적도 있다.

"겨우 부엉이잖아요."

연홍이 말하자 노아는 어깨를 으쓱했다. 그는 매해 왕들이 이 주간 어떻게 작아지고 미쳐가고 도망쳤는지 다 기억하고 있었다. 왕이 어디로 가든 계속 따라가던 부엉이와 부엉이 울음소리. 왕들은 끝없이 이어지는 악몽과 깨지 않는 꿈에서 도망치기 위해, 잠을 자지 않기 위해서 건강을 해쳐가며 허벅지를 찌르면서 버텼다. 며칠이나 괴로워하다 결국 지쳐 잠든 그들이 비명을 지르며 깨어났을 때 좋던 풍채는 마르고 희던 낯빛은 흑빛으로 변했다.

---

* 태종 이방원을 말한다.
** 임금의 거처를 옮기는 것.

부엉이 소리는 임금의 광증을 부추긴다. 형제와 조카들, 아버지의 팔과 다리였던 사람들을 무수히 베고 나서야 왕이 됐던 임금이 두려워하는 것이라고는 하늘에서 보낸 부엉이의 소리뿐이다.

"꼭 이 주간 운단다. 왕비님이 돌아가신 날부터 삼봉 선생이 돌아가신 날까지."

"지금 왕비님 살아 계시잖아요. 어떤 왕비님이요?"

연홍이 동그란 눈을 빛내며 물어보자 장미가 그것도 모르느냐는 듯 빼기며 대답했다.

"누구긴 누구야. 돌아가신 강씨 마마님이지."

이름을 내뱉고서도 화들짝 놀라서 장미는 제 입을 틀어막았다. 죽은 사람의 이름은 꺼내서는 안 된다. 특히 팔월에는 더더욱.

조선을 건국한 태조대왕의 정비 신덕왕후는 경복궁에서 금기였고 그 시호보다 강씨 부인이라는, 다소 격하된 칭호로 불렸다.* 경복궁에는 죽은 강씨 부인이 좋아했다던 버드나무가

---

* 태조 이성계에게는 두 명의 부인이 있었다. 첫 번째 부인은 신의왕후 한씨인데 정종과 태종의 생모이다. 두 번째 부인은 신덕왕후 강씨인데 그의 아들 이방석이 세자에 책봉되면서 이방원과 사이가 틀어졌고 후일 왕자의 난이 일어난다. 이방원은 이성계 사후에 신덕왕후 강씨를 정비에서 후궁으로 격하시킬 정도로 그에 대한 감정이 좋지 않았다.

잔뜩 심어져 있었다. 바람이 불 때마다 가볍게 흔들리는 버드나무의 축 늘어진 이파리는 목을 맨 여인을 연상시킨다. 강씨 부인이 버드나무를 심고자 했을 때부터 음기가 강하기 때문에 좋은 나무가 아니라는 충고를 들었다지만, 부득불 강씨 부인이 버드나무를 심은 것은 태상왕과의 추억이 깃든 나무였기 때문이리라.

말을 달리던 고려의 명장이 우물가 처녀에게 물 한 바가지를 청했더니 처녀가 버들잎을 띄워서 주며 "물도 급히 마시면 체하니 후후 불어 드시라"고 했다는 일화는 모르는 사람이 없었다. 강씨 부인은 생전에도 생후에도 그렇게 버드나무로 경복궁에 기억되고 있었다.

휘잉, 바람이 한 번 불었고 멀리서 버드나무가 찰랑거리며 긴 머리칼을 흔들었다. 바람이 지나는 결마다 차례로 흔들리는 버들잎은 마치 서로 속살거리며 소문을 전달하는 귀신들의 머리채 같아서 궁녀들은 그 앞을 지나갈 때마다 언제나 입조심을 했다. 누가 뒤에서 이야기를 엿듣는 기분이 들었기 때문이다. 실체도 없는 강씨 부인을 두려워하는 것이 일개 궁녀들의 일만은 아니었는지 오죽하면 궁녀들을 뽑을 때 강씨는 아예 받지도 않았다. 불길하다는 것이다. 궁에는 강씨 성을 가진 여자가 들어오는 것만으로도 두려움에 떠는 사람이 있으므로.

연홍이 더위에 지쳐 창문 밖을 오래 응시하자 백희가 철썩,

하고 연홍의 등을 때렸다.

"너는 궁에 들어올 때 비망록도 안 읽었니? 밤에 창밖을 오래 보는 것이 아니다."

"궁궐에는 왜 이리 금기가 많습니까? 이것도 하지 마라, 저것도 안 된다. 정말이지 언제 무얼 하나 어기게 될지 몰라서 늘 불안하다니까요. 완전히 도깨비 소굴이야."

연홍이 아예 창문을 등지고 앉으며 말했다.

"말이 나왔으니 하는 말인데 여기 터가 진짜 좀 안 좋긴 한가 봐요. 뭐가 하나씩 자꾸 없어진다니까요."

연홍의 불평에 뒤이어서 장미가 투덜거렸다.

"그건 네가 방을 더럽게 써서 그렇지."

"아니야. 요즘엔 안 그래."

"맨날 버선 벗어서 여기저기 처박아두는 통에 머루가 빨래 해주러 왔다가 버선 찾다 가잖아."

"그건 버선만 그렇지! 아, 정말 형님들, 대체 버선은 왜 그렇게 다들 한 짝씩만 없어지는 걸까요? 버선 도깨비라도 있는 거 아닌가?"

정말 시끄러운 애들이군. 노아가 그렇게 생각하며 백희의 표정을 살폈으나 백희는 재밌고 자못 귀엽다는 듯이 싱글싱글 웃으며 어린 나인들이 노는 모습을 보더니 한마디 툭 던졌다.

"버선 도깨비 있지! 여기가 원래 도깨비집터였잖아."

"진짜요?"

"정말요?"

그때였다. 부엉. 고양이매가 울었다.

모두가 잠깐 말을 멈춘 바로 그 시점에 부엉이가 울었기 때문에 연홍 장미는 깜짝 놀라서 꺄악 하는 소리를 내며 백희의 품에 안겨 들었다. 노아와 백희가 쿡쿡 웃으며 아이들의 볼을 살짝 꼬집었다. 그때 서늘한 바람과 함께 미닫이문이 덜컥 열렸다. 이번에는 노아와 백희도 웃을 수만은 없었다. 활짝 열린 문 틈에서 고귀하신 분의 버선이 불쑥 끼어들었기 때문이다. 버선 도깨비가 있다면 저런 모습일까.

"궁주님, 이 누추한 곳엔 어인 일이십니까."

먼저 고개를 숙인 것은 노아였다. 너무나 놀라 아직 사태 파악이 되지 않는 세 궁녀들 역시 노아가 하는 대로 일단 몸을 납작 엎드리고 상석을 비웠다.

"경복궁이 도깨비집이라니 지금 무슨 소릴 하는 게야?"

호롱불을 들고 있는 궁주의 얼굴에 그림자가 비치자 모두들 허리를 수그리고 어찌할 바를 몰라 하고 있었다. 올해 열세 살이 된 경안궁주였다. 나이가 찼으니 원래대로라면 자신의 처소에 있어야 하지만 몇 주 전 궁주가 머물던 별채에 작은 화재 사고가 생긴 이후로 교태전에 머무르고 있다. 아직 나이가 어려서 궁궐 밖 사가에 머무는 것도, 그렇다고 왕자들이 사는 거처에 머무는 것도 마땅치 않아서 임시로 교태전 서쪽의 함홍각으로 옮긴 것이다. 하지만 이곳에 머문 지 얼마 되지 않아 교태전이 냉궁이 되어버린 탓에 궁주는 중전과 함께 갇히는 신세가 되고 말았다.

궁주는 방금 감아 물기가 남아 있는 긴 머리를 늘어뜨리고 속이 훤히 들여다보이는 하얀 모시 적삼에 통 넓은 바지만을 입고 있었다. 아무리 교태전 안이라고 하지만 궁주가 할 법한 차림은 아니었다. 물론 문제는 그런 것이 아니다. 교태전 궁녀들이 이렇게 함부로 입을 놀리는 것을 들켰으니 어찌 감히 살아남기를 바랄까.

"너, 이름이 뭐지?"

궁주가 연홍을 부채로 가리키자 그는 머리를 조아리며 겨우 제 이름만 여쭈었다. 궁주는 자신의 부채를 연홍에게 집어 던졌다.

"연홍이가 이 중에서 제일 머릿결이 좋구나. 네가 와서 내 머리 좀 말려보아라."

연홍은 떨리는 손으로 부채를 주워 궁주의 기다란 머리카락에 바람을 부쳤다. 길고 탐스러운 머리카락은 연홍의 것만큼 숱이 많지는 않았지만 동백기름을 꾸준히 발라 관리한 태가 나서 매끄러운 광택이 흘렀다. 머리카락은 휘리릭 하고 이리 꼬였다가 저리 꼬였다가 하면서 마치 버드나무처럼 흔들거렸다. 그렇게 가볍게 흔들리는 것이 자기 목숨 줄인 양, 연홍은 조심조심 경망스럽지 않게 부채를 부쳤다.

"궁주님, 시각이 이렇게 늦었사온데 이곳엔 어인 일로……."

떨리는 목소리로 백희가 말했다. 이 일로 궁에서 내쫓기거나 커다란 벌을 받을지도 모른다. 그러나 궁주는 개의치 않는 듯 보였다.

"내가 교태전 안에 못 갈 곳이 있느냐?"

"그런 것은 아니오나……."

백희가 어떻게 대답해야 할지 몰라 말꼬리를 끌고 있는데 궁주는 별일 아니라는 듯이 어깨를 으쓱했다.

"도깨비집…… 실은 나도 그렇게 생각한다."

"네?"

"강아지도 제 집에서는 평안한 법인데 안채를 묶어두고 나가지도 들어오지도 못하게 하니 이게 도깨비집이지 뭐란 말이냐. 이런 곳이니 부엉이도 우는 게지. 의금부 관원들이며 교태전을 지키던 내시들이며 모두 그놈의 부엉이 하나 잡겠다고 몰려 나간 꼴을 보니 우습기만 하구나."

이제 겨우 아이 티를 벗은 궁주는 제 또래와 가까운 궁녀들 사이에 있는 것만으로도 신이 나는지 연홍의 탐스러운 머리카락을 잡아당기거나 장미의 통통한 손등을 쓰다듬었다.

"이렇게 더운데 잠은 오질 않고 어머니를 괴롭히고 싶지도 않아 밤새 너랑 이야기나 하자고 들렀다. 그런데 너도 아랫것은 아랫것이구나. 상전 없는 데서 아무 말이나 지껄이는 것을 보면."

그렇게 말했지만 궁주는 그다지 화가 난 것처럼 보이지는 않았다. 하지만 궁주의 변덕이 어떻게 바뀔지 모른다. 사소한 트집으로도 목이 떨어질 수 있다는 것을 노아는 알았다.

"그런데 원래 도깨비집이었다, 함이 무슨 뜻이냐?"

궁주의 얼굴에 궁금증이 피어오르는 것을 노아는 알 수 있었다. 하지만 뭐라고 말해야 할까. 백희가 "죽여주시옵소서" 하고 고개를 숙이자 노아, 연홍, 장미도 함께 "죽여주시옵소서" 하고 조아렸다. 이 정도로 넘어가주면 좋으련만.

궁주는 쉽사리 물러날 생각을 하지 않았다.

"내가 언제 너희를 죽이겠다 했느냐. 죄를 묻지 않을 테니 어서 말해보아라. 나도 도깨비 이야기라면 좋아하느니라."

궁주는 역시 만만한 상대가 아니었다. 노아는 허리를 굽힌 채로 머리만 빼꼼 내밀어 궁주의 안색을 살펴보았다. 궁주의 얼굴은 참기름 바른 쌀떡처럼 포동포동한 게 반지르르하고 눈은 잘 쪄서 박아놓은 검정콩알 같았지만 그 표정이 냉혹하고 덤덤하여 어디까지가 농담이고 진담인지 전혀 알 수가 없었다. 백희는 매년 부엉새가 첫 울음을 우는 날이면 생각시나 나인들을 놀리기 위해 경복궁의 원래 터가 도깨비집이었다는 이야기를 하긴 했지만 자세한 사정을 말한 적은 없었다. 오래되어 기억이 나지 않는다거나 하며 어물쩡 넘어가도 괜찮았기 때문이다. 하지만 궁주는 집요하게 말꼬리를 잡았다.

"그래. 여기가 왜 도깨비집터라는 게야? 네가 이곳에 산 적이 있느냐?"

궁주의 하문에 백희는 약간 망설였지만 이내 대답했다.

"네, 소녀가 입궁 전 이곳에서 살았나이다."

"그래? 그것참 흥미롭다. 그 이야기를 해보거라."

"고귀한 분이 들으실 이야기가 아닙니다. 그저 기담에 불과합니다."

"나는 기담을 아주 좋아한다. 어서 해보거라."

백희는 더이상 회피할 수 없다는 것을 알았다. 빠져나가면 빠져나가려고 할수록 궁주의 호기심 어린 눈빛은 더 깊어지기만 했다. 백희는 이야기를 어떻게 시작하고 또 마무리해야 좋을지 몰라 한숨을 길게 내쉬더니만 무언가 결정했는지 천천히 입을 뗐다. 엎드려서 아뢰어야 하는 줄은 알았지만 이야기를 할수록 그녀의 허리는 펴졌고 어느새 꼿꼿하게 궁주와 마주 앉아 이야기를 나누고 있었다.

그 이야기는 도깨비집에 대한 이야기였다. 그러니까, 바로 이 경복궁이 세워지기 전에 있었던 흉가에 대한 이야기다. 백희는 그 도깨비집의 딸이었다.

장백희의 이야기
—백 명을 먹어야 사는 도깨비

제 이름은 장가家 백희입니다. 스물여섯 살이며 교태전 세답방에서 일하고 있습니다. 궁에 들어온 것도 벌써 십 년 전의 일이군요. 경복궁이 지어지자마자 입궁하여 태조 대왕과 선왕을 뫼시다 금상께서 보위에 오르시는 것까지 보았습니다. 지금은 이렇듯 중전마마와 웃전 마마님들을 섬기고 있습니다.

궁의 생활은 막연히 생각했던 것과 달리 힘이 듭니다만 이름도 가질 수 있고 아이를 기르는 것 이외에 한 사람의 역할을 한다는 것이 즐거워 사내와 혼인하지 못하는 슬픔 같은 것은 잊어버렸습니다. 다만 바깥사람을 만날 수 없어 쓸쓸한 것은 어쩔 수 없는 일인가 봅니다. 그래서 바람도 불지 않는 오늘 같은 밤에는 이렇게 궁녀들끼리 모여 앉아 사람마다 목구멍 속에 숨겨두었던 기이한 이야기들을 꺼내놓고 나누곤 합니다.

높으신 분들이 볼 때는 쓸데없는 구설수나 만드는 모임이지만 오래 일하기 위해서 오히려 중요한 일입니다. 궁에 오래 있다 보면 아무리 의지가 강한 사람이라도 수이 웅덩이에 고인 물처럼 되기 때문에 그를 방지하는 것입니다. 고인 물이 썩는다는 말이 있듯이 변화 없는 생활을 지속하다 보면 권태와 무료라는 병에 걸리기 십상입니다. 그럴 때 가슴속에 깊이 묻어두었던 이야기들을 꺼내 나누면 고인 물에 빗물이 흘러와 새 웅덩이가 되듯이 사람의 마음을 싱그럽게 만들어주곤 합니다. 그것이 어떤 이야기이든 말입니다. 물론 이전에 들어보지 못했던 기이한 이야기라면 더욱 좋겠지요. 이야기를 듣는 경험 하나만으로도 많은 것을 생각하고 되새기고 또한 상상하게 되어 조금은 삶이 견딜 만해집니다.

그럼에도 소인은 여러 사람 앞에서 제 이야기를 하는 것을 꺼려왔습니다. 소인의 이야기는 너무나 기이하고 흉흉하여 일상에 활기를 주는 대신 오히려 분위기를 망칠까 저어했기 때문입니다. 그렇지만 마마께서 말하라 하시니 따를밖에요.

단, 한 가지 약조를 해주셔야 합니다. 우리 궁녀끼리는 비밀 이야기나 괴이한 이야기를 하고 나면 반드시 귀를 씻는답니다. 귀 씻은 물을 대나무밭에 부으면 비밀을 지키겠다는 뜻으로 받습니다. 오늘 이 이야기가 사람들의 입을 돌아다니지 않고, 오로지 대나무숲만 헤맬 수 있도록 해주신다면 이야기를 시작하겠습니다. 약조해주실 수 있겠습니까?

저는 태어났을 때부터 한양부에 살았습니다. 한적한 시골이라 이름난 부자도 찢어지게 가난한 사람도 없던 곳이 오늘날 수도가 될 줄은 꿈에도 몰랐습니다. 제가 살던 집이 아마 이 경복궁 교태전 즈음일 겁니다. 태상왕 전하께서 개경에서 한양으로 수도를 옮길 적에 천애 고아가 된 제가 직접 집문서를 넘겨 거래를 했으니 잘 알지요.

제가 어릴 때만 해도 이곳은 아무도 주목하지 않는 곳이었습니다만 개천 일대에는 버드나무가 많아서 여름이면 장관이었습니다. 머리카락을 축 내리고 있는 나무가 귀신을 몰고 온다, 불길하다고 하는 사람들도 있지마는 종일 빨래를 하다가 바람에 살랑살랑 흔들리는 버드나무 아래에서 땀을 식혀본 적이 있는 사람이라면 그런 말은 못 하지요. 저는 매일 그곳에 출근하다시피 해서 빨래를 하고 물을 길었기 때문에 버드나무가 얼마나 시원하고 보기에도 아름다운지 잘 알고 있습니다. 또 이 나무 아래 서면 어쩐지 제가 강씨 마마님이 된 것 같은 기분이 든단 말이지요.

부끄럽지만 시집 안 간 처녀 애들이 다 그렇지요. 빨래를 하고 있는데 잘생긴 청년이 물을 한 바가지 줄 수 있겠느냐고 묻는 겁니다. 나는 안 보는 척하면서도 표주박에 물을 떠서 그 너머로 비치는 얼굴을 몰래 훔쳐봅니다. 땀 때문에 얼굴에 붙은 앞머리 같은 것이 보여서 그것을 고쳐주고 싶어 안달이 나겠지요. 그래도 나는 꾹 참고 표주박 위에 버들잎을 띄워 건네

줍니다. 어리둥절한 청년이 왜 이렇게 주느냐고 물으면 나는 턱을 치켜올리고는,

"급하게 물을 들이켜면 몸에 좋지 않습니다. 물에 체하면 약도 없다지요. 버들잎을 입으로 불어가며 천천히 드세요."

하면서 옷고름을 입에 무는 겁니다. 그러면 그 남자는 왕이 되어 나를 왕비로 만들어주겠지요.

그런 상상을 하면서 빨래를 하면 시간이 참 잘 갑니다. 원래 쓸데없는 생각이 더 재밌는 법이잖아요. 그런 상상을 하면 힘든 빨래 일도 조금은 견딜 만했습니다. 표주박 위에 버들잎을 띄우는 일이 저 어릴 때는 아주 유행이 되었거든요. 마마님처럼 규방에서 곱게 자라신 분은 모르시겠지만 빨래터 유행이라는 것이 그렇습니다. 얼마나 속되고 얼굴 붉어지는 이야기가 자주 오가는지 모르실 거예요.

그런데 생각해보면 이상하지 않습니까? 태상왕 전하랑 비전하의 일화가 고려 태조의 부인이신 신혜왕후 마마의 일화와 완전히 똑같잖아요? 왕비가 되려면 버들잎 정도는 물 위에 띄워야 하는가 보지요. 아니면 강씨 마마님을 하늘이 내린 왕비님으로 만들고 싶었던 누군가가 버들잎을 생각해낸 것일지도 모르고요. 아무려면 어떻습니까. 저는 버드나무 아래에서 빨래를 할 때면 잠시나마 왕비가 된 듯한 기분이 들었답니다.

당시 저는 남의 집 빨래를 해주면서 몇 푼이나마 벌어서 가

계에 보태고 있었습니다. 바느질이라도 할 수 있었으면 벌이가 더 좋았겠지만 저는 영 그런 재주는 없어서 빨래라도 한 것이지요. 시집도 못 간 여자애가 할 수 있는 일이란 그런 것이 전부였어요. 궁에 들어와서 맨 처음 부탁했던 것이 제발 세답방에 들어가지 않게 해달라고 빈 것이었으니 얼마나 빨래에 질렸는지 아실 법하지 않습니까? 그런데도 이리 세답방에 들어온 것을 보면 빨래가 제 업인가 봅니다. 이제는 얼룩을 지우는 법도 꽤 많이 알고 있고 혼자만의 비법도 있어서 마마님이 어떤 얼룩을 묻히시건 다 지워낼 자신이 있답니다.

그렇지요. 이런 일이 궁금하신 게 아니시지요. 무엇을 궁금해하시는지 알고 있습니다. 저는 그 일에 대해서 몇 번이나 질문을 들었지만 여태 누구에게도 대답한 적이 없습니다. 어떻게 해서 어미가 죽었으며 권문세가의 딸로서 어째서 이곳까지 들어오게 되었는지 말입니다.

마마, 고매하오신 마마. 그 일은 차마 소녀의 입으로 말하기가 어렵고 기이한 것입니다. 어찌 말씀을 올려야 할지. 제가 도깨비집에 살았고 또한 진짜 도깨비를 보았다는 것을 말입니다.

하나, 걱정 마셔요. 이곳의 주인은 바뀌었고 주상 전하와 중전마마의 지엄한 기운이 넘실대고 있으니 도깨비는 얼씬도 못할 것입니다. 시정잡귀가 어찌 감히 국모의 집에 깃들겠사옵니까. 염려치 마시옵소서.

네, 궁주님이라면 오히려 이리 재미있어하실 줄 알았습니다. 그러니 저를 불러 이런 이야기를 시키신 것이겠지요. 소인 기억을 더듬어 가릴 것 하나 없이 다 말씀드릴 테니 부디 즐거운 부분만 취하시고 그렇지 못한 부분은 버리시옵소서.

❁

한양부에 있던 저희 집은 누가 보아도 당당한 기와집이었습니다. 아흔아홉 간 고래등 같은 집은 아니어도 스물두 간 되는 큰 집이고, 외조부께서 살아 계셨을 때는 한양 거리에 눈에 보이는 논밭이 전부 우리 집 것이었다고 합니다. 아버지는 풍류를 좋아하는 분이셔서 벼슬은 하지 않으셨는데, 당시에는 그것이 부끄러웠으나 그 덕분에 제가 아직 목숨이나마 부지하고 있으니 세상일 참 모르는 것이지요.

제 아비는 온후한 성격의 몰락 귀족으로서 학문에는 재능이 없었지만 사람됨이 좋아 외할아버지께서 좋아하셨습니다. 그러니 아끼시던 고명딸을 내어주신 게지요. 나이 차이가 꽤 나 있는 혼인이었습니다. 혼인 당시 아버지는 마흔이 넘은 중늙은이였으니까요. 어머니 역시 시집오기 전날 밤에는 무척이나 울었다고 합니다만 인연이 되려면 나이 같은 것은 상관없는 모양인지 두 분은 평생 사이가 좋으셨습니다. 아들 하나, 딸 하나—소녀입니다—를 보셨을 정도니까요. 아버지 연세에는 드문 일이지요.

어린 시절 저희 집을 떠올리면 지금도 웃음이 납니다. 우리 식구들은 지극히 평화롭고 정이 도타웠습니다. 좋은 시절이었습니다. 저는 아가씨 소리를 들었고 비단옷에 꽃신을 신었습니다. 잘 다림질된 옷이 몇 벌이나 옷장에 있어서 매일 무슨 옷을 입을지 고민해야 했고 흰 쌀밥이 물려서 싫다고 울면 별식으로 꿀 바른 떡이며 약과를 들여 제발 한 입이라도 좋으니 먹어달라는 간청을 들었을 정도입니다.

오라비는 학문에 재능이 있어서 아버지의 자랑이 되었습니다. 늦게 본 자식일수록 귀하다고 했던가요. 아버지의 자식 사랑은 유난한 데가 있었습니다. 잔병치레가 많았던 제 오라비가 병석에 누워 있노라면 고기를 직접 씹어서 연하게 하여 입에 넣어주실 정도였으니까요.

열셋에 한시를 짓고 열여섯에 벌써 소과에 급제했던 제 오라비는 뛰어난 재능을 인정받아 개경 유학길에 올랐습니다. 어머니께서 하신 말론 목은 이색* 선생의 댁에 기거하면서 학문을 연마하기로 했다나 봐요. 목은 선생 댁이라면 고려에선 누구나

---

* 고려 말기의 문신이자 정치가이며 유학자, 시인이다. 그의 제자로는 정몽주, 정도전 등이 있으며 이성계 일파가 일으킨 역성혁명에 협조하지 않다가 최후를 맞이한다.

아는 대학자시니 참으로 다행이라고 모두들 입을 모아 말했습니다만 그것도 한때였습니다. 정몽주 영감께서 선죽교에서 돌아가시고 천지가 개벽하여 왕씨가 아닌 이씨의 나라가 되었으니, 고려의 문신들은 앞다퉈 고향으로 낙향하거나 깊은 산속으로 몸을 감추었지요. 오라비는 다행히 목숨은 부지한 채로 집에 돌아왔으나 워낙에 몸과 마음이 예민하고 병약하여 자리에 드러눕고 말았습니다.

장차 가문을 이끌 장손이 병석에 눕자 집안에서는 난리가 났습니다. 아버지는 종일 누군가를 만나고 다니셨고 어머니는 장독대 위에 물을 떠다 놓고 기도를 하셨지요. 집안에 이름 있는 신하는 없었던 덕으로 일가의 목숨은 겨우 부지했으나, 집안의 명운이 풍전등화와 같아 가족 모두가 언제 어떻게 죽어도 이상하지 않다는 사실이 아무런 걱정 없이 살아왔던 부모님의 마음에 어떤 상처를 주었던 것인지, 그때부터 무슨 도사라든가 무슨 스님 같은 분들이 집에 들이닥치기 시작했습니다.

무슨 글씨를 태워서 오라버니에게 먹이거나, 문을 좋은 방향으로 새로 내거나, 기이한 효험이 있다는 수석 따위를 사들이면서 가세는 천천히 기울었습니다. 도탑던 부모의 정이 시들고 아버지는 밖으로만 나다니시게 된 것입니다. 그분은 마치 고삐 풀린 망아지처럼 기생집이며 윷놀이 판에 돈을 갖다주기 바빴어요. 아버진 재산을 탕진하는 것만을 유일한 낙으로 삼은 듯 했습니다. 하지만 아무도 뭐라고 할 수 없었습니다.

저희 집은 그야말로 서서히 가라앉는 배와 같았습니다. 모두 그것을 느끼고 있었겠지요. 하지만 자존심을 지키느라 도망치라는 말을 안 하고 있었던 겁니다. 뱃바닥에 물이 차오르는 것을 두 눈 똑바로 뜨고 지켜보면서도 누군가 말해주면 좋을 텐데, 하고 속으로 바라고만 있는 꼴이라고나 할까요.

여러모로 한심한 상황이었지만, 다행인지 불행인지 아버지께선 집에 있는 돈을 다 쓰지도 못하고 제가 열 살 되던 해에 술병으로 죽어버리고 맙니다. 과음하신 후에 술독이 풀리지도 않은 상태에서 또 독주를 과하게 잡숫고 주무시곤 다시 일어나지 못하신 거지요. 그 사실을 전해 온 것도 아버지의 단골 기방에서였습니다. 지금 생각해보면 아버지도 참 불쌍한 인생입니다. 그분은 태어나서 무엇도 이루지 못하고 그렇게 허망하게 가버렸습니다.

그날이 아직도 기억납니다. 구름이 한 점도 없이 날씨가 좋아 집 안에 묵은 이불을 전부 꺼내서 빨랫줄에 말리던 오후였어요. 사람이 죽을 날은 아니었습니다. 아무런 불길한 조짐도 없었습니다.

그날은 친하게 지내던 우리 집 찬모네 딸이랑 같이 사방치기를 했습니다. 그 애는 곰보라고 불렸는데 일찍 마마를 앓아서 얼굴이 얽었기 때문이었어요. 곰보는 뭘 해도 저보다 잘했지요. 저보다 두 살이나 많았던데다 원체 똑똑한 애였어요. 아마 누가 가르치기만 했으면 『천자문』 정도는 며칠 밤 만에 다 외웠을 거예요. 그런 곰보에게 나는 놀이도 이길 수가 없었습니다. 키가 한 뼘은 차이가 났으니까요. 어린아이들은 일 년, 이 년 차가 무척 크지요. 아무리 애를 써도 이길 수 없을밖에요.

매번 곰보에게 지던 나는 이상하게 그날따라 납작하고 윤이 나는 돌을 발견했습니다. 운이 좋았습니다. 돌이 손에 착 붙어서는 탁 던지면 따닥 하고 내가 놓고 싶었던 그 자리에 앉는 거예요. 꼭 꿀이라도 바른 것처럼요. 그래서 저는 그날 처음으로 하늘까지 밟아보았지요. 제가 거의 다 이긴 판이었는데 그때 어떤 애가 허겁지겁 뛰어오더니만 바닥에 그린 금을 모두 엉망으로 만들어놓은 거예요. 저는 굉장히 화가 나서 그 애와 싸우려고 마음을 먹었죠. 하지만 그 애는 사과도 하질 않고 먼지 잔뜩 묻은 내 옷을 보곤 하녀인 줄 알았는지,

"느이 집 주인께서 어제 뱀술을 많이 드시더니만 오늘 아침 보니 돌아가셨더라. 안주인 어르신은 어디 계시니?"

하는 게 아니겠어요? 저는 놀라서 아무 말도 하지 못했습니다. 같이 놀던 곰보가 우리 어머니를 모시고 와서 일을 수습해주었어요.

아버지는 그렇게 돌아가셨습니다. 저는 사람이 그렇게 허망

하게 갈 수 있다는 것에 대해서, 또한 나만 한 계집애가 그런 중요한 소식을 알려오는 것에 대해 적잖이 충격을 받았습니다. 기방의 최고 어른인 행수 기생도 아니고 하인 중에 최고령자인 행랑아범도 아닌 대여섯 살 먹은 하녀 애가 쪼르르 달려와서는 아비의 부음을 알려준 겁니다. 그렇게 돈을 써대던 기방에서도 아버지는 환영받지 못하고 귀찮은 취급을 받으셨던 모양입니다. 하긴 아무리 돈을 준대도 아버지와 종일 놀아야만 한다면 저라도 싫었을 거예요.

장례는 성대하게 치러졌습니다. 그것은 어머니의 뜻이기도 했어요. 향냄새가 계속 났고 얼굴도 모르는 친척들을 많이 만났고 팥죽을 물리도록 많이 먹었습니다. 나보다 나이가 많은 계집애들은 모두 국밥이며 팥죽이며 술을 나르느라 바빴지만 나에게는 아무도 일을 시켜주지 않아 온종일 심심했어요. 하지만 나가서 놀 수도 없는 노릇이고요. 저도 그 정도는 알았거든요. 집에 나쁜 일이 있으니 너무 즐겁게 굴면 안 된다는 것 정도는요.

상갓집이니 온갖 거지들이 모두 들러붙어 시끌벅적했습니다. 잔칫집인지 상갓집인지 구분이 되지 않을 정도로요. 어릴 때부터 부유해 베푸는 것을 좋아하셨던 어머니는 신분을 가리지 않고 어떤 손님이든 받아서 빈대떡과 탁주 한 사발씩을 공평하게 대접하셨습니다.

대부분은 그렇게 은혜를 입으면 무어라고 감사의 말이라도 하고 가는 것이 인지상정인데, 둘째 날 자정이 다 되어서 온 어떤 손님은 정말 이상했습니다. 거지 중의 상거지 같은 사람이 온몸에 누더기를 둘둘 말아 걸치고서는 자신이 무슨 계룡산인지 금강산인지에서 수련을 오래 했고 삼라만상에 대해 깨우쳤다며 어머니를 뵙기 청했습니다. 그는 우리 오라비가 어릴 적부터 몸이 약하다는 것, 또 우리 아비가 뱀술을 먹고 돌아가셨다는 것을 맞혀 어머니의 호감을 샀지요. 어머니가 닭이며 꿩이며 온갖 안주들로 상을 차려 도사의 기분이 좋아지자 그는 자신이 천기를 누설하겠노라면서 대뜸 불경한 말을 쏟아내었습니다.

"이 집 장손은 사람 백 명을 먹어야 살겠구나."

어머니가 깜짝 놀라서 그게 무슨 말이냐고 화를 냈어요. 하지만 도사라는 양반도 만만치 않았습니다. 이것이 장손이 살아날 유일한 방법이라고 말입니다. 아무튼 도사의 말에 따르면 우리 오라비는 비비의 기운을 타고났다고 합니다. 비비는 이무기와 비슷하다는데 사람 백 명을 먹어야 용이 된다는군요.

"아비를 먹었으니 이제 아흔아홉 명 남았구려!"

도사는 이 말만을 남기고 연기처럼 사라져버리고 말았습니다. 네, 연기처럼요. 제 말이 우스우신가요? 하지만 정말로 그렇게밖에는 설명할 길이 없습니다. 손에 잡힐 듯 잡히지 않게 사람이 흐려지다가 사라진 것입니다. 저는 이것이 무슨 요술인가 하고 생각했을 뿐이지만 어머니는 신의 계시를 받은 것처럼 그 자리에 엎드려 몇 번이나 절을 하셨는지 모릅니다.

그날부터 오라비의 병세는 점점 악화되어 백약이 무효했고 급기야는 각혈을 하기 시작했습니다. 물을 한 모금 넘기는데도 수백 번 기침을 뱉어내는 데야 아무런 손도 쓸 수 없었습니다. 그때마다 어머님은 도사의 말을 생각했을지도 모릅니다. 백 명을 먹어야 살겠구나, 하는 말을.

궁주님은 어떻게 생각하십니까? 사람 백 명의 목숨과 한 명의 목숨 값이 같을 수 있을까요? 그 둘을 바꿀 수 있다면 바꾸시겠습니까? 질문을 바꿔보지요. 백 명을 소리 소문 없이 죽일 힘이 있다면, 한 명을 살리기 위해 그 힘을 사용하시겠습니까?

저희 오라비가 백 명을 먹었는지 어쨌는지 저는 잘 모릅니다. 그 무렵부터 어쩐지 줄어든 하인들 대신 제가 가노家奴처럼 일해야 했기 때문에 무척 바빠졌거든요. 매일 어머니가 어디선가 알 수 없는 고기를 구해 와 갖다주었고 저는 그것을 엿처럼 고아서 오라버니에게 먹여야 했습니다. 그 많은 고기를 먹으면서도 오라비는 매일 여위어가기만 했습니다. 고깃값을 대느라 그랬는지 집안 형편도 나빠졌습니다. 집에 있는 하인들이며 내 비단옷이 하나씩 둘씩 줄어들었다는 이야기입니다. 그리고 결국 저는 집 밖으로도 일을 하러 나가게 되었습니다.

"집안 사정이 어려워졌으니 가서 돈을 벌어 오너라. 너도 다 컸으니 그 정도는 할 수 있겠지?"

저는 물론 그러겠다고 대답했습니다. 가세가 기운 것을 알고 있었기 때문이지요. 어머니께서 오라버니를 챙기시는 낮 시간 동안, 저는 이모님 집에 하녀살이를 하러 가거나 남의 집 빨래를 대신 해주면서 바쁘게 보냈습니다.

저는 집에 조금이라도 도움이 되기 위해 잔칫집을 오가며 평생 안 해보던 일을 하기도 하고 가끔은 어머니 성화에 이모님 댁에서 하룻밤이나 이틀 밤쯤 지내며 일을 돕기도 했어요. 지금은 홍인지문 근처에 있는 이모님 댁은 우리 집보다 크진 않았습니다. 기와를 얹을 형편은 안 되어도 너와가 정갈하게 얹혀 있었고 가마솥은 반지르르하게 기름이 잘 먹었으니 살기 좋은 집이긴 했지만요.

이모님 성격이 얼마나 깔끔하신지 부엌에 이빨 빠진 그릇 하나 없었어요. 마당을 매일 얼마나 쓸었는지 먼지가 하나도 없어서 종일 청소를 한 다음 아침에 신은 버선을 저녁에 자기 전에 벗어 봐도 깨끗했을 정도였습니다.

그 집엔 여자가 많았어요. 그래서 일손은 얼마든지 넘쳐났고 모두 부지런했기 때문에 집이 깨끗할 수밖에 없었지요. 남자가 하나라도 있었으면 집을 그렇게 유지하긴 힘들었을 거예요. 남자들은 늘 약속하지 않은 때에 거친 손님을 끌고 오거나 갑자기 돈을 써버리거나 해서 집안의 돈이 계획된 곳에 쓰이지 못하게 하기 일쑤니까요. 하지만 여자만 있는 집이라면 이야기가 다르지요. 적은 수입이라도 늘 적재적소에 꼭 쓰일 만큼 쓰였기 때문에 집은 균형 있게 유지될 수 있었습니다. 오히려 사람이 남았습니다.

그런데 왜 저는 그런 집에 하녀살이를 간 걸까요? 지금 생각해보면 참 이상하지요. 기와집에 사는 제가 너와집에 사는 이모님 댁 하녀살이를 가다니요. 어머니는 정말 이모님께 돈을 받고 저를 넘겨주신 걸까요? 그때는 틀림없이 제가 집을 위해 희생하고 있는 거라고 생각했지만 커서 생각해보니 이모님 댁에 저를 부릴 돈이 있었을 거라는 생각이 들지 않더군요. 그저 어머니는 저를 집에서 내보내기 위해서 일을 시키신 겁니다. 네, 지금 생각해보면 그렇습니다.

저를 돌봐주신 이모님이 말씀하시길 그런 집에서 나와 차라리 당신 집에 오너라 하신 적도 있었습니다. 하지만 열 살은 자신의 인생을 결정하기에 너무 어린 나이지요. 시집을 가기에도 아직 풋내가 나고요. 그래서 그 집에서 계속 사는 수밖에는 없었답니다.

오라비가 정말로 사람을 먹었는가.

그것은 알 수가 없습니다. 동네 사람들이 수군거렸는지 어쨌는지도 모릅니다. 그 무렵 저희 집은 완전히 따돌림을 당해서 그런 서운한 소리라도 전해주는 사람이 없었습니다. 어째서 이렇게 따돌림을 당하게 되었나, 하고 어머니와 의논이라도 할 양하면,

"쓸데없는 일에 신경 쓰지 말고 일을 더 열심히 하거라. 몸을 열심히 쓰면 아무 생각을 안 해도 된단다."

하셨지요. 그래서 저는 열심히 일했습니다. 머릿속에 떠오르는 생각을 없애기 위해서 더 열심히 일했는지도 몰라요. 빨래를 하고 남의 집 일을 도와주러 가면서요.

그렇게 시간은 꾸준하고 지루하게 흘렀습니다. 제가 열다섯이 되었을 무렵에는 우리 집이 도깨비집이라는 건 삼척동자도 다 알 만큼 유명해졌습니다. 제가 사는 집은 한양부에 얼마 없는 기와집 중 하나였지만 사람들은 도깨비집이다, 흉가다 하며 우리 쪽으로는 걸어 다니지도 않았습니다. 이쪽으로 오면 반드시 화를 입는다는 겁니다. 사람이 걸어 다니지 않으니 풀을 밟아주지도 않아서 우리 집 앞 골목길은 다른 집 앞 골목길과는 다르게 키 큰 잡초가 항상 돋아 있었습니다. 그래서 더욱 사람들의 발걸음을 막았지요. 나는 오며 가며 집 앞의 잡초들을 손으로 뽑기도 하고 발로 밟기도 했지만 늘 제 손이 닿는 것보다 풀 자라는 속도가 빨랐습니다.

제가 기억하는 한 우리 집에는 흙이 있는 곳이면 어디든, 그러니까 기와 틈이나 돌담의 가장자리에나 늘 드나드는 부엌 어

귀에도 풀이 자라 있었어요. 그래서 꼭 토끼가 된 것 같은 기분이 들기도 했답니다.

집에 돈이 있든 없든 끼니는 하루에 두 번 꼬박꼬박 돌아오고 입은 옷은 더러워지고 바닥에 먼지는 매일 쌓입니다. 집안일은 가난한 집이라고 동정해서 비껴가는 법이 없어요. 일을 해주던 노비가 사라졌으니 모든 일은 제 몫이 되었습니다. 예전에 십여 사람의 손이 닿던 넓은 집에 이젠 겨우 두 사람 손밖에 남지 않았으니 관리가 제대로 이루어질 수 없었어요. 지붕이 썩어도 제대로 수리를 하지 못해서 비가 새기 일쑤였고 진흙이 무너진 담도 허다했기 때문에 사람들이 지나갈 때마다 혀를 츳츳 차곤 했답니다.

저는 가끔 기분이 날 때면 진흙을 이겨 벽을 수리하기도 하고 안 쓰는 방의 거미줄을 걷어내기도 했지만 어머니는 그냥 내버려두셨어요. 그때는 집이 커서 엄두가 나질 않으시는가, 싶었지만 지금 생각해보니 어머니는 그저 정신을 놓고 계셨던 것 같아요. 어머니한테는 갈라진 벽이며 찢어진 창호지 같은 것이 아예 눈에 보이지 않았던 거겠지요. 이미 그때 어머니는 도깨비에게 홀려 있었던 건지도 모릅니다.

그 무렵 저는 오라버니를 전혀 볼 수 없었습니다. 언젠가부터 어머니께서 직접 오라버니의 식사 시중을 들기 시작했거든요. 저는 매일 고기를 고아 엿을 만들고 물을 긷고 식사를 준비하고 남의 집 일을 도와주느라 오라비가 있는 방에 들어갈 엄두도 나지 않았습니다. 일이 많고 바빠서 다행이었을지도 모르겠네요. 집에서는 이상한 일들이 계속해서 일어났기 때문에 해야 할 일이라도 없었으면 저는 미쳐버렸을지도 모릅니다.

어떤 일이 일어났느냐고요?

도깨비집에서 일어날 법한 일들이지요. 숨겨두었던 패물이 사라지기도 하고 아무도 없어야 할 사랑방에서 아버지의 목소리가 들리는 일도 있었어요. 심지어는 사랑방에서 남녀가 합방하는 요사스러운 소리까지 나지 뭡니까. 자기 전에 뒷간에 가다가 요상한 소리에 놀라 사랑방 문을 열어보면 텅 빈 방에 아무도 없는데 낄낄거리는 소리만 그득했습니다. 어머님은 그것이 도깨비장난이라고 하더군요.

도깨비를 직접 본 적이 있느냐고요?

물론 있습니다. 네, 아마 그해 하지 무렵이었을 겁니다.

남의 빨래를 다 해주고 조금 일찍 집에 들어갔더니 골목에서부터 낯익은 그림자가 보였습니다. 틀림없는 아버지의 그림자였습니다. 저는 무서웠어요. 아버지는 거기 있으면 안 됐어요. 이미 돌아가신 분이잖아요. 선산에 묻혀 있어야 할 분이잖아요. 아버지의 위패로 49재도 지냈고, 매년 제사도 꼬박꼬박 지내드렸는데 어째서 돌아오신 걸까요. 저는 겁에 질려 집에 들어가지도 못하고 담 밖에 웅크리고 앉았지요. 허벅지가 후들거리고 턱이 덜덜 떨려왔습니다.

그런데 아버지께서 백희야, 백희야, 하고 제 이름을 부르시더군요. 번개처럼 도망가야겠다고 생각했는데 다리가 움직이지 않았습니다. 뱀 앞에 선 쥐새끼처럼 온몸이 빳빳해졌습니다.

"백희야, 왜 그러고 있어. 날도 더운데 어서 들어와라."

가만히 보니 아버지가 아니라 오라버니더군요. 오래 안 본 사이에 키가 자라고 몸이 커져서 마치 생전 아버지를 보는 것 같았어요. 살이 오르고 등도 꼿꼿하고 어깨도 딱 벌어져서 오라비의 병약하던 모습을 기억하는 제게는 낯설기만 했습니다.

"오늘은 기분이 아주 좋구나. 이제 다 나은 모양이야."

오라버니의 피부에서는 빛이 날 정도였습니다. 혈색이 정말 좋았습니다.

"다 네 덕이다. 고맙다, 백희야."

"이렇게 갑자기 일어나셔도 괜찮아요? 어머니는 어디 계세요?"

"어디 가셨는지 영 보이지 않는구나. 그것보다 어디 나한테 시킬 일이라도 없니? 이렇게 기운이 나는 게 정말 오랜만이구나. 괜히 좀이 쑤실 정도다. 장작이라도 패랴?"

큰일 날 소리지요. 오라버니한테 그런 일을 시켰다간 나중에 어머니께 크게 혼날걸요. 하지만 오라버니는 막무가내로 도끼를 들고 장작을 만들어주었어요. 마치 매일 밖에서 농사라도 짓는 사내아이처럼 구릿빛 피부에 땀이 줄줄 흘렀지요. 방에서만 누워 있던 사람이 언제 그렇게 햇빛을 본 걸까요?

땀을 하도 흘리시길래 저는 오라버니가 목간이라도 하고 산뜻한 기분으로 잠들었으면 하는 마음에 물을 덥혔습니다. 그런데 오라버니는 자긴 괜찮다며 극구 사양하더군요.

"나는 괜찮다. 내가 어떻게 염치없이 또 네 시중을 받겠니. 하루 종일 일하느라 힘들었지? 나 대신 네가 들어가거라. 땀도 닦고 피로도 풀렴."

오라버니는 제가 생전 들어보지 못한 다정한 목소리로 말했습니다. 눈물이 다 나더군요. 사실 집에 있는 물이라면 모두 제가 길어 온 것이긴 합니다만 저를 생각해주는 정성이 어디입니까. 더운 여름에 종일 밖에서 일하고 왔다고 격려해주는 사람이 이제껏 어디에 있기나 했겠습니까?

가마솥 가득 저를 위해 덥혀진 물을 보고 있자니 호사스러운 기분이 들었습니다. 이제까지 냇물에서 손바닥이나 담갔지 이렇게 여유 있게 더운 물로 목간을 해본 게 언젠지 기억도 나질 않았습니다. 저는 부엌 문고리에 숟가락을 걸어두고 오랜만에 목간을 했습니다. 금강산에서 목간했다던 선녀님도 부럽지 않았어요. 그 순간만은 제가 가장 행복했습니다. 그렇게 한참 목간을 하고 있는데 이상하게 자꾸 오라버니가 밖에서 문을 두드리는 겁니다.

"백희야. 목간 다 했니?"

"아직이요."

처음에는 그 목소리가 다정한 염려로 느껴졌습니다. 오라비의 자상함이라 생각했습니다. 하지만 목소리는 한 번으로 끝나지 않았어요.

"목간 다 했니? 백희야, 목간 다 했니?"

쿵. 쿵. 쿵. 쿵.

나무 문이 울리고 진동으로 목간물이 파르르 떨렸습니다. 가만히 들어보니 손가락으로 치는 게 아니라 주먹으로 때리는 소리였습니다. 어찌나 세게 쳤던지 숟가락으로 고정시킨 문고리가 짤랑거리며 흔들렸어요. 몇 번만 더 쳤다가는 가느다란 숟가락 모가지가 부러질 것 같았어요. 저는 댕기도 풀고 옷도 벗고 완전히 맨몸이라 수치스럽기도 하고 무엇을 어째야 할지 몰라 벌벌 떨고만 있었습니다.

"백희야, 나하고 목간하자. 문 열어라, 나랑 하자."

그제야 저는 깨달았습니다. 아, 저건 내 오라비가 아니라 도깨비구나. 도깨비가 어머니를 잡아먹고, 오라비도 잡아먹고, 이제는 나까지 잡아먹으려고 하는구나.

도깨비가 얼마나 더러운 말을 많이 아는지 모르실 겁니다. 도깨비는 어머니를 욕보이고 제 아비를 욕보이더군요. 얼마나 많은 욕지거리와 노골적이고 음란한 말을 해대는지 저는 울고 싶었습니다. 누군가에게 도움을 요청하고 싶었지만 아무도 없었습니다. 그래요, 제가 스스로를 구해야 했습니다. 어떻게 해야 하나 하고 부엌을 둘러보니 쓸 만한 것이라곤 아궁이에 재를 그러모으는 쇠꼬챙이뿐이었습니다. 가느다랗고 힘없는 그것을 듬성듬성한 문틈 사이로 이리저리 찔렀지만 암만 공격해봐도 꼬챙이에 닿는 것은 없고 문 밖에서 낄낄대는 소리만 들리더군요.

오라비 목소리를 한 도깨비라니 괴상망측하지 않습니까. 놀라서 엉엉 울고 있노라니 누가 다시 문을 두드렸습니다. 쇠꼬챙이를 다시 잡고 찌를 준비를 하고 있는데 이번에는 어머니 목소리가 들렸습니다.

"백희야, 나다. 문 열어봐라."

저는 믿을 수가 없었습니다. 오라비 목소리로 둔갑하는 도깨비가 어머니 목소리로 둔갑은 못 하겠습니까?

"백희야, 어미다. 어미가 아니면 누가 널 지켜주겠니. 문 열어봐라."

어머니가 문을 두드리는데 공격도 방어도 할 수가 없어서 저는 울면서 여쭈었습니다.

"어머니, 정말로 어머니가 맞습니까?"

"그래, 백희야. 어서 문을 열어라."

저는 이제 거의 휘어진 숟가락을 뽑을까 말까 한참을 고민했습니다. 정말로 어머니라면 품에 안겨서 울고 싶은 심정이었으니까요. 얼른 제 알몸뚱이를 고스란히 어머니께 의탁하고 위로받고 싶었습니다. 그런데 문 뒤에서 흐느끼는 소리가 나더군요. 마마님도 아시지요? 키득거리는 목소리를 억지로 참으려면 흐느끼는 소리가 나지 않습니까. 하도 웃어서 눈물이 나는 소리 말입니다. 그제야 저는 그 목소리도 어머니가 아니라는 것을 알았습니다. 정신이 번쩍 나더군요.

"대체 네가 누구길래 내 가족 행세를 하는 게야?"

용기를 내서 물어봤습니다. 하지만 그것은 끝내 이름을 말해주지 않았습니다. 대신 제가 알고 있는 수많은 사람들의 목소리로 말했습니다. 나와 항상 놀아주던 곰보, 늘 허리가 끊어질 만큼 인사하던 행랑아범이며 도깨비집에서 산다고 손가락질했던 마을 사람들의 목소리까지 온갖 목소리가 있었습니다. 모두 먹힌 겁니다. 저는 화가 났습니다.

도깨비 놈, 아버지를 데려가고 나를 하녀로 만든 이 도깨비 놈. 저는 쇠꼬챙이를 아궁이 속으로 밀어 넣었습니다. 그리고 새빨갛게 달아올라 뜨거워질 때까지 기다렸어요. 기회는 한 번뿐이었습니다. 문을 열고 웃고 있는 도깨비의 배를 찔러버리는 겁니다. 아무리 도깨비라 해도 방심한다면 어쩔 수 없겠지요. 이건 어쨌거나 제가 죽고 사는 문제였던 겁니다.

문고리에 꽂은 숟가락은 밖에서 도깨비가 수없이 잡아당긴 탓에 이제 거의 끊어져 있어서 두어 번만 더 당기면 문이 완전히 열릴 지경이었습니다. 저는 속으로 숫자를 셌습니다. 하나, 둘, 그리고 쇠꼬챙이를 잡았지요. 덜커덩, 하고 숟가락이 완전히 끊어지고 무거운 나무 문이 끼익 하는 소리를 내며 열리는 순간이 영원처럼 느리게 보이더군요.

저는 시커먼 그림자를 향해 달군 쇠꼬챙이를 찔러 넣었습니다. 살이 타는 냄새가 났지만 그것이 제 손바닥을 태우는 냄새인지 도깨비의 살을 태우는 것인지 구분할 수 없었습니다. 도깨비는 웃고 있었습니다. 클클클, 하면서 오라비의 목소리를 하고 웃고 있었어요. 빨래를 오래 한 터라 제 팔 힘은 웬만한 아녀자의 것과는 달라서 꼬챙이는 처음에 조금 삐걱거리긴 했지만 확실히 그놈의 몸을 통과했습니다. 도깨비라 비늘갑 같은 갑옷을 입었는가 했더니 그런 것은 아니더군요. 온 사방에 연기가 났습니다만 막상 상처 난 자리에선 피도 나지 않았습니다.

"대체 너는 누구냐?"

죽어가던 그것이 단 한 번, 자기 목소리로 대답을 하더군요.

"내 이름을 알게 되면 네가 감당이나 할 수 있겠느냐?"

그것은 남자의 것도 여자의 것도 아닌 괴이하고 어두운 목소리였습니다. 아직도 저는 그것의 이름을 모릅니다. 그저 도깨비가 아니었을까, 하고 짐작이나 할 따름입니다.

밤이 깊어도 이야기는 끊어지지 않고

백희는 거기서 말을 멈추었다. 궁주는 백희의 손바닥에 선명히 남아 있는 그날의 흔적을 보고는 침을 삼켰다. 적어도 저 상처는 거짓이 아니다. 바람이 들어오면서 초롱불이 살랑 흔들렸다.

"그래서 죽은 도깨비 시체는 어떻게 되었느냐?"

백희는 약간 망설이더니 한번 한숨을 쉬고는 대답했다.

"사라졌습니다."

"연기처럼?"

"모르겠습니다. 저는 기절해버렸어요. 마을 사람들이 나중에 전해준 말로는 우리 마당에 백 마리는 되어 보이는 뱀이 서로 엉켜 있었다고 하더군요."

"네 오라비는 진짜 비비였던 것일까……."

백희는 궁주의 말에 아무 대답도 하지 못했다. 긴 이야기를 끝낸 직후라 입술이 마르고 목이 탔다. 조금 어지럽기도 했다. 그것을 보던 노아가 급히 수정과를 몇 사발 가지고 왔다. 궁주의 것에는 얼음도 하나 넣었다. 달짝지근한 계피 냄새를 맡자

창백한 안색에 생기가 돌아 백희는 이제야 조금 사람처럼 보였다.

창호문 밖으로 날카롭게 내리쬐는 달빛이 밖에서 엿듣고 있는 궁녀들의 그림자를 방 안으로 끌어들였다. 그림자가 두 개인 줄 알았는데 세 개, 네 개, 점점 늘어났다. 저들 중 몇이나 사람이고 몇이나 귀신일까. 얼마나 많은 귀들이 저 뒤에 숨어 있을까.

"사람 백 명을 죽여야 살 수 있다, 라. 백희 네 이야기가 참으로 음흉하다. 그것은 마치 금상을 빗댄 것이 아니냐?"

백희는 얼굴이 하얗게 질려서 이마를 땅에 대고 고개를 조아렸다.

"천부당만부당하신 말씀이옵니다. 저는 다만 제가 겪은 옛이야기를 해드린 것뿐이옵니다."

"금상을 도깨비에, 경복궁을 도깨비집에 빗대다니 간도 크구나."

노아와 연홍, 장미는 깜짝 놀라 함께 이마를 땅에 댔다.

"소녀는 배움이 짧아 있는 사실만 이야기할 뿐, 없는 일을 꾸며낼 재주는 없사옵니다. 이것은 그저 이야기입니다. 저는 무엇도 빗대지 않았습니다."

백희의 말에 궁주는 얼음을 까득까득 씹어 먹으며 대각선으로 머리를 기울여 손가락 관절로 관자놀이를 짚었다.

"이 건방진 것아, 누가 너더러 내게 대들어도 된다고 했느냐. 판단은 내가 하는 것이다. 내가 궁금한 것은 이야기에 담긴 의미와 해석이지 사실 여부가 아니야."

멀리서 부엉이가 비명을 지르는 것처럼 울어댔다.

"너는 왜 아바마마께서 부엉이를 두려워하시는지 아느냐."

백희는 아무 말을 하지 못했다. 답을 몰라서 대답하지 못하는 것이 아니다. 궁주가 어떤 대답을 원하는지를 몰라서 대답하지 못하는 것이다. 거짓말을 해야 하나, 모른다고 딱 잡아떼야 하나. 안절부절못하는 백희의 모습을 보더니 궁주는 웃지도 않고 덤덤하게 대답했다.

"부엉이가 불효하는 새이기 때문이지. 새끼 부엉이는 어미 부엉이를 잡아먹고 어른이 된다지? 공자를 받드는 나라에서 인, 의, 예를 모르는 임금이 났으니 어찌 부엉이가 두렵지 않을까. 매 여름마다 부엉이가 경복궁에서 우는 것이 과연 우연이겠느냐? 아버님 귀에는 그것이 죽은 삼봉이 내지르는 웃음소리로 들릴 터인데."

목이 날아갈 소리를 태연히 하는 것을 보니 여걸이라 불리는 왕비의 딸답다. 태어나자마자 피바람을 보면서 자라면 저렇게 되는 것일까. 백희는 궁주의 영특함이 가엾게 느껴졌다. 궁주는 어머니와 함께 이 교태전에 갇혀 대체 무슨 이야기를 듣고 자라는 것일까.

부엉이 소리가 창문 너머로 울렸다. 부엉이가 불효하는 새라는 것 또한 궁주의 해석일 뿐이다. 임금이 어째서 부엉이 소리를 무서워하는지는 사실 아무도 모른다. 앞으로도 모를 것이다. 이야기란 그런 것이다. 누군가의 시각으로 존재하거나 혹은 아무 의미가 없게 되는 것이다. 백희는 자신이 기껏해야 씨실과 날실일 뿐, 이야기라는 천을 짜는 것은 궁주라는 것을 깨달았다. 궁주가 들어주었기 때문에 이제까지 그가 말했던 이야기는 어떤 의미를 가지게 된 것이다. 궁주가 들음으로써 이야기는 궁주의 것이 되고 말았다. 누구도 빼앗을 수 없는.

"이야기가 더 듣고 싶다."

궁주는 말했다. 백희의 눈동자가 커졌다.

"궁주님, 이런 이야기들은 좋지 않은 것입니다. 그저 아랫것들의 유희에 불과합니다."

"너도 아까 그렇게 말하지 않았느냐. 가슴속에 깊이 묻어두었던 이야기들을 꺼내 나누면 마치 고인 물에 빗물이 흘러와 새 웅덩이가 되듯이 사람의 마음을 싱그럽게 만들어준다고. 나는 그게 필요하다. 유폐된 냉궁에서 방에 갇혀 나오지 않는 어미를 보는 데도 지쳤고 동무도 스승도 없이 혼자 있는 것도 이젠 지겹구나. 나에겐 이야기가 필요해. 그것이 이전에 들어보지 못한 기이한 이야기라면 더 좋겠지. 내 멋대로 해석한다 해서 아무도 뭐라고 할 사람이 없을 테니까. 말해보거라. 이야기가 더 있느냐?"

백희의 머릿속에 궁궐에서 일했던 수많은 나날과 그날들을 버티기 위해 동무들과 나누었던 수없는 이야기들이 떠올랐다.

"궁녀의 숫자만큼 있사옵니다. 하오나 고귀하신 궁주님께서 들을 만한 것은 아닌 줄 압니다."

"네 의견이 어떻든 나는 상관없다. 나는 일생 부탁을 모른다. 이것은 명령이니라."

"하오나 저는 혀를 잘못 놀리다가 혀가 뽑히고 목숨을 잃은 수많은 궁녀들을 아옵니다. 어떤 이야기가 오가더라도 궁주님께는 아무 해가 없겠으나 저희 같은 아랫것들은 목숨이 하나밖에 없는지라 그것만이 유일하게 귀하옵니다."

백희가 뜻대로 나오지 않자 궁주의 미간이 찌푸려졌다.

"네 말대로 혀를 잘못 놀리다가 죽은 궁녀들이 많지. 구설수에 오르면 죄 없이도 죄인이 될 수 있으니 구중궁궐에서 이야기만큼 무서운 것이 어디 있겠어. 하지만 이제 이곳은 냉궁. 다리 없는 섬과 같으니라. 이곳에서 네가 감히 내 명을 거절하고도 목숨을 부지할 수 있겠느냐. 네가 혀를 잘못 놀리다가 죽겠느냐, 아니면 혀를 아예 놀리지 않은 까닭으로 죽겠느냐."

진퇴양난이었다. 백희는 땀을 뻘뻘 흘리며 살아남을 방도를 고민하다가 결국은 허리를 굽혔다.

"제 목숨이 궁주님 손에 달렸으니 뜻하신 대로 하옵소서."

궁주가 그제야 만족한 듯 웃었다.

그날 밤 백희는 꿈을 꾸었다. 오랜만에 과거 이야기를 했더니 그날의 꿈을 꾸는 것 같았다.

꿈에서 그는 아직 어린아이였고 도깨비집은 건재했다. 경복궁도 없고 끔찍했던 사건도 없었다. 그저 집은 그 자체로 존재했다. 아무리 흉가라지만 꿈에서나마 오랜만에 옛집을 보니 반가웠다. 풀이 웃자란 마당과 먼지가 가득한 문틈, 햇빛을 받아 따뜻하게 데워진 툇마루는 마치 이제까지 있었던 모든 일이 꿈이고 이것만이 진짜라는 듯 실재감이 있었다.

머릿속 깊은 곳에는 집이 그대로 살아 있었구나. 백희는 얼마간 안도했다. 이따금이라도, 꿈에서라도 이곳을 볼 수 있다면 자신의 못된 기억들도 추억으로 아름답게 바뀔 수 있을 것만 같았다. 꿈속이니 누구든 만날 수 있겠지 싶어 백희는 집 안 곳곳을 뒤졌지만 사람은 아무도 없었다. 백희는 실망했다. 꿈에서도 가족들을 만날 수 없다니 대체 그들은 어디로 갔는가. 백희는 눈을 감고 그들을 떠올리려 했지만 그럴 수 없었다. 한때는 자신의 모든 것이었지만 완전히 심연 아래로 가라앉아 버린 가족들의 얼굴을 기억해낼 수가 없었다.

백희는 그가 오랜 시간을 보냈던 빨래터와 우물을 돌아보았다. 그날 밤 도깨비를 찔러 죽였던 쇠꼬챙이는 녹이 슬지도 않고 그 자리에 있었다. 마치 방금 사용한 것을 놔둔 듯했다. 그가 목간을 했던 부엌 문첩은 부서져 있었고, 여전히 나무 욕통이 있었고, 방금 누가 목간을 마친 것처럼 모락모락 김이 피어오르고 있었다. 백희는 홀린 듯 욕통에 다가가 수면에 자신의 얼굴을 비춰 보았다. 입궁하기 전, 어린 시절의 얼굴이 보였다. 백희는 자신의 얼굴을 구석구석 꼼꼼히 훑었다. 가족들은 모두 이 얼굴과 닮았으니 어미도 아비도 오라비도 다 내 얼굴 속에 들어 있지. 그런 생각을 하니 자신의 얼굴이 귀하게 느껴져 손으로 얼굴을 만져보는데 입술 안쪽에서 뭔가 삐죽 튀어나온 것이 보였다.

이게 무엇이지.

머리카락이라도 씹은 것인가 싶어 백희는 자신의 입술에서 튀어나온 가느다란 것을 당겼다. 머리카락 한 올이라고 생각했는데 길이가 길었다. 떨리는 손가락으로 용기를 내어 계속 뽑아보니 꼬인 새끼줄처럼 새까맣게 엉킨 머리카락 덩어리가 울컥울컥 입 구멍에서 쏟아져 나왔다. 입을 크게 벌리고 안에 있는 것을 모두 토해내자 그것은 욕탕 물 속으로 들어가 한 바퀴 헤엄을 치더니 꼿꼿하게 머리를 들어 백희를 똑바로 쳐다보았다.

입안에서 나온 것은 푸른 비늘로 덮이고 머리카락 같은 긴 털이 달린 뱀이었다. 이마에 작은 뿔이 난 것이 마치 용인 것 같았으나 용은 아니었다. 이제껏 한 번도 보지 못했지만 알 수 있었다. 이것이구나. 우리 집을 망하게 한 것이. 백희의 어깨가

긴장감으로 굳었다. 마치 뱀 앞에 선 새앙쥐처럼.

비비가 자신의 긴 꼬리로 꼬챙이를 툭 건드렸다가 백희의 배를 감았다. 백희가 그것으로 오라비의 복부를 찔러댄 것을 기억한다는 듯이. 백희는 고개를 홱 돌려 그것을 보지 않으려 했지만 이제는 그것이 백희의 목에 똬리를 틀고서 억지로 고개를 돌려 꼬챙이를 바라보게 했다. 백희는 놀라 주저앉았다가 자신도 모르게 입이 벌어진 것을 곧 깨닫고 제 손으로 입을 막았다. 이렇게 막으면 비비가 다시는 들어오지 못할 것만 같았다. 하지만 비비의 꼬리 끝부터 서서히 푸른 안개가 피어올랐다. 안개는 백희 쪽으로 다가와 그가 들이쉬는 호흡과 합쳐져 바람같이 사라졌다. 목구멍이 시큰했다. 백희는 이미 그것이 자신의 목 안에 들어왔다는 것을 알았다. 얼른 일어나 욕통의 수면 위에 대고 입을 열어 확인했더니 목구멍 안에 숨어 있는 그것의 초록색 얼굴이 보였다. 어쩌나. 어쩌면 좋은가. 오라비 몸에 있던 비비가 이리로 옮겨 와버렸구나. 백희가 덜덜 떨리는 얼굴을 손으로 감싸 쥔 순간 고양이매 우는 소리가 시끄러워 꿈에서 깨어났다.

백희가 어떤 꿈을 꾸었든 어떤 비밀을 감추고 살든 변하는 것은 아무것도 없었다. 누구도 드나들 수 없는 냉궁에서 궁녀들은 끊임없이 괴담을, 혹은 기담을 이야기했다. 여름밤을 쉴 새 없이 울어젖히는 고양이매처럼 궁녀들의 이야기하는 입술도 멈추는 일은 없었다. 이야기하는 그 시간만이 현실이고 먹고 자고 휴식하는 모든 순간이 꿈인 듯한 나날이었다. 하지만 목구멍 속 말하지 못할 비밀은 여전히 간직된 채였다. 가장 중요한 것은 아무에게도 말하지 못했다.

고양이매

부엉이를 달리 이르는 말. 묘두응猫頭鷹이라고도 부른다.
동양에서는 어미를 잡아먹는 새, 불효하는 새라고 하여 좋아하지 않는다. 한밤중에 우는 고양이매의 소리는 죽음을 상징한다. 세간에선 태종이 부엉이를 두려워한 데에는 신덕왕후 강씨와 정도전의 원혼이 부엉이에 깃들어 나타나기 때문이라고 한다. 고양이매의 울음소리는 악몽을 꾸게 하거나 기이한 사건이 일어나도록 부채질한다.

비비

영노라고도 부르며 비비는 이 요괴가 우는 소리이다. 두 이름을 혼용하여 쓰기도 한다.
백 명의 사람을 잡아먹으면 용이 되어 하늘로 승천하기에 이무기의 일종으로 여겨지기도 한다. 숙주가 된 사람 몸에 들어가 자라면서 커지는데 다 자라면 사람의 목구멍을 통해 그 얼굴을 볼 수 있다.

2장 ◉ 사라진 궁녀

빨래터

빨래터는 소문의 온상지다. 모든 소문은 이곳에서 시작되어 다시 이리로 돌아온다.

백희는 빨래 방망이를 열심히 두드리면서도 눈과 귀만은 활짝 열어두었다. 살얼음 디디듯 어렵기만 한 궁궐에 있다 보면 빨래터에서 이야기하고 웃고 떠드는 일만이 진짜 삶 같다. 이제 일하는 것에 인이 배겨서 움직이지 않으면 오히려 몸이 찌뿌둥할 정도다. 매일 보는 세답방 궁녀들과 눈인사를 하고서는 방망이를 두드리며 안부를 묻고 있는데 멀리서 낯선 얼굴이 하나 보였다.

키가 약간 작지만 얼굴이 희고 뽀얗다. 눈썹은 숯으로 그린 듯 짙고 머리카락은 길고 탐스러웠다. 빨래는 많이 안 해봤는지 방망이가 완전히 새것이다. 신참이군. 세답방 궁녀들의 얼굴은 모두 외우고 있는데 또 충원이 있었나. 백희는 동그란 눈으로 힐끗힐끗 신참 쪽을 바라보았다. 다른 궁녀들도 그를 주목하고는 있지만서도 누가 먼저 말을 걸지 망설이느라 아직 인사도 하지 못한 모양이었다.

'누구야?' 하고 입 모양으로 백희가 묻자 다른 궁녀들이 '정의궁주'*라고 입 모양으로 알려주었다. 정의궁주는 이번에 임금이 처음으로 간택하여 맞아들인 후궁인데 궁궐의 법도가 어색한지 세답방 궁녀를 쓰지 않고 굳이 사가에서부터 데려온 몸종에게 모든 일을 맡기는 모양이다. 불쌍해라. 일이 얼마나 많을까.

백희는 괜히 안쓰러운 마음에 먼저 말을 걸었다.

"반갑네요. 정의궁주네 식솔이신가 보지요?"

백희가 먼저 인사를 건네자 그쪽에서도 멋쩍은 듯 고개를 푹 숙여 인사를 했다.

"앞으로 빨래터에서 자주 뵐 텐데 통성명이나 하지요. 저는 장가 백희라고 합니다. 교태전 소속이고요."

아차차. 교태전 소속이란 말은 괜히 했나. 백희가 인사를 하자 몸종의 눈빛이 날카로워졌다. 하긴 밉기도 할 것이다. 원래는 성대하게 가례식을 하려고 했다는데 중전마마께서 식음을 전폐하시면서까지 완강하게 반대하셔서 조용히 입궐하셨다는 소린 들었다. 일생에 한 번뿐인 혼례식을 망쳤으니 얼마나 미울까.

"나는 한가 단지요. 물어보니 대답은 해드립니다만 친하게

---

* 시호는 의빈 권씨. 태종의 간택 후궁이다. 처소는 운경당運慶堂이다.

지내자느니 하는 말은 삼가시오. 피차 불편한 사람들끼리 굳이 애쓸 필요 있겠소?"

단지는 빨랫감을 들고 백희와 떨어진 곳에 자리를 잡아 앉았다. 입을 샐쭉하게 내밀었는데도 얼굴이 밉기는커녕 아주 예뻤다. 아무리 봐도 종으로 보이지는 않았다. 양반가의 여식이라 해도 믿을 정도로 곱고, 고생이라곤 해본 적이 없어 보인다. 간혹 그런 아이가 있다고 들었다. 외동딸을 애지중지 기르는 집에서 딸이 외로울까 봐 몸종과 함께 먹이고 입혀서 종에게도 험한 일을 시키지 않아 몸종이 마치 그 집 딸인 듯 구는 경우가 있다고.

"친하게 지낼 필욘 없지만 불편하게 지낼 필요도 없지요. 평생 원수로 지낸다면 빨래를 하러 올 때마다 얼마나 괴롭겠어요?"

"나는 그쪽과 달리 빨래나 할 사람이 아니오. 세답방 궁녀가 배치되는 대로 지밀로 들어갈 몸이니 더더욱 가까이 지낼 필요 없을 것이오."

그렇군. 의문이 풀렸다. 상궁들이 중전마마의 눈치를 보느라 정의궁주의 처소에 궁녀들을 제대로 배치해주지 않은 모양이다. 그래서 평생 손에 물이라곤 묻혀보지 않은 몸종이 상전의 빨래까지 직접 하러 나온 것이리라. 단지가 자기 성질에 못 이겨 부러 방망이를 세게 휘두르자 빨래 방울이 튀어서 백희의 이마에 붙었다. 백희는 소매로 그것을 닦아내면서 세차게 방망이를 휘두르는 단지의 오른팔을 잡았다.

"이게 무슨……!"

"이 옷감은 방망이로 두드리는 게 아니라 손으로 조물조물해서 조심스럽게 빨아야 합니다. 안 그러면 구멍 나요. 궁주님께 구멍 난 옷을 입힐 건가요?"

단지의 얼굴이 붉게 물들더니 곧 방망이를 놓고 손으로 빨래를 주무르기 시작했다. 백희는 그런 단지를 보고 조용히 미소 지었다.

아직 어리구나. 기껏해야 열여섯? 일곱? 아마 모시고 있는 궁주도 어리고 예쁜 아가씨겠지. 이런 것을 보면 우리 중전마마도 참 불쌍하다. 온갖 고생을 하고 모든 사람과 싸워가며 남편을 지존의 자리에 올려놨더니 이제 다른 여자를 들이겠다고 한다. 사내들이란 정말 믿을 수가 없다니까. 아버지보다 나이 많은 남자에게 시집온 정의궁주는 또 어떻고. 이래저래 여자들만 손해 보는 판이다. 그렇게 보면 남자 없이 평생 일만 할 자신의 신세가 가장 속 편하게 느껴진다. 고귀한 사람들의 속은 알 수가 없다. 하긴 동생이나 형을 죽이거나 조강지처를 내팽개치면서 얻는 인생이란 대체 어떤 것인지 알고 싶은 마음도 없다.

"알려줘서 고맙소. 항아님은 좋은 분 같구려. 하지만 나는 성격이 나빠서 속도 없이 아무나와 친하게 지내는 성격은 못 된다오. 그러니 너무 잘해주지 마시오."

웃을 줄을 모르나? 무엇에 화났는지 알 수 없지만 거친 표정을 숨기지 않는다. 잘해주려 하는데도 굳이 자존심을 세우는데다 꼬박꼬박 하대하는 말투라니. 조만간 선배 궁녀들한테 한번 불려 가겠구만. 백희는 단지를 보는 다른 궁녀들의 눈빛이 공격적이라는 것을 눈치채고 작게 한숨을 쉬었다.

사가에서만 일을 해온 아이들은 이래서 안 된다. 아직 자신이 지체 높은 집 몸종이라는 자존심을 버리지 못했다. 동네에서나 통하는 일이다. 아마 이제까지는 나 누구 대감집 하인이오, 누구 마님을 모시는 사람이오, 하면 주위에서 알아서 대우해주었을 것이다. 상전의 지위가 자신의 지위인 것처럼 착각하며 살았겠지.

하지만 이곳은 궁이다. 궁궐 밖에서 얼마나 대단한 사람의 종이었든 여기서는 아무 상관없다. 마치 새로 태어나는 것과 같다. 완전히 위계를 새로 익혀야 한다. 지존을 모시는 곳에서 후궁의 지위란, 그리고 후궁을 모시는 종의 지위란 어느 정도인지 아직 모르는 모양이다. 이곳에서는 누구를 모시느냐 하는 것도 물론 중요하지만 궁녀끼리도 나름의 상하가 있다. 얼마나 궁에 오래 있었는가 하는 것을 나이나 실력보다 우선하기도 한다. 상전들이야 누가 총애를 받느냐에 따라 쉽게도 지위가 바뀌지만 아랫사람이야 어디 그런가. 총애받는 후궁의 똥을 치우나 천대받는 후궁의 똥을 치우나 일의 고됨은 달라지지 않는데다 언제 지위가 바뀌어 도움을 청하고 받을지 알 수 없기 때문에 상대방에 대한 존중만큼은 놓아선 안 된다. 서로가 서로를 돕지 않으면 살아갈 수가 없다. 쓸데없는 규율이나 허례로 보이는 것에도 다 이유가 있다. 그런데 신입에다가 후궁 처소의 궁녀가 이리도 빳빳하게 구니 다른 궁녀들의 심기가 불편할 수밖에. 쯔쯔, 백희는 속으로 혀를 찼다.

"항아님, 며칠간은 솜으로 된 속옷을 입으세요."

백희는 소곤소곤 단지에게 말했다. 마지막으로 줄 수 있는 충고였다. 하지만 단지는 영 알아듣지 못한 모양이다.

"한여름에 별 개똥같은 충고를 다 하는구려."

단지는 아마 이 말을 오랫동안 후회하게 될 것이다. 백희는 그걸 알았다.

새로 들어온 정의궁주의 궁녀가 심한 고뿔에 걸려 드러누웠다는 소식이 들린 것은 며칠 뒤였다. 물론 정말 고뿔은 아닐 터였다. 그러게 솜으로 된 속옷을 입으라니까. 그러면 자리보전까지는 하지 않았을 텐데. 백희는 왕비가 먹고 물린 저녁상을 받아 퇴선간에서 다른 궁녀들과 함께 늦은 저녁을 먹고 있었다. 돼지고기로 만든 육전이 오늘따라 특히 잘 부쳐져서 아주 맛있었다. 역시 새로 온 궁녀들에 대한 소식이 식사 자리에서도 끊이지 않았다.

"그렇게 재수 없는 계집도 오랜만이오. 형님은 만나보셨소?"

막 근무를 교대한 노아가 밥 먹는 것도 잊어버린 채 언성을 높였다. 백희는 아니라는 말도 하지 않고 얌전히 밥만 씹어 넘겼다.

"글쎄 귀밑머리도 안 푼 계집이 말끝마다 나한테 이렇소 저렇소 하는데 대체 자기가 뭐라고 생각하는 건지. 기껏해야 사가에서 온 몸종 주제에 중궁전 지밀한테 하대라니 어찌 그럴 수가 있단 말이오? 내가 고려 왕조에서 처음 일 시작했을 때를 생각하면 상상도 못 할 일이오."

"너도 어릴 때는 이렇소 저렇소 하는 말투로 꽤나 괴롭힘당했으면서 뭘. 게다가 시대가 변했잖아. 요즘 애들이 어디 예전이랑 같니? 고려 때 이야기라니 대체 언제 적이야. 그러다간 다 너더러 꼰대라고 할걸."

"형님은 대체 누구 편이오?"

"나야 뭐……."

백희가 우물쭈물하자 노아는 앙칼진 표정으로 노려보더니 괜히 애꿎은 오이지를 오독오독 어금니로 깨부쉈다.

"뭐 하나 걸리기만 했음 좋겠소. 정말 본때를 보여줄 테니까."

"아서라. 안 그래도 세답방에서 한번 거하게 신고식을 한 모양이야."

"그건 그 애 사정이고. 안 그래도 냉궁이라 말이 많은데 이럴 때일수록 중궁전 기강을 세워야지요. 안 그러면 우릴 얼마나 얕잡아 보겠소?"

아무래도 단지 그 아이는 완전히 미운털이 박힌 모양이다. 하긴 후궁전 아이가 중궁전 궁녀와 잘 지내는 것이 더 이상하지. 신입이 들어오면 모두의 관심을 한 몸에 받는 건 흔한 일이니 얼마 지나면 괜찮아질 것이다. 그렇게 생각했다. 한가 단지라는 궁녀가 효순궁주의 사람과 빨래터 자리 문제를 놓고 싸우기 전까지는.

"나는 효순궁주*가 계신 안상재 사람, 남가 효진이다. 이 자리는 내 자리니 다른 데 가서 하거라."

"내가 먼저 왔소."

"먼저 오고 말고 간에, 그 자리는 계속 내가 쓰던 자리란 말이야. 신입이면 신입답게 여기 규칙을 따라!"

"여기 규칙이 뭐요? 어디, 예의 없게 구는 게 이곳 규칙이오?"

하필 효진에게 시비를 걸다니. 사람 보는 눈도 더럽게 없군.

---

* 시호는 효빈 김씨. 태종의 후궁이다. 처소는 안상재眼狀齋다.

누울 자리를 보고 다리를 뻗어야 하는 법이다. 어쩜 저렇게 눈썹도 바싹 올라가서 표정부터가 못돼먹은 효진을 굳이 화나게 한담. 하지만 빨랫돌 문제라면 세답방에서 가장 순한 민아라고 해도 그냥 넘어가지 않을 법하다.

세답방 궁녀들은 다른 소속 궁녀들과 달리 성격이 무던한 편이다. 아마 육체노동을, 그것도 방망이로 내리치는 일을 주로 하기 때문에 그런지도 모른다. 하루 종일 방망이를 내리치면 마치 불도의 수행자처럼 성격이 무던해질 수밖에 없다. 그런 세답방 궁녀들이 단 하나, 집착하고 애정하는 것이 있다면 바로 빨랫돌이다. 이것만큼은 정말 양보할 수 없다. 각자 자기가 좋아하는 빨랫돌이 있다. 사람 손이라는 것이 참 이상해서 한번 익으면 고치기가 힘들다. 그래서 각자 마음에 드는 빨랫돌을 하나씩 정해두고 꼭 거기서만 빨래를 한다. 남들이 보기엔 다 똑같아 보이는 돌이겠지만 튀어나온 곳, 완만한 곳, 거칠고 매끄러운 어느 정도의 감촉 등 개인의 취향이란 참으로 다양하고 세세해서 마음에 드는 돌을 찾으면 아무래도 다른 것을 쓰고 싶지 않게 된다.

게다가 효진은 오른손 엄지손가락이 없어서 왼손으로 방망이질을 했는데 그 때문에 다른 궁녀들이 자신을 얕본다고 생각했는지 조금이라도 자신에게 버릇없이 군다고 생각하면 더없이 무섭게 굴었다. 늘 얼굴을 찡그리고 다니며 '누가 나를 무시하나' 같은 것만 신경 쓰는 효진일진대 자신이 아끼던 빨랫돌을 갑자기 빼앗겼으니 좋은 소리가 나갈 리 없었다. 너 잘 걸렸다, 하는 마음이 없지도 않았으리라. 효진은 선진이라는 이유로 나이도 경력도 인성과 신분 고하를 막론하고 후배들에게 뻐길 수 있는 예의 그 질문을 하고 말았다.

"너 여기 온 지 얼마나 됐니? 나는 여기서 십 년을—."

하지만 단지는 눈을 삐죽하게 뜨며 효진의 말허리를 잘라먹었다.

"여기 온 지 얼마나 된 것이 뭐가 중하지? 어떤 마마를 뫼시는지가 중요한 것 아닌가? 그쪽은 효순궁주를 뫼신다며? 나는 정의궁주를 뫼시고 있소!"

"그래. 새로 들어온 정의궁주네 몸종이 기세가 등등하다더니 그게 너로구나. 효순궁주께서 주상 전하를 뫼신 지 더 오래됐으니 예의를 차려!"

하지만 단지는 뒤로 물러서지 않았다.

"성균관 악정 권홍 나으리의 따님이신 우리 정의궁주님께 예의를 갖춰야 할 쪽은 그대인 것 같은데? 그렇게 이 자리가 좋거든 내가 빨래를 하고 난 뒤에 쓰시오. 능소화 궁주님께도 기다려달라고 전하고!"

능소화 궁주라는 말에 효진의 눈이 뒤집혔다. 그는 지체 없이 바로 단지의 머리채를 쥐어 잡았고 비명 소리가 빨래터에 가득 퍼졌다.

효순궁주는 중전의 몸종이었는데 술에 취한 주상이 실수로 찾으셨다가 회임하여 왕자님을 낳으신 공으로 궁주에 오르셨다. 주상은 그 일로 중전마마께 크게 혼이 나셨고 그래서인지 다신 효순궁주를 찾지 않았다. 자신은 취해서 기억이 안 난다는 한심한 핑계를 대면서 말이다. 그래서 사람들이 그를 능소화 궁주라고들 부르는 것이다.

물론 능소화는 예쁜 꽃이다. 싱그러운 주황빛의 꽃 덩이가 주먹만 한 것이 올망졸망 담장 위에 피어 있는 것을 보면 저절로 웃음이 지어질 정도다. 귀한 꽃이므로 양반가 담장에만 심을 수 있어 평민들은 맘껏 눈으로 즐기지도 못한다. 하지만 궁에선 불길한 꽃이다. 궁녀라면 다 아는 이야기다.

먼 옛날 소화라는 궁녀가 있었다고 한다. 어느 날 그는 우연히 임금을 만나 초야를 치렀고 하루아침에 신분이 바뀌었다. 자기 소유의 거처가 생기고 자신을 돌봐주는 궁녀가 생긴 것이다. 소화의 생각이나 의지, 삶의 곡절과는 상관없이 그는 원래 있던 곳에서 뽑혀 나오고 말았다. 원치 않았지만 한 포기의 식물이 되었다. 그가 할 수 있는 것은 다시 임금이 자신을 찾아주길 기다리는 것뿐이었다. 처음에는 무서웠을 것이고 이후로는 기다렸으리라. 다시 만나면 무슨 말을 할지 수없이 되뇌었을 것이다. 하지만 임금은 오지 않았다. 왜 나였는지 같은 의문과 공포가 원망으로 변했을 때도 원망이 다시 체념으로 바뀌었을 때도 임금은 그를 찾지 않았다. 임금에겐 각양각색의 꽃이 핀 화원이 있었으므로 굳이 그를 선택하지 않아도 상관없었다.

매일매일의 일이 있고 그에 만족하던 삶에서 내쳐져 오직 임금을 위한 예비자의 위치로 떨어진 소화는 생의 목적과 의욕을 잃은 채 죽고 말았다. 그가 죽은 궁의 담장에서 주황색의 꽃이 피었고 사람들은 이후로 그 꽃을 능소화라고 부르게 됐다. 그런 이야기다.

이야기도 이야기려니와 효순궁주 자신도 산호색 저고리를 즐겨 입었다. 원체 자그마한 체구라 꽃처럼 여려 보였고 몸이 약해 자주 병치레를 하는 모습조차 애잔한 구석이 있어 사람들은 그를 볼 때마다 자연히 능소화를 떠올렸다. 잘못 만지면 부서질 것 같은 효순궁주를 어떤 사람은 불쌍하다 말했지만 음습하고 기분 나쁘다며 대놓고 말하는 사람들도 있었다. 그럼에도 이제껏 직접적으로 모욕당하는 일은 없었는데, 궁녀들끼리의 알력 다툼도 언제나 얕은 평화로 포장되어 있었던 덕이다. 그런데 미묘하고 얄팍했던 경계가 뭣도 모르는 신참 때문에 깨져버렸다.

빨래터는 순식간에 전쟁터로 변했다. 내가 옳니 네가 틀리니, 하는 고성이 오가고 서로가 서로의 머리를 잡아당겼다. 감찰상궁이 도착했을 때는 이미 효진의 눈에 밤톨만 한 멍이 들어 있었다. 원래대로라면 단지는 크게 벌을 받아야 했지만 정의궁주가 무슨 손을 쓴 건지 외려 효진이 자리를 피하고 단지가 계속 그 빨래터 자리를 쓰게 되어 세답방 궁녀들이 단지를 보는 눈은 더욱 사나워져만 갔다.

이러다 무슨 일이 터져도 크게 터지겠는데.

백희는 불안했다. 각기 다른 주인을 모시고 있는 궁녀들이니 싸움이 날 여지는 언제나 있었지만 그래도 궁의 지엄한 규율 때문에 어떻게든 평화를 유지할 수 있었다. 하지만 규율을 깨는 자, 그리고 규율 위에 있는 자가 있다면 이야기는 달라진다. 이대로라면 무언가 큰일이 생길 게 분명해.

백희의 예상은 들어맞았다. 궁에서 일어나서는 안 될 일이 일어나고 말았다. 경복궁에서 궁녀가 사라진 것이다. 모든 입구마다 칼을 들고 지키는 사람이 있는 지엄한 조선의 정궁, 경복궁에서 어떻게 사람이 사라질 수 있단 말인가. 처음에 백희는 그 말을 믿지 않았다. 며칠간 단지가 빨래터에 나오지 않았던 것도 그저 입방아에 오르기 싫어서일 거라고 생각했다. 그러나 감찰상궁들이 각 처소를 조사하며 돌아다니기 시작하자 그 사실을 인정하는 수밖에는 없었다. 단지가 사라졌다. 감쪽같이.

그날 밤 행각은 전에 없이 소란했다. 선배들의 방을 제 방 드나들듯 찾아온 연홍 장미는 물론 모시 속곳 차림으로 다리를 쩍 벌리고 앉은 경안궁주까지 쉴 새 없이 종알거리면서 이전에는 한 번도 느껴보지 못한 활력까지 느껴졌다. 지엄한 궁궐에서 실종 사고라니 있을 수 없는 일이다. 있을 수 없는 일이 일어났으니 내명부가 발칵 뒤집힌 것도 당연하다. 궁 밖으로 도망친 것인지 궁궐 안에서 무슨 험한 일이라도 당한 것인지 아직 밝혀진 바가 없다.

감찰상궁들은 무언가 매달릴 수 있을 만한 서까래란 서까래는 죄다 뒤졌고 우물은 물론 비가 안 와서 말라붙은 연못까지 뒤졌지만 시체를 찾지 못했다. 혹시 담장을 넘거나 개구멍으로 밖에 나간 것이 아닌가 의심하기도 했지만 그것은 불가능한 일이다. 밤에도 횃불을 밝혀 환하게 지키고 선 문지기들과 뒤통수에도 눈이 달렸다고 하는 숱한 병사들의 눈을 피해 도망갈 수 있는 사람이 있을 리가 없다.

"귀신이 곡할 노릇이군요."

"그 말이 맞지. 귀신이 아니면 어찌 아무 눈에도 뜨이지 않고 궁궐을 빠져나간단 말이야?"

"그러고 보니 누구 '그 애'에게 비망록을 준 이 있어?"

조잘거리던 궁녀들이 일순 조용했다. 아무도 그런 생각은 해보지 못했다. 얄미운 짓을 하니까 나중에 줘야지, 했던 것이 계속 미뤄져서 결국 단지가 사라질 때까지 아무도 그에게 비망록 이야기를 꺼내지 않았던 것이다.

"금지된 우물에서 빨다 만 빨래가 발견됐는데 그게 정의궁주 옷이었다는구나. 그런데 암만 우물을 뒤져도 시체는 나오지 않았대."

백희가 빨래터에서 들은 소문을 말해주었다. 정의궁주 옷을 빨았다면 틀림없이 단지다.

"벌써 소문이 파다하더이다. 비망록을 무시하는 바람에 궁녀가 사라졌다고."

평소에 진중한 노아까지 그렇게 말하니 마치 우물에서 빨래를 하다가 사라졌다는 것이 기정사실처럼 느껴졌다.

> 궁궐 내에 설치된 우물은 어떠한 것이라도 사용하고 있지 않습니다. 만약 사용중인 우물을 발견했다면 그 안을 들여다보지 마십시오. 그곳에는 아무도 없습니다.

궁녀라면 모두 아는 이야기다. 비망록의 두 번째 조항 말이다. 장미가 그 조항을 외우자 궁녀들이 꺄악, 하고 비명을 지르며 서로 끌어안았다.

"그게 무슨 소리야?"

경안궁주의 얼굴에는 호기심이 서려 있었다. 궁금한 것은 참지 못하는 경안궁주의 말에 노아가 하는 수 없다는 듯이 대답했다.

"궁녀들끼리 돌려 보는 비망록입니다. 궁궐 생활을 돕고자 신입 궁녀들에게 배포하는 것입니다. 그것에 궁궐 내에 있는 우물을 사용하지 말라는 조항이 있는데 아무래도 없어진 궁녀가 우물물을 사용한 것 같다는 말이 있어서……."

"대체 비망록에 뭐라고 적혔길래? 우물은 또 뭐고?"

경안궁주가 재미있다는 듯이 그 일에 대해 자꾸 물었다. 궁녀들은 어디까지 말해줘야 하는지 알 수 없어 망설였지만 끝도 없는 경안궁주의 추궁에 결국 무너지고 말았다. 궁주는 장미가 꼬깃꼬깃하게 접어 가슴속 깊숙이 보관해두었던 비망록을 꺼내게 하여 읽어보기까지 했다. 궁녀들은 이런 일을 상전이 안다면 경을 칠 것이 분명하다 생각하여 움츠러들었으나 궁주는 의외로 화를 내지도 성을 내지도 않고 그것을 그대로 장미에게 돌려주었다.

"현명한 말이 많구나. 경복궁에서는 그런 것을 지키는 편이 좋지. 몇 군데 이해가 안 가는 부분이 없는 건 아니지만 없는 것보다는 낫다고 생각한다. 특히 집을 떠난 지 얼마 안 되어 모든 것이 무서운 신입 궁녀들에겐 꼭 필요한 조언이겠다."

궁주가 이해해주는 말을 하자 장미는 신이 나서 자신이 들은 이야기를 말해주었다. 효진이 새로 들어온 정의궁주네 몸종에게 맞았는데 감찰상궁은 이상하게도 가해자만 감싸고 돌더라는 것이다.

"눈두덩이에 주먹만 한 멍이 들었는데도요. 때린 사람은 목을 꼿꼿이 들고 다니고 맞은 사람은 자리를 피하다니 이게 맞는 건가 말이죠."

"궁은 정의 실현의 공간은 아니지. 효순궁주는 고아지만 정의궁주 쪽 외척은 공신이니 어쩔 수 있나."

경안궁주의 말에 백희는 남몰래 탄복했다. 맞다. 이곳은 정의 실현의 공간이라기보다는 그저 권력의 장이며 정치의 격돌지일 뿐이다. 하지만 또 여기에는 사람이 산다. 사람 마음이라는 게 무 자르듯이 딱 잘라져서 권력만 숭상하지는 않는다.

원래 효순궁주는 능소화 궁주라고 불리며 비웃음과 동정을 반반씩 받고 있었지만 최근 빨래터 일 이후로는 완전히 분위기가 역전되어 '조용하고 맘씨 고운 효순궁주에게 거스르는 간악한 정의궁주'라는 구도가 만들어졌다. 물론 두 사람이 빨래터에서 머리카락을 쥐어뜯고 싸운 것은 아니다. 하지만 아이 싸움이 어른 싸움 된다는 말처럼 종들의 싸움이란 사실 상전의 싸움이나 마찬가지고 내명부 서열이 아직 확실하게 정해지지 않은 작금에 와서는 누가 이기는가 하는 것이 초미의 관심사였다.

그래서 효순궁주인가 아니면 정의궁주인가. 처음에는 효순궁주가 득세하는가 하더니만 단지가 사라지면서 정의궁주 쪽으로 여론이 기울었다. 단지를 없앤 것이 효순궁주라는 소문이 돌기 시작한 것이다. 이래저래 양쪽 궁주 모두에게 득 될 것은 하나도 없는 싸움이었다.

궁녀 실종 사건은 금상에게까지 보고가 올라갔고 승자는 엉뚱한 곳에서 나타났다. 내명부의 주인이 냉궁에 있으니 사건을 조사할 사람은 왕과 왕비의 절대적인 신임을 받고 있는 신녕궁주*밖에 없었던 게다. 이는 정의궁주든 효순궁주든 신녕궁주의 조사를 받아야 한다는 것을 의미했다.

신녕궁주는 사실 신분이 높은 사람은 아니었다. 출신에 대해서는 모두 함구하고 있지만 중전마마를 모시던 몸종이었으니 아마 귀족 출신은 아닐 것이다. 하지만 아무도 감히 그를 몸종 출신이라 부를 수 없었는데 중전이 직접 왕에게 올린 명실상부한 중전의 사람이었기 때문이다. 비록 지금은 냉궁에 갇혀 있는 신세지만 수많은 정적을 제거하고 이 자리에 오른 중전의 영향력을 무시할 수 있는 사람은 아무도 없었다. 주상조차도.

신녕궁주는 왕비가 직접 고른 사람답게 성격이 호탕했는데 목소리는 낮고 또렷했으며 아름답다기보다는 잘생긴 외모를

---

* 시호는 신빈 신씨. 태종의 후궁이다. 처소는 휘영당輝影堂이다.

가지고 있었다. 서글서글한 눈매에 궁녀들 중에서는 가장 키가 커서 여럿이 서 있어도 그밖에 보이지 않을 정도였다. 자기 몸을 스스로 지킬 수 있을 정도의 무공도 겸비하여 원래는 중전이 호위 무사처럼 데리고 다녔다고 한다. 무거운 가채를 얹고 다니는 지금도 그 걸음걸음이 나는 듯 산뜻하여 궁녀들 중 몰래 그를 흠모하는 사람도 있을 정도다. 그는 감색 바탕에 은박으로 장식한 긴 저고리를 주로 입었는데 늘씬한 몸과 곧은 눈매가 잘 어울려서 어떤 선비보다도 선비다워 보였다.

그런 신녕궁주가 움직이기 시작했다. 세답방 궁녀들은 물론 침방, 수방, 내외 소주방과 생과방에 이르기까지 단지와 한 번이라도 말을 섞었던 사람은 죄다 감찰상궁의 조사를 받았다. 물론 얼마 전에 효진과 단지가 크게 다투었던 사건도 재조명되었다. 그때는 어영부영 넘어갔던 일이지만 실종 사건 앞에서도 그럴 수는 없는 일이다. 효순궁주는 물론 정의궁주 또한 혐의에서 자유로울 수 없었다.

"그래도 효순궁주는 아니야. 어떻게든 정의궁주 쪽에서 잘못을 했겠지. 설령 그러지 않았더라도 그렇게 결과가 나올걸?"

경안궁주가 말하자 나머지 궁녀들이 왜냐고 묻지도 못하고 눈을 빛내며 말이 이어지기를 기다렸다.

"어째서냐고? 그야 당연하지. 효순궁주와 신녕궁주는 친하잖아."

조사를 명하는 사람이 신녕궁주이니 효순궁주에게 해가 되는 판결을 내릴 리가 없다. 경안궁주의 말에 궁녀들이 연달아 고개를 끄덕였다. 중궁전 궁녀 출신인 두 사람은 어렸을 때부터 함께 고생을 해온 사이라 신분이 고귀해진 지금도 함께 뜰을 산책하는 모습을 어렵지 않게 볼 수 있었다. 냉궁 아닌 냉궁에 사는 능소화 궁주는 손바닥에 올릴 수 있을 정도로 자그마한 여자였는데 신녕궁주 보폭의 절반밖에 되지 않아서 함께 산책이라도 하는 날에는 신녕궁주가 한참 그 걸음을 기다려주고는 했다.

두 사람은 마치 빛과 그림자, 해와 달처럼 달랐다. 그럼에도 그들이 우정을 이어가는 것은 신기한 일이었다. 신녕궁주는 여유가 있을 때면 효순궁주가 있는 안상재에 있는 날이 많았는데 사실상 그는 안상재의 유일한 손님이기도 했다. 그를 제외하고는 아무도 효순궁주에게 관심도 없었으니 말이다.

"조사를 하면 뭘 해요? 제가 볼 땐 조사니 뭐니 하는 건 다 쓸모없는 짓이에요. 이건 사람이 일으킨 일이 아니거든요."

장미가 말하자 연홍이 즉각 반박했다.

"사람이 아니면 누가 일으킨 건데?"

"엊그제 소주방 최 상궁님한테 들었는데 비망록에서 우물을 보지 말라 하는 것은 사실 우물 안에 사람과 비슷하게 생겼지만 사람은 아닌 것들이 살고 있기 때문이래. 그들은 후손을 낳을 처녀를 항상 찾고 있다는구나. 그래서 궁녀들만 보면 자기 세상으로 끌고 데려가려 한대. 그래서 시체도 나오지 않는 거지."

장미의 말에 노아가 제동을 걸었다.

"그것이 말이 되니? 좀더 논리적으로 생각해야지."

노아는 또 다른 말을 했는데 자기가 듣기로 우물이 생각보다 아주 깊어서 그 물길이 청계천과 연결이 되어 있다고 한다. 그래서 그곳에 빠지면 시체를 건질 수 없게 된단다.

"시체는 지금 청계천으로 흘러 들어가 있을 거다. 그곳을 뒤지면 반드시 찾을 수 있을걸?"

궁녀들의 이야기를 가만히 듣고 있던 경안궁주가 모르는 소리 말라는 듯 수차례 고개를 저었다. 궁주는 예의 속이 비치는 적삼을 입고 다리를 벌려서 편하게 앉더니 지난번처럼 연홍에게 부채를 건넸다. 연홍은 그게 자신의 의무라는 듯 부채를 소중히 받아 궁주의 젖은 머리카락을 말려주었다. 아무래도 경안궁주는 무언가 알고 있는 모양이었다. 하지만 백희는 아무것도 물을 수가 없었다. 그럴 수 있는 위치가 아니다. 경안궁주야 뭐든 궁금하면 물을 수 있지만 아랫사람은 윗사람이 먼저 이야기를 꺼낼 때까지는 아무것도 물을 수 없으니 간질거리는 입술을 꾹 다물고 있는데 이제 겨우 궁녀 생활 삼 년 차가 된 연홍이 침묵을 깨고 질문했다.

"혹 궁주께서는 무언가 알고 계십니까?"

궁녀들이 놀라서 연홍을 주목했지만 연홍은 다소 상기된 얼굴로 얼굴을 갸웃할 뿐이었다. 경안궁주는 누군가 자신에게 질문하는 것이 낯설었는지 잠깐 멈칫하더니 이내 크게 웃었다.

"정말 이곳에 오면 재미있는 일뿐이구나. 내게 하문하는 궁녀도 있고."

"용서하세요. 제가 잘못 가르쳐서 그렇습니다."

노아가 연홍의 머리를 쥐어박으며 바닥으로 조아리게 만들었다. 경안궁주는 그런 것까지도 귀여워 보였는지 입꼬리를 실룩거리며 손사래를 쳤다.

"그만하면 됐다. 아직 어린 궁녀 아니냐. 다 그러면서 배우느니라."

궁주가 나이 많은 어른인 척하는 게 귀여웠지만 그렇다고 정말 웃을 수는 없었다. 궁주는 정말로 어엿한 어른이나 되는 것처럼 자세를 고쳐 앉더니 빙그레 웃었다.

"사실 말이다, 궁녀가 사라진 것이 처음은 아니야."

네? 궁녀들은 눈이 커다래져서 경안궁주의 말에 귀를 기울였다. 경안궁주는 아니, 내가 또 무슨 소리를, 하면서 몇 번이나 뜸을 들이더니만 결국은 못 이기는 척 입을 열었다. 너희만 알아라, 하고 말이다. 오늘은 평소와 달리 듣는 귀와 말하는 입이 뒤바뀐 날이지만 원래 이야기가 그런 것 아니던가. 말하는 이가 듣게 되고 듣는 이가 말하게 되는 것이다. 궁녀들은 경안궁주의 작은 입술에 집중했다.

경안궁주의 이야기
—웃지 않는 궁녀

이렇게 자리 잡고 이야기해보는 것이 처음이라 쑥스럽구나. 내가 이제껏 이야기하던 상대는 보모상궁이거나 어마마마, 아바마마 그리고 함께 공부하는 스승님 정도였느니라. 이렇게 마치 여염집 계집아이가 하듯이 또래 아이들끼리 이야기하는 것은 처음이라 무척 재미있고 또 어색하기도 하다. 그러니 너희도 이번 일은 듣고 잊어버려야 하느니라. 이전에 백희가 말하길 이야기를 들으면 귀를 씻는다고 했던가? 꼭 그렇게 해주어라. 궁궐에 내 말이 옮겨 다닌다고 생각하면 끔찍하구나.

너희들은 교태전에 오기 전에 어디에 있었느냐? 백희 너는 세답방에 있었을 테고 연홍 장미는 각각 소주방과 생과방이던가? 그러면 마노아 너는? 아아. 침방에 있었느냐? 그러면 바느질을 무척 잘하겠구나. 나중에 한 수 가르쳐다오.

궁의 곳곳에 있던 너희들이 이렇게 한 방에 모일 수 있었던 이유를 아느냐? 맞다. 이곳이 냉궁이 되면서 어마마마를 모시던 궁녀들이 모두 퇴출되었기 때문이지. 수족과도 같은 몸종들을 모두 잃으신 어마마마의 고충이야 말해 무엇하겠느냐. 오랫동안 함께해온 동무와도 같은 몸종들을 잃었으니 어찌나 상심이 크신지 아예 내방에 틀어박혀 나오지도 않고 계시잖니. 아니, 너희를 탓하는 것이 아니다. 너희가 아무리 성심성의껏 모신다고 한들 남의 손발을 쓰는 것처럼 어색하고 불편하실 거란 이야기다. 너희는 아무런 역사도 이야기도 모르지 않느냐. 이곳에 오기 전, 사가에서 어머님이 얼마나 고생을 하였는지, 무슨 고민을 하고 어떻게 그것을 헤쳐나가면서 이 자리까지 왔는지도 모를 테니 그런 너희들과 나눌 대화가 없는 것이 당연한 것이니라.

주인에게 종이란 수족이라는 말로 흔히 묘사되지만 아무래도 그 외에 특별한 감정이 있지 않나, 생각한다. 종은 주인에게 목숨을 의탁할 수밖에 없으니 당연한 것이지만 사실은 주인도 종에게 어느 정도는 목숨을 맡기고 있는 것이나 다름없지. 아무리 주인의 권력이 크더라도 종의 순수한 선의나 충심에 기대야만 하는 일이 생기게 마련이야. 그 둘은 서로 믿고 의지하지 않으면 안 되는 관계다. 서로가 서로를 의심하는 순간 손과 발이 몸에서 떨어져 나온 것처럼 되어 서로를 죽이게 되니 말이다.

사람을 어느 정도까지 믿는 것이 옳으냐?

사람을 너무 믿지 않으면 외로워진다. 아무 말도 하지 않으면 실수는 하지 않겠지만 그 속은 곪아 들어 건강하지 못하게 되느니라. 그러나 너무 말을 많이 한다면 말이 칼이 되어 자신의 등을 찌르게 되지. 특히 이런 궁궐에서는 말이다. 누가 살고 죽는지 알 수 없다 보니 외려 더 사람을 믿게 된단다. 이상하지? 사람을 믿을 수 없기 때문에 사람을 믿는다는 것이. 하지만 그렇게 해야 살 수가 있단다. 누구를 믿어야 할지 알 수 없다고 허허벌판의 갈대처럼 흔들리면 안 돼.

그럴 때는 그저 누구에게건 '자기 사람'이라고 도장을 찍어 두는 거야. 그러면 나중에 어떤 일이 생겨도 그가 기준이 되거든. 설사 '자기 사람'이 나에게 해를 입히더라도 그를 믿어주어야 해. 오히려 그 믿음이 나를 살린단다. 나중에 그가 결국 나를 배신하게 되더라도 그동안엔 그 때문에 살게 되는 거야. 바다 위에 떠 있는 부표처럼 그를 의지해서 숨을 쉬는 거다. 그 부표에 몸을 너무 의지한다면 되려 바다에 빠지게 되지만 말이다. 너희는 무엇을 선택하겠느냐. 사람을 믿고 배신당하겠느냐, 사람을 믿지 않고 혼자 죽어가겠느냐.

대답이 없군. 어느 쪽도 고를 수 없는 모양이구나. 무에 그리 어려우냐. 내 사람을 만들어 나를 배신하기 전에 죽여버리면 될 일이 아니냐. 내 사람이었던 사람을 죽이고 내 사람이었을지도 모르는 사람을 죽이고. 그렇게 다 죽이고 나면 또 내 사람을 만들어 나를 배신하기 전에 죽여버리는 거다. 어째서 표정들이 그러하냐? 하하. 농담이다. 너희에게는 무슨 말을 못하겠구나.

내가 무슨 말을 하려 하였지? 그래. 교태전에서도 일전에 궁녀 하나가 사라진 적이 있단다. 음? 처음 듣는 소리라고? 당연하지. 누가 감히 교태전의 허물을 들먹일 수 있겠니?

너희는 아마 만난 적이 없을 것이다. 그 궁녀는 교태전에서도 지밀에 있었는데 어마마마가 아주 총애하셔서 침식을 같이 할 정도로 꼭 붙어 있었단다. 충직한 종이었지. 그 종을 뭐라고 불러야 할까.

궁주가 거기까지 말하고 잠깐 말을 쉬었다. 실명을 부를 수도 없는데 갑자기 시작한 이야기다 보니 적당한 가칭이 생각나지 않는 모양이었다.

그때 노아가 문득 끼어들었다.

“김가 항아님이라고 하시지요. 그 성씨가 가장 흔하니 말입니다. 이야기에서 꼭 사실만을 말하실 필요는 없으니 적당히 가감하여 말씀하셔도 됩니다. 이야기의 본질만 흐트러지지 않는다면 아무래도 상관없으니까요."

경안궁주는 썩 내키지 않는 듯 저어했지만 괜히 흔치 않은 성씨를 이야기했다가 궁녀들이 사실관계를 찾아내려 하지 않을지 그것이 또한 걱정되어 개운치 않게 고개를 끄덕였다.

"그래. 김가라고 하자."

그래서 이야기의 주인공은 김가 항아님이 되었다.

그래, 김가라고 하자. 네 말대로 사실만을 말해야 하는 것은 아니니까.

나는 김가를 퍽 좋아했다. 눈치가 빠르고 시키지 않은 일도 알아서 잘했거든. 어머니의 지밀이긴 했지만 나 역시 잘 챙겨 주었다. 하지만 정말 이상한 것은, 그가 전혀 웃지를 않았다는 거다.

김가는 웃지 않았단다. 물론 아주 우스운 일이 있을 때는 고개를 숙이고 입으로 '하하' 하며 헛헛한 소리를 내긴 했지만 그것을 웃음이라고 부를 수는 없는 일이지. 늘상 얼굴을 찡그리고 있었다는 이야기는 아니야. 그냥 웃지 않았을 뿐. 그 애의 굳은 표정을 싫어하던 형님들이 가끔 찾아와서 구석에 그 애를 세워놓고 이마를 손가락으로 쿡쿡 찌르면서 비웃기도 했지만 그래도 그 애는 웃지 않더라. 화내지도 않았고. 하긴 궁주들에게 화를 냈다간 상황이 더 악화되기만 했겠지만.

김가는 눈썹을 일자로 가지런히 하고 눈동자만 빤히 올려다보는 새침한 표정을 짓길 잘했다. 마치 사대부댁의 새초롬한 아가씨의 표정 같았지. 그러니 무척 건방지다는 소리를 들을 밖에. 그 애는 사대부댁 아가씨가 아니잖니. 기껏해야 궁중 여관일 뿐이지. 게다가 노비의 자식이고.

언젠가 나를 길러준 유모에게 물어본 적이 있단다. 하루 종일 나를 돌본다면 유모의 진짜 아이는 누가 돌보고 있느냐고. 그랬더니 뭘 그런 것을 묻느냐는 듯이 웃더라.

"아기씨, 노비의 아이는 돌보며 자라는 것이 아니랍니다. 노비라는 것은 태어날 때도 울지 않고 웃으며 태어난다고들 해요. 울고 칭얼거려도 되는 건 마님의 아기씨들뿐이죠. 어리광을 받아줄 사람이 있으니까요. 하지만 노비의 자식들은 그렇지 않습니다. 허리도 활처럼 휘어 굽실거리기 좋게 생겼지요. 대대로 그렇게 살았어요. 뻣뻣하고 짝 벌어진 어깨로는 아무것도 할 수 없어요. 허리는 구부정하고 눈빛은 순종적이어야 두 대 맞을 매를 한 대 맞을 수도 있는 거니까요."

유모는 또 이런 이야기도 해주었다.

웃지 않는 공주님이 있었단다. 아무리 우스운 일이 있어도 웃지를 않아 임금님은 큰 고민에 빠졌대. 그래서 공주님을 웃게 하는 사람에게 공주와 결혼할 수 있게 해주고 또 나라의 절반을 떼어 주겠다고 하셨단다. 그 공주가 결국엔 웃었는지 울었는지 기억나지 않지만 김가만 떠올리면 그 이야기를 해주던 유모의 말이 자꾸만 기억에 남는 게야.

"아기씨, 너무 우습지 않습니까? 만약 제게 웃어보라고 했으면 일각에 서른 번도 웃을 수 있었을 텐데요. 어려운 일이 아니니까요. 아버지를 곤란하게 할 필요가 뭐가 있겠어요. 웃으라고 한다면 웃어야지요. 아버지가 아니라 지나가는 거지가 웃으라고 해도 웃었을 거예요. 명령받는 데에는 익숙하니까요. 하지만 웃지 않아도 괜찮은 입장에 선다면 네, 아마 굳이 웃지 않겠지요. 그러니까 웃지 않아도 되는 입장이란 얼마나 근사한가요? 굳이 웃으며 남의 비위를 맞추지 않아도 웃고 싶지 않다는 이유만으로도 웃지 않아도 되는 삶이란 참 부럽지요. 일국의 공주는 되어야 그럴 수 있는 겁니다. 웃지 않는 하녀 이야기를 들어보신 적 있나요? 그런 하녀는 없어요. 만약 그런 하녀가 있다면 거꾸로 매달아놓고 마님의 기분이 풀릴 때까지 이박 삼일간을 때리신 후에 웃으라고 명령하면 될 테니까요. 그러면 피를 거꾸로 줄줄 흘리면서도 얼굴만은 활짝 웃어 보일 겁니다."

유모의 말처럼 김가는 웃지 않는 공주 같았다. 형님들이 괴롭히고 상궁들이 기합을 주고 다만 웃지 않는다는 이유로 동료들의 미움을 받아 휴가 없이 일을 해도 그 애는 변명도 하지 않고 아쉬운 소리도 하지 않았어. 그래서 그 애는 더욱더 미움을 받았다.

나는 지금도 그것이 무척 이상한 일이라고 생각한다. 아마 그 애의 마음속에 아무도 건드리지 못하는 무언가가 있었던 모양이지. 다른 사람들이 때리고 짓밟아도 마음속으로는 자기는 다르다는 자부심 비슷한 것이 있었는지도 모르고. 조금 웃으며 사근사근하게 구는 것이 그렇게 힘든 일일까? 나는 공주지만 웃지 않을 자신은 없었다. 왕자가 아니니까. 그런 선택지가 있었는지도 몰랐다. 그런데 김가 같은 사람도 있기는 있는 모양이더라. 꺾어질지언정 휘지 않는 대나무같이 말이다. 어쩌면 궁궐에서 김가가 가장 선비다웠는지도 모르겠구나.

어마마마는 그 점을 좋아하셨던 것 같기도 하다. 이 아이라면 타협하지 않겠구나. 내게 바른말을 해주겠구나. 아양을 떨지는 않아도 적어도 거짓말을 하지는 않겠구나, 하고 말이다. 김가는 어머니의 총애에 힘입어 지밀상궁이 되었고 최측근에서 어머니를 모시게 되었다. 그래서 너희들이 그 모습을 본 적이 없는 게지. 마치 자신이 중전인 것처럼 내방에서 한 걸음도 나오지 않아도 좋았으니까. 찻잔보다 무거운 것은 들지 않고 수저보다 다루기 힘든 것은 만지지 않아도 괜찮았으니 말이다.

김가가 웃는 것을 딱 한 번 본 적이 있다. 겨울에 얼음지치기를 하러 한강에 갔을 때였다. 보모상궁은 마침 고뿔에 걸려 가지 못하고 어마마마의 배려로 김가와 함께 한강에 나갔지. 한참 놀던 중에 한 걸인 부부를 보았다. 나무로 만든 귀신 탈을 쓴 광대 부부였는데 조심조심 한강을 걷고 있었어. 귀신 탈을 벗지도 않고 아내와 남편이 광대 놀이를 하면서 걷더구나. 그 모습이 얼마나 우습고 또 부부의 정이 얼마나 도타워 보였는지 어린 마음에도 참 좋아 보여서 흐뭇하게 보고 있었다. 사랑하는 사람과 살 수 있다면 걸식을 해도 행복할 수 있구나, 하고 생각했다.

그런데 그때 갑자기 아내가 아래로 사라졌다. 얼음이 깨지고 만 게야. 남편은 가면을 벗을 겨를도 없이 아내를 구하려 했지만 두꺼운 얼음 아래 빠른 유속으로 흘러가는 아내를 어찌 잡을 수 있겠니. 광대는 얼음 위에서 통곡을 했다. 우스꽝스러운 가면을 쓰고 꺼이꺼이 목놓아서 울고 있는 모습이 꼭 연극의 일부 같았다. 가면을 쓴 남자가 슬퍼하면 슬퍼할수록, 마음이 괴로워서 몸을 꼬면 꼴수록 우스꽝스러운 가면 때문에 장난질을 하는 것처럼 보였다. 흔들흔들 춤을 추는 것처럼 보였다. 어쩌면 아내는 흔히 연극에서 그러듯이 잠시 무대 밖으로 나갔다가 극이 끝나면 다시 걸어 나와 인사를 할지도 모른다는 생각마저 들었다.

하지만 인생은 연극이 아니지. 죽음은 농담이 아니고. 광대는 얼음 아래로 빠진 아내를 어떻게든 잡기 위해 폴짝폴짝 뛰고 물에 발이나 손을 담그기도 하고 아무래도 손에 닿지 않는 아내의 옷깃이라도 잡기 위해 몸을 뻗어 얼음판을 헤집었다. 기묘한 자세로 몸을 구부리고 물고기처럼 팔딱거리면서.

그때, 김가가 웃더구나. 세상 그렇게 우스운 일이 없다는 듯이 목이 쉬도록 깔깔대며 웃었어. 부부의 정이 도타울 때는 무표정하더니만 아내가 죽으니 그제야 웃더란 말이다. 그러고는 거울처럼 광대의 행동을 따라 했어. 몸을 흔들흔들하고 엎드려서 물고기처럼 팔딱거리는 흉내를 내더라. "이렇게 하니 똑같지 않습니까, 궁주님?" 하고 웃더라.

그때 생각했지. 아, 저이는 사람이 아니로구나, 하고.

아무렴. 그때부터 나는 김가를 이전과는 다른 눈으로 보게 되었다. 혹시 어마마마께 해를 끼치진 않을지, 몹쓸 짓을 하지는 않는지 자꾸만 살피게 되더구나. 어마마마께도 김가를 조심하라 몇 번이나 말을 하였지만 어린 계집의 말이라 그런지 내 말을 귀담아 들으시진 않았어.

그러던 어느 날이었다.

교태전에 어머니를 뵈러 왔다가 잠이 들었는데 한밤중에 불편한 느낌에 일어나 보니 이불에 뭔가 묻어 있더구나. 달거리를 시작한 거였어. 이전에 유모에게 이야기를 들은 적이 있기는 했지만 막상 보니 당황스럽더구나. 자는 유모를 깨우기도 그렇고 아침까지 궁녀들을 기다리는 것도 마음에 들지 않아서 직접 빨기로 했지. 이불보는 차치하고라도 속옷과 옷에 묻은 것이라도 빨고 싶었어. 몸도 좀 씻고 싶고. 수라간에 가서 뜨거운 물을 가져와야지 싶었지만 그 늦은 시간에도 수라간에는 궁녀 아이들이 번을 서고 있더구나. 거기서 아쉬운 소리를 하기가 싫었다. 피 묻은 빨래를 보여주기도 싫고.

그래서 하는 수 없이 우물가로 갔지. 우물은 아무도 사용하질 않으니까 들키지 않을 줄 알고 말이다. 우물 더깨를 들어내고 물을 길으려고 하는데 시선이 느껴지는 거야. 그래서 겁에 질린 채로 주위를 조심히 둘러보았더니 김가가 나를 빤히 보고 있더구나. 놀라서 나는 소리를 지를 뻔했다. 하지만 김가는 그런 내가 우습다는 듯이 특유의 그 입만 웃는 미소를 짓더니만 검지를 내 입술에 대더구나. 쉿, 소리치지 마세요. 사람들이 깨겠습니다.

"이것들은 다 뭐지요?"

나는 예상치 못했던 달거리 때문에 옷을 버린 이야기를 했지. 그러자 김가는 가엾다는 듯이 혀를 쯧쯧 차면서 "저런, 옷을 버리셨군요. 제가 빨래를 대신 해드릴 테니 어서 돌아가세요" 하는 게야. 나는 고맙다고 말하고 다시 잠자리로 돌아와서는 새 옷으로 갈아입고 잠을 청했다. 그런데 아무래도 잠이 잘 안 오더라. 배가 욱신거리는 것도 그렇지만 김가의 웃음기 없는 미소가 계속 생각나는 거야. 아무래도 김가가 내 속옷을 만진다는 게 영 껄끄러웠던 거지. 그래서 다시 우물로 돌아갔다.

그날은 바람도 스산했다. 바람에 버들잎이 흔들릴 때마다 한기가 돌아 팔뚝에 오소소 소름이 돋았다. 멀리서 김가의 뒷모습이 보이는데 새까만 머리카락이 달빛에 비쳐서 그런가 새파랗게 빛나더라. 김가는 내 옷 위에 물을 끼얹고 방망이로 두들겼는데 그러면서 무슨 말을 입으로 외웠다. 사람 이름인 것 같았는데 제대로 알아들을 수는 없었느니라. 김가는 물을 떠서 옷을 적시고 방망이를 두들기고를 몇 번 반복하더니 문득 물을 뜨다 말고 우물물을 내려다보더구나. 어두워서 아무것도 비치지 않을 우물을 한참 동안이나 보더니만 물을 떠서 대야 위에 부었다. 그러고서 대야를 또 가만히 들여다보는데 대야 속에 달이 들어간 것처럼 빛이 났느니라. 처음에는 정말로 달님이 비춰서 그런 것인 줄 알았는데 다시 보니까 대야에 빛이 반사된 것이 아니라 대야 안에서 빛이 흘러나오고 있었다. 거울을 보면 이곳과 똑같은 세상이 벽 너머에 있는 것 같잖니. 꼭 그렇게 보였는데 대야 안의 세상은 밤이 아니라 낮인 모양인지 새파란 달빛이 아닌 따뜻하고 경쾌한 햇빛이 반사되어 대야를 중심으로 한 자 정도 되는 곳이 모두 낮처럼 밝더구나.

대야를 가만히 보던 김가는 이윽고 대야 안에 얼굴을 집어넣었다. 세수를 참 특이하게 하는구나, 싶었는데 점점 거꾸로 몸이 처박히기 시작하는 거야. 목, 어깨, 허리, 허벅지, 다리 발목, 그리고 발끝까지 대야 안으로 빨려 들어가듯 사라졌다. 깜짝 놀라 대야를 들여다보니 우물물이 들어 있는 대야 속에는 이 세상과 똑같은, 작은 세상이 있었다. 궁궐의 어처구니도, 처마 아래 단청도, 모든 것이 대야 밖의 것과 똑같았다. 다른 것이 있다면 다만…… 물속에 거꾸로 박혀 있는 김가의 얼굴이…… 김가의 것이 아니었다. 그것은 내가 아는 어떤 얼굴이었는데 절대 김가는 아니었다. 놀라서 비명을 지르자 그 얼굴은 이번엔 물고기로 변했다.

그제야 알았지. 김가는 물고기였던 거야. 그래서 웃을 줄을 모르는 거다. 물고기는 표정이 없잖니. 나는 대야에 다가가 나도 모르게 엄지손가락을 담갔는데 그 순간 물고기의 눈꺼풀 없는 동그란 눈동자가 나를 똑바로 쳐다보았다. 아직 눈과 코는 채 물고기로 변하지 못해서 사람의 것이었다. 김가는 무서운 표정으로 수면을 벗어나 나를 향해 튀어 올랐는데 크게 벌린 물고기 입에서는 사람의 치아가 가지런해서 더 끔찍했다. 김가는 내 손가락을 물어뜯기 위해 맹렬하게 달려들었고 나는 깜짝 놀라 대야를 엎어버렸다. 쨍그랑, 하는 소리와 함께 대야가 엎어졌고 물이 모두 쏟아지면서 대야 속의 세상은 사라졌다. 대신 물고기 한 마리만이 파닥거렸다. 푸드득 흔들리던 꼬리가 아직도 생각나는구나. 얼마 지나지 않아 물고기는 주먹만 하게 작아졌다. 움직임이 현저하게 둔해져서 곧 죽을 것 같아 보였다. 나는 순간 가여운 마음이 들어 물고기를 손으로 잡아 우물 안에 넣어주었다. 물고기는 깊고 어두운 우물 속으로 유유히 사라져버렸다. 그걸로 끝이었다.

다음 날 김가가 사라졌다는 것을 알고 나는 정말 놀랐다. 내가 겪은 일이 꿈이 아니라는 방증 아니냐. 그런데 이상하게 감찰궁녀들도 그를 찾지 않더구나. 처음부터 김가라는 궁녀는 있지도 않았던 것 같았다. 동료 궁녀들에게 물어봐도 "잘 모르겠습니다" 할 뿐, 대답을 피하더라. 무엇보다 어마마마께서 너무나 평온하시더구나. 평소에 수족처럼 부리던 종이 사라졌는데도 적극적으로 찾지도 않으시고 걱정하는 기색도 아니었어. 어디에 갔는지 아시는구나, 하고 나는 생각했다. 짐작한 것이지. 따로 물어보진 못했지만.

나는 그때부터 교태전 출입을 삼갔고 밤에는 되도록 소피를 보지 않기 위해 노력했단다. 뒷간에 가려면 꼭 우물을 지나야 했으니 김가가 사라진 그 불길한 우물을 다시 마주치고 싶지 않았기 때문이야. 혹시 아느냐. 김가가 원래 물고기인 것이 아니라 그 우물에 홀려서 물고기가 되고 만 것일지. 다시는 그와 마주치지 않도록 교태전 출입을 영영 안 하고 싶었지만 매일 문안 인사를 빠뜨릴 수는 없었고 어마마마께서 자꾸 식사를 같이 하자는 둥, 여기서 자고 가라는 둥 하여 내 맘처럼 되지는 않았다. 교태전에 오기 싫었던 나는 결국 어머니께 사실을 털어놓았는데 글쎄, 내 말을 듣고도 그저 웃으시더라.

궁주, 다 자란 줄 알았는데 아직도 꿈과 현실을 구분 못 한단 말이냐? 김 상궁은 내 명으로 사가로 돌려보내지 않았니, 하시더란 말이다. 세상에 귀신이 곡할 노릇이지. 분명 김가가 물고기로 변해 사라진 것을 내 눈으로 똑똑히 봤는데 어머니는 자신이 김가를 내보낸 것으로 기억하고 계시더구나. 내가 놀라서 아무 대답도 못 하자 어마마마는 어의를 불러 진맥을 보게 하시고는 야뇨증에 좋은 한약을 한 첩 지어주시는 것으로 그 일을 마무리 지으셨단다. 야뇨증이라니. 세 살 먹은 어린 애도 아니고, 참.

어의는 내게 무슨 걱정이 있느냐, 고민이 있느냐 하는 것들을 집요하게 물었다. 나는 무어라 대답해야 할지 몰라 숨기고 숨기다가 지나가는 말로 사람이 물고기로 변하는 일도 있느냐 물었다. 그러자 어의는 무엇을 알고 있는 듯이 웃는 게야. 왜냐고 물어도 별것 아니라며 대답이 없기에 사실을 말하라고 내가 몇 번이나 추궁하였더니 겨우 입을 열었다.

"병화어炳化漁를 보셨군요."

"병화어?"

"병화어는 원래 물고기였는데 오래 살아 신력을 얻으면서 사람 행세를 하게 됐지요. 사람 행세는 하고 싶은데 원래 짐승인지라 사람이 어떻게 행동하는지 알지 못하기에 자신이 잡아먹은 사람의 얼굴과 행동을 그대로 따라 한답니다. 아이고, 완전히 얼어버리셨네. 이럴까 봐 말씀 안 드리려고 했는데. 무서우십니까? 하하. 괜찮습니다. 중전마마 말씀 잘 듣고 일찍 일찍 들어가 주무시면 병화어를 만날 일이 없습니다."

끝까지 어린애 취급이었다. 나이 든 남자들이란 언제나 이런 식이지. 내가 본 것의 반도 말하지 않았는데 어찌 그리 경박하던지.

내 이야기는 여기서 끝이다. 어쩌면 김가는 요사스런 우물에 홀린 가련한 궁녀일 뿐일지도 모른다. 아니면 정말로 병화어인지도 모르고. 내가 그를 살려 보낸 것이 잘한 일일까, 아니면 잘못한 일일까. 정말로 그가 병화어라면 그는 어떻게 하여 어마마마를 모시게 된 것일까. 그 모시는 마음에 정말 한 점의 불충도 없었을까? 나는 지금도 생각하곤 한다.

사가에 내려갔다는 김가는 어떻게 살고 있을까? 어마마마께서 정말로 그를 사가로 내보낸 것이 맞을까? 혹여 내가 본 것이 꿈이라면, 환상이라면, 다행한 일이다. 하나 내가 본 것이 참말이라면 그때는 어째야 하는 것일까? 그래, 내가 무엇을 할 수 있겠느냐. 어떤 일에 대해서는 다만 피해 가는 것이 도리일 때가 있느니라.

너희도 웃지 않는 사람을 본다면 조심하거라. 병화어일지 모른다. 우물을 보면 들여다보지 말고 되도록 돌아가거라. 그 안에 무엇이 있는지 어찌 알겠느냐.

우물을 궁금해하지 말 것

궁주의 이야기는 여기까지였다. 궁녀들은 아무 말이 없었다. 사라진 궁녀가 사실은 물고기였다는 말에 궁녀들이 뭐라고 말을 보탤 수 있겠는가. 하지만 웃지 않는다고 모두 물고기는 아닐 것이다.

백희는 자신이 만난 단지가 물고기일 거라는 생각이 전혀 들지 않았다. 사가에서 흔히 볼 수 있는, 자존심이 센 하녀일 뿐이다. 주인의 권력을 자신의 것으로 착각하여 오만하게 행동했지만 주제 파악을 하고 나면 궁궐의 여느 궁녀들처럼 조신해질 것이다. 백희는 궁주에게 묻고 싶은 것이 많았다. 다른 궁녀들도 많았을 것이다. 여느 때라면 괴담을 이야기하는 시간보다 괴담에 대해 이야기하는 시간이 더 길었을 것이다. 그러나 이상하게도 이날따라 궁주는 아무 대답도 하지 않고 오도카니 앉아 있더니 시간이 늦었다며 금방 돌아가버렸다.

아무리 닦아도 배어 나오는 땀처럼 이야기의 뒷맛이 찝찝하여 궁녀들은 잠을 청하지도 어쩌지도 못한 채 남아 여운에 잠겨 있었다. 중요한 것은 이야기보다 해석이라고 지난번에 경안궁주는 말했다. 하지만 이번 이야기에서 궁주는 아무 해석도 내놓지 않았다. 장미가 쭈뼛쭈뼛 입을 열었다.

"대체 왜 이런 이야기를 하신 걸까요. 혹시 그 김가 항아님이 아직 여기에 있는 거 아녜요?"

나머지 궁녀들의 시선이 집중되었다. 다들 무서운 소리 하지 말라며 손을 내저었지만 연홍만은 장미의 편에 서서 조리 있게 자신의 의견을 이야기했다.

"왜요, 전 장미 말도 일리가 있다고 생각하는데. 중궁전 출신의 궁녀가, 그것도 지밀 궁녀가 궁궐에서 사라졌는데 아무도 모른다는 게 말이 안 되잖아요. 궁녀는 궁궐의 비밀을 알고 있기에 종신직인 거니까요. 중전마마께서 내보내겠다 해도 주상 전하의 윤허가 필요한 일인데 아무도 모르게 한 명이 사라진다는 것이 있을 수 있는 일인가요? 문지기며 내관들이며 궁에 눈과 귀가 어디 한둘입니까? 정말 그들에게서 아무 말이 나오지 않게 할 수 있다고요?"

연홍의 말에 백희가 소름이 돋았는지 부르르 몸을 떨었다.

"그럼 네 말은 뭐야, 정말로 김가 항아님이 여기에 있다는 거야?"

"사라지는 것이 있을 수 없는 일이라면, 여기에 있어야지요."

연홍의 적극적인 의견 개진에 노아의 눈이 가늘어졌다. 노아는 손가락으로 관자놀이를 살살 어루만지며 한참을 생각하더니만 천천히 입을 열었다.

"'궁녀가 사라졌다'는 말은 한 사람이 완전히 사라졌다는 것을 의미하기도 하지만 다른 곳으로 옮겨졌다는 말을 의미하기도 하지 않느냐. 어쩌면 궁녀가 아무도 모르는 곳으로 사라진 것이 아니라 다른 신분의 사람이 되어 궁 안에 있다면……."

노아의 말에 다른 궁녀들이 낮게 탄성을 질렀다.

"그 또한 궁녀가 사라진 것이긴 하지요."

그렇다면 후보는 많다.

승은은 입었지만 회임을 하지 못해 특별상궁으로 경복궁에 남아 있는 중궁전 궁녀들을 포함한다면 다섯 손가락으로는 부족할지도 모른다. 주상은 단지 중전을 화나게 하기 위해서 궁녀들을 건드리던 때가 있었으니까. 그 외에도 효순궁주는 물론 신녕궁주 역시 중궁전 궁녀였다. 경안궁주가 말한 '궁녀가 사라졌다'는 말에 부합하는 사람들이다.

"제가 이리 말해도 되는지 모르겠지만 분명 경안궁주께서는 김가라는 궁녀가 꼭 선비와 같았다 하셨습니다."

장미가 어렵게 입을 열었다. 분명 경안궁주가 그리 말했다. 선비와 같은 궁인이라. 그런 사람이라면 궁 안에 단 한 명뿐이다.

"신녕궁주께서 웃으시는 것을 본 사람?"

아무도 없었다. 궁녀들의 머릿속이 복잡해졌다. 이 이야기의 주인공이 신녕궁주라고? 만일 그게 사실이라면 어떻게 되는 건가. 사건의 범인이 사건을 지휘하는 격이 아닌가.

"그런 질문으론 아무런 답도 얻지 못해. 궁주님들이 웃는 모습을 본 사람이 있니? 주상 전하 앞이 아니라면 누구의 앞에서도 웃지 않을걸? 우리 중전마마만 봐도 그래. 절대 허투루 웃지 않으시잖아."

백희의 말대로였다. 궁주 정도 되면 사람을 부리는 자리지 아양을 떨어야 할 자리는 아니다. 위엄 있고 근엄한 모습을 보이려고 하지 헤실거리는 모습을 보이려고 애쓰는 사람은 없다. 아무도 찾지 않는 효순궁주마저 언제나 딱딱하게 굳은 표정이니 말 다 했지.

"사실관계를 파헤치려 애쓰지 말자. 이야기의 해석이 중요한 것이지 그 내용이 중요한 것이 아니니까."

노아가 말했다. 궁주가 괴담을 들은 첫날 한 말이었다. 사실 여부가 중요한 것이 아니다. 그렇다는 말은 숨겼다면 숨길 만한 이유가, 비틀고 바꾸었다면 그럴 만한 이유가 있다는 소리다. 하지만 연홍은 아직 석연치 않은 듯했다.

"하지만 이 이야기는 감히 주인을 능멸한 종이 벌을 받는 이야기도 아니고 사라진 궁녀가 어쩌면 병화어일지 모른다는 의구심만 들게 할 뿐이잖아요. 그러면 우리는 사라진 궁녀를 찾을 필요도 없고 무엇도 하지 못하게 돼요. 대체 궁주께선 이 이야기를 왜 하신 걸까요? 우리는 이 이야기를 어찌 해석해야 합니까?"

"뭐 그렇게 복잡해? 나는 잘 들었는데."

뭐든지 단순화하길 좋아하는 장미가 입을 열자 다른 궁녀들 귀가 쫑긋해졌다.

"이 이야기는요, 절대 우물 더깨를 열지 말란 소립니다. 그러면 큰일이 생기니까요. 아셨죠? 자, 끝! 어서 가서 자요. 내일 일하려면."

장미는 그렇게 이야기하고 연홍의 손을 잡고 벌떡 일어났다. 연홍은 아직 자리를 파하고 싶지 않았는지 좀더 앉아 있고 싶어 했지만 장미의 채근에 하는 수 없이 발걸음을 돌렸다. 이상한 괴담회는 어영부영 끝나고 말았고 그날 밤 궁녀들은 이 아리송한 이야기에 대해 생각하느라 잠을 이룰 수가 없었다. 백희는 연홍의 말을 곱씹어보았다. 그러면 우리는 사라진 궁녀를 찾을 필요도 없고 무엇도 하지 못하게 돼요. 어쩌면 그것이 정답일지 모른다.

만약 궁녀가 사라졌다면, 그는 병화어일지도 모른다. 그는 사실 병화어이기 때문에 사라진 것이다. 그러니 찾지 않아도 괜찮다. 궁궐에 들어온 궁녀들은 다들 그렇게 잊히는 걸까? 내가 사라지면 너는 나를 찾아줄까? 백희는 노아의 단정한 옆모습을 빤히 쳐다보다가 그가 자신을 돌아보기 직전에 고개를 돌렸다.

"왜요?"

"아니야. 자자."

백희는 자신의 침상에 앉았다가 노아의 반대 방향으로 돌아누웠다. 내가 말없이 사라지더라도 너는 나를 찾아줬으면 좋겠다. 백희는 그렇게 생각했다가 제 목구멍 안쪽에 숨은 비비가 속마음을 읽는 것은 아닌가 싶어 괜히 입을 틀어막았다.

❁

혼자 자신의 처소로 돌아간 궁주는 오랜만에 긴 이야기를 했기 때문인지 잠을 깊이 자지 못했다. 어쩌면 이야기를 하느라 물을 많이 마셔 그런 것일지도 모른다. 듣기만 하던 괴담을 직접 말하는 일은 낯설었지만 기분이 나쁘지 않았다. 모두가 자신의 말에 주목하고, 자신의 침 넘기는 소리 하나하나에 화들짝 놀라 몸을 떠는 것에는 희열마저 느껴졌다.

궁주가 이불 속에서 몇 번이나 자세를 바꾸고 뒤척이는데 하필 또 꾸루룩, 하고 배에서 소리가 났다. 평소에는 밤에 뒷간에 가지 않기 위해 노력하는 편이지만 오늘은 소화가 잘되지 않았는지 속이 별로 좋지 않았다. 궁주는 요강을 쓰는 대신 하는 수 없이 뒷간으로 향했다. 별로 내키지는 않았지만 요강에 큰일을 보고 밤새 악취를 견디는 것보다는 그편이 나았다.

궁주는 이리저리 두리번거리지 않기 위해 큰 노력을 기울였다. 뒷간에만 다녀오는 거다. 주위를 너무 보지 말고 딱 뒷간에만. 궁주는 속으로 중얼거렸다. 예전에 무서운 일을 겪었던 우물을 똑바로 보지 않기 위해 일부러 고개를 돌려서 삐뚜룸하게 걸었다. 뒷간에만 가는 거다. 뒷간. 궁주는 속으로 다시 한번 그렇게 중얼거리며 번개같이 일을 보고 나왔다. 정신없이 일을 보고 나온 궁주의 눈에 물 채워진 대야가 보였다. 어쩌면 누군가 물을 길어놓고 깜빡하고 들어갔는지도 모른다. 우물물을 직접 긷지 않아도 되어 좋다고 생각하며 경안궁주는 참방참방 손을 씻었다. 차갑고 미끄덩한 물에 손을 담그고 있자니 더위는 온데간데없고 살짝 추위가 느껴질 정도였다.

차다. 여름 공기답지 않다. 아직 처서가 오려면 한참 멀었는데 찬바람이라니. 경복궁의 공기는 종잡을 수가 없다. 춥다고 생각하기 시작하니 한도 끝도 없었다. 정말로 전신이 덜덜 떨렸다. 팔뚝에 오소소 소름이 돋았고 마치 겨울에 그렇게 하듯 자신의 입에서 하얀 입김이 나왔다. 시야의 바깥에 그것이 있다는 것을 확연히 알 수 있었다. 어떻게든 그를 보지 않기 위해 애썼지만 궁금증이 공포보다 컸던 모양인지 자꾸 그쪽으로 시선이 갔다.

분명 아무도 없었는데 누군가 있었다. 머리카락이 길고 가냘팠으며 산호색의 저고리를 입고 있었다. 달덩이처럼 밝은 얼굴이 어두운 우물가에 동동 떠서 마치 달걀 같았다. 힐끔 본 것뿐이지만 김가와 얼굴이 달랐다. 그것만으로도 공주는 약간 마음을 놓았다. 하지만 다시 그 궁녀를 쳐다보았을 때, 공주는 혼란에 빠졌다. 얼굴은 김가와 달랐지만 커다란 눈, 알 수 없는 표정하며 콧대 높은 태도가 꼭 김가와 같았던 것이다. 웃지도 울지도 않는 표정으로 공주를 빤히 쳐다보는. 궁에서는 아무도 그런 표정으로 왕족들을 보지 않는다. 그런 시선 자체가 불충이며 반역이다. 얼굴이 완전히 다른데 저치도 김가인가. 얼굴이 달라도 누구나 김가가 될 수 있는 것인가.

그는 공주를 보더니 자리에서 일어나서는 눈은 그대로 둔 채 입꼬리만 살짝 올려 웃었다. 그리고 허리를 숙여 인사했다.

"공주님, 오늘도 옷을 빨아드릴까요?"

경안공주는 깜짝 놀라서 그 자리에 얼어붙었다. 그럴 리가 없다. 그럴 리가 없어. 경안공주가 고개를 내젓자 궁녀의 얼굴 속 눈, 코, 입이 서서히 움직이더니 자신이 아는 그 얼굴로 바뀌었다. 공주가 비명을 질렀다. 어둡고 뻥 뚫린 궁 안에서 소리는 없었던 것처럼 금방 흩어졌다.

김가가 사라지고 얼마 안 되어 공주는 중전의 사가에 다녀왔다. 민가에서 정월대보름 축제를 보고 싶다고 어머니께 떼를 쓴 덕이다. 물론 직접 저잣거리에 나갈 수 있었다는 말은 아니고 기껏해야 중전의 사가에서 당산제를 관람하거나 액막이 연을 날리며 분위기를 느끼는 정도가 고작이다. 하지만 그것이면 충분했다. 그가 보고 싶은 것은 따로 있었으니까. 어머니가 보냈다던 김가. 그 아이. 어머니를 배신한 그년.

"궁주님, 찾아 계시오니까."

그렇게 인사하던 김가의 해사한 얼굴이 눈에 선하다. 통통하게 살이 오른 배를 여봐란듯이 높이 쳐들었었다. 그 아이를 어떻게 대해야 할지 몰라 국구부터 막내 종놈에 이르기까지 살얼음판을 걷듯 조심하는 것에 배알이 뒤틀렸다. 배신자. 궁주의 말에 김가가 난처하다는 듯이 말을 눙치던 것이 생각난다.

"저는 아무도 배신하지 않았습니다. 봉이 황*을 배신한 것이지요."

은혜도 모르는 계집. 어머니를 얕잡아 보는 것으로 모자라 아버지까지 욕보이는구나. 어머니께서 얼마나 잘해주셨는데. 목석처럼 꼿꼿하게 굴어 누구도 예뻐하지 않던 것을 거두어 지밀까지 오르게 해주었더니 감히 제 주인의 지아비를 꼬여내?

"단 한 번뿐이었습니다. 그런데 이리될 줄 어찌 알았겠습니까."

---

* 봉황은 동아시아의 신화 및 전설에 나오는 상상의 동물이다. 수컷은 '봉鳳', 암컷은 '황凰'이라고 하는데, 암수가 한 쌍으로 만나면 금슬이 매우 좋다고 한다.

중전은 자신의 종이 왕과 잠자리를 했다는 것을 알자마자 사가로 내려보냈다. 큰일도 아니었다. 그저 눈에서 멀어지게 하면 된다. 그는 예전에도 그런 적이 있고 중전은 이런 일처리에 능숙했다. 하지만 단 한 번의 운우지정에 용종이 깃들었다. 배가 부풀었다. 하늘도 무심하시지. 어찌 저런 배신자에게 이런 복을 내린단 말인가.

"저년의 웃옷을 벗겨 우물 앞에 세워두어라. 조석으로 지나다니며 언제까지 저렇게 고개를 쳐들고 살 수 있는지 한번 지켜나 보자."

궁주는 제 손에 피 한 방울 묻히지 않았다. 문제가 될 만한 어떤 명령도 내리지 않았다. 그저 정월의 추위에 가만히 세워두었을 뿐이다. 하늘이 네 편이라면 살아나겠지. 그렇게 말했던 것도 같다. 김가를 세워두고 잠든 그 밤에는 때 아닌 눈보라가 쳤다. 그런 밤을 지새우고 살아 있을 리가 없다. 그런 날에도 목숨을 부지할 수 있는 사람이 있을 리 없다. 김가는 그날 밤처럼 우물 앞에 꼿꼿이 서서 궁주를 바라보았다.

"네년이 이제는 내 앞에서도 재주를 부리는구나."

"효순궁주라고 불러주십시오. 새로운 관계에는 새 이름이 필요하지 않겠습니까."

제멋대로 바뀌는 가증스러운 얼굴을 보아하니 김가가 분명

했다. 이번 궁녀를 없앤 것도 분명 저년의 짓일 것이다. 저고리 아래 겨드랑이에는 물고기 비늘이 달려 있겠지. 경안궁주는 그를 피해 달리려고 했으나 다리가 돌처럼 굳어 좀처럼 움직이지 않았다. 마치 꿈에서 무서운 것을 만났을 때와 같았다.

"자꾸 제 이야기를 하시기에 귀가 간지러워 나왔습니다. 옛 생각도 나는군요. 이렇게 저를 우물 옆에 세워두셨지요. 그날 그 추위가 얼마나 지독했는지 궁주께선 모르실 겁니다. 얼굴이 깨지고 코가 떨어질 것 같았지요. 너무 고통스러워서 물속에 몸을 던져 자진하려 하였으나 죽으려니 살더군요. 사람으로 오래 살아 제가 물고기인 것을 잊었는데 궁주님 덕에 본래의 저를 찾았습니다."

어떻게든 이 상황에서 벗어나야 해. 경안의 공포가 극에 달했다. 하지만 대체 어디로 도망가야 한단 말인가. 달려봤자 궁 안이었고 그 어디도 안전하지 못했다. 경안은 두리번거리다 대야를 양손에 꾹 잡고 그를 향해 쏟아버렸다. 철썩, 하고 여름날의 큰 파도처럼 물벼락이 효순궁주를 덮쳤다. 새하얀 보름달빛 아래로 효순의 몸뚱이가 적나라하게 드러났다. 마른 팔다리에 배가 볼록하니 튀어나왔다. 가느다란 목에서는 상처 같은 틈이 생겨 아가미가 되었다. 동그란 눈을 덮은 눈꺼풀이 물고기의 것처럼 투명해지는 것이 보였다.

그는 비틀거리며 일어나더니 "아아, 궁주님한테는 이길 수가 없나 봅니다" 하고 눈은 그대로 둔 채 입 모양만 기묘하게 웃었다. 치마에 묻힌 다리가 벌써 지느러미로 변하고 있었다. 효순은 자기 몸이 더 변하기 전에 도망치기 위해 다급히 몸을 움직였다. 밭은 숨을 내쉬며 발에 가시라도 돋친 듯 한 걸음 내디딜 때마다 몹시도 아파하더니만 망설임 없이 우물 속으로 뛰어들었다. 하지만 무거운 것이 떨어지는 풍덩, 하는 소리는 나지 않았다. 작은 물고기가 튀어 올랐다가 다시 가라앉듯이 퐁당, 하고 작은 물소리가 들렸을 뿐. 경안이 놀라서 우물물을 들여다보자 그 아래 산호색의 꼬리를 흔들며 멀어지는 효순궁주의 입술이 달싹였다. '또 봐요' 하고.

하늘을 올려다보았더니 보름달이 아니라 그믐달이었다. 언제부터 홀린 것일까. 경안은 이번 일은 교태전 궁녀들과 나눌 수 없으리란 것을 알았다. 춥다고 생각했는데 겨드랑이가 축축이 젖어 있었다.

> 궁궐 내에 설치된 우물은 어떠한 것이라도 사용하고 있지 않습니다. 만약 사용중인 우물을 발견했다면 그 안을 들여다보지 마십시오. 그곳에는 아무도 없습니다.

병화어炳化漁

병화어는 원래 물고기였는데 오래 살아 신력을 얻으면서 사람 모양을 갖추게 되었다. 자신이 잡아먹은 사람의 얼굴과 행동을 따라 사람 행세를 한다. 표정이 다채롭지 않아 웃고 우는 일이 드물다.

사람으로 오래 살아 스스로나 남이 보기에나 틀림없는 사람처럼 여겨지다가도 어느 조건이 맞으면 다시 물고기로 돌아간다. 때에 따라서는 사람이 죽은 줄 알았는데 시체에 물에 닿자 물고기로 변하는 경우도 있다. 농어나 홍어로 변신한 아버지나 노모의 정체를 알게 된 자손들이 이후 물고기를 먹지 않는 일이 있다.

3장 ◉ 천벌

천벌

날씨가 요상했다.

비가 올 듯 올 듯하면서 오지 않는 것이 심상치 않아서 안상재의 빨래를 담당하고 있는 민아는 이런 날씨에 냇가로 나가도 될지 어떨지를 생각하고 있었다. 물론 쓸데없는 고민이다. 비가 오든 맑든 당분간은 빨래하러 나갈 수가 없다. 운경당*의 한가단지가 사라진 지 이제 겨우 닷새가 되었을 뿐이니 안상재 궁녀가 얼굴을 비춘다면 남의 말 하기 좋아하는 온갖 궁녀들이 몰려들어 시답잖은 질문을 해댈 것이고, 그 질문에 제대로 답을 하든 그렇지 않든 발도 없는 말은 뼈와 다리를 얻어 뻗어나갈 것이다.

이런 일은 처음이었다. 궁녀들이 냇가에 나가 일할 수 없으니 무수리들에게 상전들의 옷까지 같이 빨아달라 부탁하는 지경에까지 이르러 안상재의 위신은 떨어질 대로 떨어졌다. 냉궁이라 하는 교태전에서도 이렇게까지 궁녀들의 발이 묶여 있

---

* 정의궁주의 처소.

지는 않은데 안상재의 궁녀들만이 죄인인 듯 하늘과 땅을 피해 처소에 틀어박혔다.

감찰상궁들은 시신이라도 찾겠다며 수색에 만전을 기하고 있었지만 발견된 것은 없었다. 들리는 소문에 의하면 한가 단지는 병화어라고 한다. 물고기가 되어 물로 돌아간 것이므로 시신을 발견할 수 없다는 것이다. 웃지 않는 얼굴이 그 증거라고도 했다. 처음 그런 소문을 들었을 때 말도 안 된다며 웃어넘겼지만 이렇게까지 아무런 흔적이 없다 보니 그제야 괴담이 마음에 걸리기 시작한다.

그러고 보면 이상한 일투성이지 않은가. 경복궁에 우물이 이토록 많은데 아무도 쓰지를 않는 것만 봐도 그렇다. 더깨가 덮인 채로 그 자리를 지키기만 하는 우물들은 아무 쓸모도 없이 자리만 차지하고 있다. 기세가 등등하다는 정의궁주나 신녕궁주조차 경복궁 우물에 덮인 더깨들을 일시에 벗겨내고 시체를 찾는 일은 꿈도 꾸지 않는다. 애초에 이곳에는 비밀이 너무 많다. 열 몇 가지나 되는 비망록과 계속 덧붙여지는 금기들은 민아를 숨 막히게 했다.

더운 바람이 불었다. 이제 겨우 구름이 조금 꼈을 뿐인데 비님은 결국 바람에 밀려 사라져버릴 것인가. 올해는 전혀 비가 오지 않았는데 마음이 타는 것은 비단 농민들뿐만은 아니었다. 다만 매일의 날씨와 그날 먹는 식사만이 유일한 즐거움이며 이야깃거리인 궁녀들에게도 한차례 비도 없이 바짝바짝 말라가는 궁 안에서 땀과 씨름하는 것은 힘든 일이었다. 냇가에 빨래를 하러 나가면 모든 화가 풀릴 텐데. 민아는 자신이 오래 만져온 방망이를 떠올렸다. 손에 익은 일정한 박자대로 방망이를 두드린다면 모든 것이 다 괜찮아질 것이다. 오래된 때를 벗겨내면 머릿속에 있는 묵은 상념들도 사라지겠지. 하지만 지금 그의 손에는 아무것도 들려 있지 않았고 민아는 작은 주먹을 꾹 쥔 채로 자기도 모르게 허벅다리를 쿵쿵 하고 찧었다. 민아는 지난밤을 생각하고 있었다. 어제 있었던 일은 너무나 기묘해서 누구에게 말할 거리는 안 되었지만 혼자 생각하는 것만은 막을 수 없었다. 지난밤, 그는 효진과 함께 있었다.

민아가 교태전 소속인 감가 연홍의 권유로 춘향이놀이를 한 것은 바로 전날의 일이다. 춘향이놀이라는 것이 잃어버린 물건을 찾아내는 데 효험이 있다기에 실종된 단지를 찾기 위해 굳이 판을 벌인 것이다. 물론 효진도 동참했다. 주인공이 빠질 수는 없는 노릇이니.

말은 안 했지만 효진도 없어진 단지가 아무래도 신경 쓰였다. 자신이 단지의 머리채를 잡아 쥔 것은 사실이지만 실종에 대해서는 아는 것이 하나도 없었음에도 감찰상궁이며 정의궁주, 심지어는 주인인 효순궁주까지도 자신을 의심하며 여러 질문을 하는 통에 속이 상했던 것이다. 단지가 발견되지 않은 날이 늘어갈수록 흉흉한 말도 들려오기 시작했다. 효진을 의금부에서 끌고 갈 거라는 둥, 한번 의금부에 끌려간 궁녀들은 제 다리로는 걸어 나오지 못한다는 둥 하는 말을 들어가며 한창 마음고생을 하고 있을 때라 그랬는지 연홍이가 찾아와 춘향이놀이에 대한 이야기를 했을 때는 완전히 빠져들고 말았다.

"형님, 그렇게 고민이면 춘향이놀이라도 해보지 그래요. 춘향이가 다른 건 몰라도 잃어버린 물건은 잘 찾아주잖아요. 단지도 찾아줄지 어찌 알아요?"

춘향이놀이라면 비망록에 하지 말라고 기록되어 있는 놀이라는 것밖에는 몰랐던지라 효진은 몇 번 더 연홍에게 물어보는 수밖에는 없었다. 춘향이가 누구지? 춘향이놀이는 또 뭐지? 효진의 물음에 연홍은 그 큰 눈을 더 크게 뜨면서 놀라는 것이었다.

"춘향이가 누군지 몰라요? 세상에."

"그이가 어디 사람인데."

"남원 땅에선 모르는 사람이 없는걸요."

"난 개경 사람 아니냐. 남쪽서 누가 유명한지 알 게 뭐람."

효진의 말에 연홍은 입을 삐쭉 내밀었다. 하긴, 다들 자기 동네 이야기가 유명한 줄 아는 법이다. 남의 동네 소식일랑 들을 일이 없으니 할 수 없지. 연홍이 들려준 이야기는 이러했는데 효진은 물론 이미 춘향이를 알고 있던 민아조차 이야기에 빠져들었다.

춘향이는 남원골에 살던 처녀인데 월매라는 기생의 딸이었다. 월매는 수완이 좋은데다 젊어서부터 미모가 훌륭했으므로 퇴기가 된 다음에도 형편이 나쁘지는 않았다. 월매는 하나뿐인 딸, 춘향을 불면 날아갈까 쥐면 꺼질까 온갖 정성을 다해 고이고이 길렀는데 햇빛을 보지 않아 새하얀 얼굴에 비단옷을 입히고 『열녀전』이며 삼강오륜을 읽혀놓으니 사람들이 뭐라고 뒷말을 하든 간에 겉모습만큼은 양반가 외동딸 못지않게 기품이 흘렀다. 눈에 넣어도 아프지 않은 딸에게 혹여 누가 위해를 가할까, 월매는 춘향을 호위할 향단이라는 비자* 아이 하나를 사서 춘향이 옆에 붙여놓았을 정도다. 하지만 나쁜 일은 뿔 달린 가면을 쓰고 찾아오기보다는 상냥하고 웃는 낯으로 다가오는 법이다. 춘향은 남원으로 발령받은 고을 사또의 아들, 몽룡과 사랑에 빠지게 되는데 그게 비극의 시작이었다.

어찌 보면 흔한 이야기였다. 시골로 내려온 서울 총각이 학문에 전념하는 대신 동네서 제일 예쁜 미인을 꼬셔서 서울에 데려가주겠다, 평생 너만 사랑하고 너와 혼인하겠다 약조하는

---

* 노비 중 여자를 일컫는 말. 춘향의 경우처럼 노비가 노비를 두는 일도 가능했다.

것이다. 여자 역시 그 말을 믿고 온갖 정성을 다해 제가 가진 것들을 바치기 시작한다. 돈이 없다면 돈을 주고 사랑이 없다면 사랑을 주면서.

처음에는 여가 시간을 조금 썼을 뿐이었겠지만 나중에는 밤도 낮도 새벽도 가리지 않고 남자를 중심에 두고 자신의 모든 것을 그에 집중하게 된다. 평생 놓아보지 않았던 자수를 연습하거나 부모에게도 맛보여준 적 없는 도시락을 싸면서 내가 그를 생각하듯 그도 나를 생각하길 바라며.

하지만 사또의 임기가 끝나자 몽룡은 뒤도 돌아보지 않고 서울에 올라갔고 다시는 남원 땅에 내려오지 않았다. 한양 기생이며 평양 기생, 친구의 첩이나 주막의 주모 등 치마 두른 여자와 술 한 동이면 사랑에 빠졌다고 믿는 몽룡에게 남원에 대한 기억은 전생의 것과 같았다. 복숭아 같던 뺨이 창백해지고 청춘의 열기가 잦은 술자리 때문에 사그라들어 아무도 보지 않는 쭈그렁방탱이가 된 이후에는 내 어릴 때 남원 기생을 하나 꼬신 적이 있었지. 고것이 얼마나 나한테 푹 빠졌었느냐면— 하는 무용담을 앵무새처럼 조잘거리며 평생을 아버지의 재산 축내는 것으로 갈음하게 되지만 아무튼 그것은 나중 이야기이다.

몽룡이 떠난 후 춘향은 살아남은 모든 순간이 고통스러웠다. 기생의 딸로서 기생 일을 하지 않기가 어디 쉬운가. 하지만 그는 모든 수청을 거절했고 그렇게 되니 할 일이 없었다. 양반가의 규수 행세는 더이상 할 수 없게 되고 기생일도 못 한다면 춘향은 대체 누구인가? 무엇을 해야 하는가? 그는 아무도 아니었다. 향단이처럼 일을 할 수도 월매처럼 몸을 팔 수도 없었다. 천출로 태어났으나 귀한 취급을 받으며 자랐던 그가 현실에 발을 붙일 방법은 진흙탕으로 들어가 기생이 되는 길뿐이었다. 그것은 그녀를 지탱해온 모든 것들을 부정하는 행위였기에 춘향은 개똥밭을 구르듯 더러운 이승에 홀로 남아 다시 돌아온다던 정인을 기다리며 구차한 목숨을 이어가는 수밖에는 없었다.

고운 얼굴에 주름이 지고 흑단 같은 머리칼 사이로 한 올씩 흰머리가 늘어가는데도 온갖 사람들의 지분거림과 수없이 모욕적인 언사를 견디는 일은 익숙해지기는커녕 시간이 지날수록 더 아파지기만 했다. 겨우 사람 하나를 잘못 본 대가로 이런 취급을 받는 것을 춘향은 이해할 수 없었지만 자신이 앞으로 어떻게 살아야 하는가는 명쾌하게 다가왔다.

죽음이다. 죽음만이 그녀가 살아남을 유일한 방법이었다. 그렇지 않으면 그의 진심을 누가 알아줄 것인가. 양반의 기개를 가지고 있는 여러 규수들이 그러하듯이 목숨을 끊지 않는다면 모두가 그를 기생 년의 딸로 기억할 것이다. 춘향은 이미 사그라진 사랑 때문이 아니라 그 자신 때문에 목을 맸다. 그렇게 이야기는 끝나는 듯했다.

"그런데 그 이후로 말입니다. 남원 땅에 비가 오지 않는 겁니다."

삼 년이었다. 갓난쟁이가 태어나 말을 배우고 뛰어 다닐 만큼 긴 시간동안 비가 오지 않았다. 간간이 찾아오는 인개비나 가랑비로는 벼가 자라지 않는다. 쩍쩍 마른 논바닥 위로 몇 사람이나 쓰러져 울었을까. 비가 오지 않아 말라붙은 강바닥 절벽 아래로 사람들이 몇이나 떨어져 죽었던가. 사람이 여럿 죽은 다음에야 남은 이들은 비가 오지 않는 이유를 찾기 시작했다.

대체 무슨 일인가. 왜 비가 오지 않는가. 우리가 하늘을 노하게 할 일을 하였나. 남원의 사또는 몇 번이나 갈려 나가고 기우제를 지내느라 잡은 소, 돼지의 피가 강을 이룰 정도였는데도 비님은 오시지 않았다. 오죽하면 조정에서 기우제를 지내라며 성수청의 유명한 국무를 내려 보내주었는데, 대나무 가지를 잡고 날카로운 작두 위에서 뛰놀던 무당은 손바닥이 닳아 없어질 만큼 빌어대는 남원 사람들에게 한마디를 물었다.

"혹시 한을 품고 죽은 여인이 있나?"

동네마다 한을 품고 죽은 여인 한둘 없는 곳이 있겠느냐마는 그때 남원 사람들의 마음에 퍼뜩 떠오르는 사람은 하나뿐이었다. 신세 한번 고쳐보겠다고 양반을 꼬시더니 버림받고 난 후에도 수절인지 뭔지를 한다고 꼴사납게 굴던 기생 년 말이다. 혓바닥을 놀려 말을 할 줄 아는 다섯 살에서 여든 살까지의 사람 중 춘향을 비웃어보지 않은 사람이 있기는 하던가. 욕 한번 하지 않은 사람이 있기는 했나. 원래 죄를 지으면 마음에 못이 생기는 법이다. 춘향을 괴롭혔던 사람들은 춘향이 한을 품고 자신들에게 복수를 한다고 생각하기 시작했다. 그들은 울며 무당에게 부탁했다. 춘향의 원한을 풀어달라고.

무당은 이야기를 가만 듣더니 평범한 살풀이 굿으로 해결될 일이 아니라고 했다. 그는 문자를 제법 가지고 논다는 기생 몇에게 부탁해 춘향이 몽룡과 이어지는 내용의 이야기를 지어내었다. 춘향이 정인을 기다리고 정인이 암행어사가 되어 돌아와서 춘향을 구원해주는 이야기를. 춘향은 정경부인이 되고 그를 비웃은 모든 사람들이 후회하는 이야기를 말이다.

무당은 그것으로 살풀이 굿을 하기 시작했고 그제야 비님이 쏟아졌다. 어찌나 비가 많이 왔는지 그간 말라서 바닥을 드러내던 저수지가 하룻밤 하룻낮 만에 가득 채워질 정도였다. 어쩌면 가물만큼 가물었기 때문에 비가 내렸는지도 모른다. 하지만 눈물도 말라붙어버린 남원 사람들의 마음에 그것은 우연이 아니었다. 춘향의 이야기는 삽시간에 전라도 전역으로 퍼졌다.

"춘향이가 한을 다 풀었으니 그러면 이제 다 끝난 게 아니야?"

"그럴 수는 없지요. 비를 불러준 영험한 신을 어떻게 그냥 보낼 수 있겠어요?"

이제는 사람들이 춘향에게 치성을 드리기 시작했다. 특히 젊은 여자들이 그렇게 했다. 부모의 뜻으로 얼굴도 모르는 사람에게 시집가야 했던 처녀들의 불안이, 혹시나 남편에게 숨겨둔 첩이 있지는 않을까 노심초사하던 부인들의 마음이 춘향을 불러댔다. 잃어버린 골무를 찾고 싶어 하는 소녀부터 다음에는 정말로 딸 대신 아들을 낳게 될지 어떨지 궁금해하는 엄마들까지 수없이 춘향을 불러 앞날을 물어보았다. 그렇게나 자주자주 불러주자 춘향이는 여자들의 수호신 비슷한 것이 되었다고 했다.

"온갖 것을 다 알아맞히는데 아주 영험해요. 게다가 잃어버린 물건을 기가 막히게 찾는다니까요."

"춘향이에게 물어보면 뭐든 대답해주는 거야?"

"네와 아니요로 답할 수 있는 문제만요."

효진은 춘향의 이야기가 퍽 마음에 들었던지 그 놀이를 해보고 싶다고 조르기 시작했다. 연홍은 처음 몇 번은 궁에서 금지하는 것을 굳이 하고 싶지 않다며 거절했으나 효진이 아끼던 가락지며 노리개를 몇 개 준다고 하자 못 이기는 척 부탁을 받아들였다. 마침 근처에 있던 궁녀 송가 숙이도 참여해서 넷이 모였는데 춘향이 역할은 연홍이 하기로 했다. 놀이에 가장 익숙했기 때문이다.

그날, 효진은 자신의 숙소에서 불을 끄고 모든 창을 내리고 둥글게 둘러앉아 춘향이를 불렀다. 부르는 것은 의외로 어렵지 않았다. 달달 외웠던 비망록에 가사가 모두 나와 있었으니 음률만 조금 배우면 되었다. 어쩌면 비망록을 적은 사람은 누군가 이 놀이를 따라 하기를 바랐는지도 모르겠다. 처음 얼마간은 꺼림칙했던 마음도 몇 번이고 노래를 부르면서 완전히 사라져 효진은 어깨춤을 추며 노래를 불렀다.

남원골 춘향 아씨
남원골 춘향 아씨
생일이라 생시는 사월 초파일날
물 좋고 정자 좋으니 정글 정글 내리시오
내리시오 내리시오 슬슬 내리시오
춘향 아씨 생일은 사월 초파일날
슬슬 내리시오 영험하게 내리시오
빨리빨리 내리시오

분위기가 달아오르고 흥이 돋자 연홍의 표정이 달라지기 시작했다. 눈썹이 꿈틀꿈틀 올라가더니 어깨도 들썩였다. 단조로운 음률이 계속 반복되고 노래에 간절함이 묻어나자 박자가 점점 빨라지기 시작했고 연홍의 눈동자가 뒤집어졌다. 서서히 몸이 풀리고 머리가 헝클어지자 민아는 이전에도 이 놀이를 해본 적이 있는지 익숙한 듯 베개 아래에 손수건을 숨겨 연홍에게 찾아보라고 등을 떠밀었다. 연홍은 눈을 가린 상태에서도 손수건을 쉽게 찾아냈는데 그제야 효진은 안심한 듯 미소 지었다.

"춘향 아씨 오셨는가?"

연홍의 고개가 끄덕끄덕 구부러졌다. 궁녀들이 꺅 소리를 내며 서로 끌어안았고 효진은 반갑다는 듯 함박웃음을 띠며 그토록 궁금했던 것을 물어보았다.

"춘향 낭자께 질문하겠소. 단지가 경복궁에 있소?"

효진의 물음에 연홍이 손에서 가락지 하나를 빼어 손바닥에 놓고 합장하듯 양손을 포갰다. 그리고 눈을 감았는데 마치 꿈을 꾸며 잠을 잘 때 눈알을 급히 굴리는 것처럼 눈두덩이가 한참이나 떨리더니 손이 서서히 벌어졌다. 신기하게도 가락지가 양 손바닥 중 하나에 붙어 떨어지지 않았다. 그렇다는 뜻이었다. 가락지가 손가락에 붙어서 떨어지지 않는 것이 신기했지만 아무도 그에 대해 말하지 않았다.

효진은 신이 나서 두 번째 질문을 말했다.

"단지는 살아 있소?"

효진의 질문에 연홍은 눈도 깜짝하지 않고 이전에 했던 것과 똑같이 했다. 가락지를 양 손바닥에 넣고 포갠 다음 한참 뒤 손바닥을 여는 것이다. 하지만 이번에는 가락지가 손바닥에 붙지 않고 툭 하고 떨어져 내렸다. 가락지가 손에 붙지 않고 떨어진다는 것은 '아니요'를 의미했다. 단지는 죽었다. 그러면 경복궁 어딘가에 그녀의 외로운 시신이 묻혀 있을까.

"대체 누가 그를 죽였단 말이오."

효진이 묻자 연홍은 반응하지 않았다. 민아가 찌릿 하고 효진에게 눈치를 주자 그제야 효진이 아차차, 네 아니요로 답할 수 있게 질문해야 한다고 했지, 하며 질문을 고르려는데 송숙이 입을 열었다.

"단지를 죽인 것이 궁녀입니까."

눈치 없는 질문에 효진은 그를 노려보았지만 송숙은 얼른 눈빛을 피했다. 연홍은 가락지를 손바닥에 놓고 양손으로 포개었고 한참 뒤 손바닥을 열었는데 이번에는 가락지가 손바닥에 찰싹 붙어 바닥에 떨어지지 않았다. 모두가 아무 말을 하지 못하고 효진만을 바라보았다. 궁녀가 단지를 죽였다니. 그게 사실이라면 역시 범인은…….

효진은 아니라며 고개를 세차게 흔들었지만 궁녀들의 의혹 어린 눈빛은 사그라들지 않았다. 단지를 죽인 것이 효진입니까. 아마 모두들 그 질문이 하고 싶었을 것이다. 하지만 감히 아무도 그런 말을 입에 올리지 못하고 그저 효진을 바라보고만 있었다. 효진은 창백해진 얼굴로 꼿꼿하게 서서 송숙을 원수 보듯이 바라보았다. 혹시나 효진이 송숙의 뺨이라도 때리지 않을까, 민아가 얼른 사이에 끼어들어 경계하자 효진은 뭐라 변명을 하려 입을 열었지만 아무 말도 할 수가 없었다. 열에 달뜬 것처럼 힘없이 서 있던 연홍이 마치 중심이 꺾인 해바라기처럼 한 번에 허물어져 내렸던 것이다. 혹여 머리부터 떨어질세라 궁녀들은 얼싸안으며 그를 보호했고 그것으로 놀이는 끝이 나고 말았다.

그것이 어제의 일이다. 생각해보면 이상한 노릇이다. 어떻게 그깟 노래를 좀 불렀다고 연홍에게 귀신이 들릴 수가 있으며 어떻게 가락지가 손바닥에 콱 박혀 있을 수가 있단 말인가. 그런데 왜 연홍은 단지를 달래러 온 걸까. 왜 그런 놀이를 하도록 바람을 넣었을까. 평소 비망록의 금기를 무서워하던 아이였는데 어째서. 모든 의문은 '어떻게'에서 시작되어 '왜'에 머물렀다. 의문은 해소되기는커녕 점점 쌓이고 커져만 갔으며 그것은 효진에게도 마찬가지였는지 그녀는 놀이 이후에 더욱 성이 나선 전에 없이 안상재의 궁녀들을 괴롭혀대기 시작했다.

"송가 숙이. 너는 빨래를 해 오랬더니 내 말이 말 같지가 않은가 보다? 어디서 이딴 걸레짝을 가지고 왔어? 이건 빤 건지 밟은 건지. 냄새가 하도 고약해서 도야지 새끼가 형님 하겠다.

우리 안상재가 우스워?"

괜한 트집이었다. 애초에 이번 빨래는 송숙이 하지도 않았다. 모두 무수리들의 손을 빌린 것이다. 게다가 안상재의 빨래는 잿물을 쓰고 마지막 헹굼물에 말리꽃으로 만든 향유를 뿌려 마감한다. 효진이 내던진 옷 사이사이에서 말리꽃 냄새가 풍겨 방 안엔 꽃향기가 진동을 했는데도 효진은 악취가 난다며 자신의 코를 빨개지도록 쥐고 있었다.

이전부터 그랬다. 그는 무서운 선진이었고 어린 궁녀들은 그를 피해 다녔다. 그가 먼발치에서 오는 모습만 보아도 혹여 가까이 마주쳐 인사를 하게 될까 봐, 그리고 인사하는 모습이 공손하지 않다고 꼬투리를 잡힐까 봐 멀리 돌아가곤 했던 것이다. 안상재에서 함께 일하게 된 지도 오랜 시간이 지났지만 여전히 효진은 상전보다 더 상전 같은 어려운 선진이었다.

효진의 도깨비 같은 모습처럼 날씨도 험상궂게 변화하고 있었다. 바람이 억셌다. 하늘에 구름이 양떼처럼 뭉쳐 또 밤처럼 어두워지더니 하늘이 두 조각으로 찢어지듯 하늘의 가운데에 황금빛 금이 생겼다. 산이 무너져 내릴 듯한 거대한 천둥소리가 공기를 찢었다. 안상재의 궁녀들은 이리 뛰고 저리 뛰면서 가까운 처마 밑으로 몸을 피신하기 바빴으나 이상하게도 비는 쏟아지지 않았다. 금세 무엇이라도 떨어질 듯 무거운 구름이 안상재를 덮었고 바람이 거세서 먹구름이 움직이는 것이 눈에 보일 정도였는데도 여전히 빗방울은 떨어지지 않았다.

굽이굽이 켜켜히 쌓인 비구름은 바람을 타고 교태전에서 안상재로 이동하였다. 남쪽 하늘은 아직 청아한데 북쪽 하늘은 꼭 밤처럼 어두웠다. 맑은 날과 흐린 날이 안상재의 하늘 위에 경계선을 지었다. 기가 막히게도 구름은 궁주가 머무르는 내실을 비껴나 궁녀들이 머무는 행각만 뒤덮었는데 가히 이상한 광경이었다. 이쪽은 하늘이 흑빛이지만 저쪽은 마치 방금 빚어놓은 것 같은 푸른빛이다. 같은 궁 내에서 날씨가 이렇게 다를 수가 있는가.

어린 궁녀들이 선진들의 명령에 따라 빨랫줄을 걷거나 들창을 닫느라 난리를 부리는 동안에도 효진은 남의 일 보듯 뛰어다니는 궁녀들을 말없이 바라보았다.

"빨리 움직여라. 곧 비가 올 요량인데 이리 게으름을 부려서 되겠느냐."

효진이 만족스러운 듯 명령하는 동안에도 번쩍하고 섬광이 스치더니만 얼마 지나지 않아 뇌우가 쏟아졌으므로 꺄악, 하고 비명을 지르며 송숙은 민아의 품에 안겼다. 다른 궁녀와 무수리들도 어쩔 줄을 몰라 저마다 가까이 있는 동무들을 끌어안았다.

"아이고. 세상이 두 쪽이 나려나 봐요."

송숙이 울상을 지었다. 그를 꼭 껴안고 있던 민아도 어깨를 덜덜 떨었다. 효진만이 별것 아니라는 표정으로 덤덤하게 하늘을 올려다보았다.

"호랑이가 장가라도 가는가 보지."

민아의 말에 송숙이 겨우 작게 웃었다. 그도 어릴 때 어머니한테 들은 적이 있다. 호랑이가 장가를 가면 마른하늘에 비가 온다고 한다. 어쩌면 이렇게 불길한 날씨는 신령스러운 것의 결합 때문인지도 모른다.

"호랑이도 효진 형님은 안 데려갈걸요."

어떤 궁녀인지 무수리인지가 그런 소리를 내자 효진은 얼른 고개를 돌렸다. 발화자를 찾고자 했으나 한순간에 흩어지는 무수리들 사이에서 범인을 찾는 일은 쉽지 않았다. 흥. 이것들이 감히 나를 놀려? 내가 약해지니까 이때다 싶어 버릇없어지는 아랫것들을 보라지. 한번 업수이 여겨지면 되돌릴 수가 없다지만 남가 효진 아직 죽지 않았다. 내가 오늘 기강을 바로 세우리라. 효진은 목을 좌우로 늘려 부러 뼛소리를 내었다.

"망할 년들아, 오늘 네년들 기강을 제대로 잡아주마."

그때, 한 번 더 번쩍, 하고 빛이 갈라지더니만 공기가 찢어지는 듯한 천둥소리가 울렸다. 놀라서 고개를 수그리고 있던 민아가 겨우 손을 풀고 정면을 바라보았을 때, 그는 움직일 수가 없었다. 다리에 못이라도 박힌 듯 그 자리에 굳어 있는 민아를 찾아 궁녀들이 하나씩 모여들었다가 까맣게 타버린 효진의 모습을 발견하는 데에는 일각도 걸리지 않았다. 대체 저게 무엇인가. 믿을 수 없었던 어린 무수리가 툭 하고 그를 건들자 마른 장작더미처럼 새까맣게 타버린 효진의 몸이 바닥에 쓰러졌고 무수리들은 비명을 지르면서도 더욱 모여들었다.

민아가 아무 말도 하지 못하고 얼어 있자 얼른 송숙이 다가와 그를 품에 안아주고 땀방울이 맺힌 이마를 쓸어주었다.

"세상에 이게 무슨 일이야. 사람이 벼락에 맞아 죽다니."

정말로 벼락 때문에 사람이 죽을 수도 있는 거였던가. 하지만 이상했다. 벼락은 분명 하늘에서 땅으로 내리꽂히는 것일 텐데 효진에게 떨어진 이것은 분명 땅에서 시작된 것이었다. 발과 다리는 새까맣게 탔지만 얼굴이 멀쩡한 것이 그 증거였다. 화를 내며 저주하던 그 얼굴 그대로 효진은 죽어 있었다.

민아가 충격으로 빳빳하게 굳은 몸을 움직이지도 못하고 있는데 송숙이 그에게만 들릴 목소리로 작게 물었다.

"비망록의 금기를 어긴 대가일까요. 저희도 이렇게 되는 건가요."

송숙의 목소리가 떨리고 있었다. 뭐라고 대답해야 할지 몰라 민아가 머뭇거리던 그때 누군가 외쳤다.

"천벌이다!"

모두의 마음속에 같은 단어가 스쳤다. 천벌이다. 저건 천벌이야. 정말로 단지를 죽인 것이 효진이었던 게야. 그러지 않고

서는 있을 수가 없는 일이야. 벌벌 떠는 민아의 곁에 선 송숙 역시 말도 안 된다고 생각하면서도 자꾸 그렇게 마음이 기우는 것을 어쩔 수가 없었다.

궁녀들은 서로 불안한 눈빛을 교환하며 효진의 새까만 시신에서 등을 돌렸다. 지금 일어난 일을 받아들일 수가 없어 아무도 어떤 말도 꺼내지 못했다. 잠시 후 아무 일 없었다는 듯 매미가 울었고 먹구름은 원래 있지도 않았다는 듯 금시에 사라져버렸다.

효진이 내뿜는 악취가 더운 공기 틈에 빠르게 퍼져나갔다. 사람의 몸에서 나는 냄새라고 생각할 수 없을 만큼 역했는데, 이상하게도 무엇이 탄 냄새보다도 고인 물 속에서 물고기가 썩은 것만 같은 비릿한 냄새가 낮게 깔린 공기 중에 스며들어 민아는 코를 쥐어 막았다가 참지 못해 구토하고 말았다. 그 소리를 신호탄으로 궁녀들은 이제야 사람이 죽었다는 것을 실감한 듯 공포에 질려 몇은 울고 몇은 소리를 질러댔다. 궁녀들이 서로를 껴안고 있을 때 멀리서 효순궁주가 걸어왔다. 햇빛이 내리쬐는 빛의 공간에서 궁녀들의 공간으로 궁주가 들어오자 아무래도 더는 소란을 피울 수가 없었다. 민아와 송숙 역시 궁주의 발밑에 머리를 조아렸다.

"소란하구나. 너는 왜 그러고 있느냐."

궁주의 물음에 벌벌 떨던 민아가 겨우 아뢰었다.

"송구합니다. 벼락이 치는 바람에 놀라 넘어진 것입니다."

"그래? 비도 오지 않는데 무슨 벼락이란 말인가. 본궁의 눈에는 뱀에 물린 쥐새끼 하나밖에는 보이지 않는구나."

그 말에 궁녀들이 굽힌 허리를 펴고 궁주를 힐끗 쳐다보더니 당황하여 주위를 둘러보았다. 뱀이라니 무슨 소리야. 궁녀들의 수군거림에도 정작 궁주는 신경도 쓰지 않았다. 그는 흙바닥에 내려오지도 않은 채로 돌계단 위에 서서 이번에는 효진의 얼굴을 흘끔 보더니 다시 텅 빈 눈동자로 돌아왔다. 거기엔 무엇도 비치지 않았다.

"벼락이 땅에서 솟는 법도 있나? 날씨를 부리는 것은 용이 하는 일인데 제대로 벼락을 내리지도 못하는 것을 보니 이무기쯤 되겠군."

들릴 듯 말 듯한 혼잣말을 겨우 민아만 알아들었는데 궁주는 악취가 난다는 듯 손으로 공기를 휘저었다. 궁주를 가까이서 모시는 민 상궁이 나인들 몇에게 눈치를 주자 그들은 거리끼면서도 어쩔 수 없이 효진의 시신을 처리하기 위해 분주히 몸을 놀렸다.

"경복궁엔 쥐새끼가 너무 많아. 이렇게 쥐가 많으니 밤마다 고양이매가 달려들 수밖에."

궁주는 민아의 눈을 똑바로 쳐다보며 말했다.

쥐새끼란 누구를 말하는 것인가. 민아가 뭐라 대꾸해야 할지 몰라 어물어물하자 궁주는 대답을 기대하고 한 말이 아니었다는 듯 예의 그 무표정한 얼굴로 민아를 내려다보았다.

"궁궐에서 고약한 냄새가 날 때는 어찌해야 하지?"

궁주는 그렇게만 말하더니 몸을 돌려 자신이 있던 곳으로 돌아갔다. 민아는 한참 동안 그 자리에서 허리를 굽히고 있었는데 머리가 어지럽고 속이 메스꺼운 기분이 들어 그 자리에서 구토하고 말았다. 송숙이 등을 두드려주었지만 민아의 머릿속은 온통 어두웠다. 내가 오늘 본 것은 무엇인가. 무엇을 보았고 무엇이 사라졌는가. 그는 자신의 눈을, 기억을, 경험을 무엇 하나 믿을 수가 없었다. 효순궁주가 입단속을 명했지만 이 일이 전 후궁으로 퍼지는 데에는 하루도 채 걸리지 않았다. 소문은 마치 살아 있는 천리마처럼 힘껏 내달려 궁궐의 구석구석으로 스몄다.

경복궁의 선비

신녕궁주가 주인으로 있는 휘영당은 그 이름처럼 경복궁에서 가장 햇빛이 잘 드는 궁궐이었다. 주위에 큰 나무가 없고 햇빛을 가릴 만한 큰 궁도 없는데다 궁주의 취향대로 바른 흰 벽 때문인지 휘영당은 언제나 양지바른 곳에 핀 해바라기처럼 빛이 났다.

신녕궁주는 왕과 왕비가 머무는 전殿과 세자가 머무는 동궁을 제외하고 후궁 중에서는 가장 큰 당堂에 머무르고 있었는데 고위 관직자인 아비를 둔 정의궁주가 입궁하기 전까지만 해도 당에 사는 후궁은 신녕궁주가 유일했다. 먼저 입궁한데다 아들까지 낳은 효순궁주조차 당이 아니라 겨우 재齋에 머무르고 있는 것을 보면 신녕궁주를 향한 임금의 총애를 짐작하게 했다.

아닌 게 아니라 교태전이 냉궁이 된 지금 휘영당이야말로 내명부의 실질적인 중심에 있다고 볼 수 있었다. 그는 명실상부 중전의 사람이었고 경복궁에서 그것을 모르는 이는 아무도 없었다. 임금 역시 마찬가지였는데 그는 중전을 냉궁에 둔 이후로 신녕궁주를 더욱 자주 찾았다. 혹자는 이것이 중전을 절대 버리지 않겠다는 뜻이라 했으며 혹자는 총애가 옮겨 간 것이라 했다.

처음에 사람들은 임금이 새로운 중전을 찾는 것은 아닌가, 하며 관심을 두었지만 평소의 정숙한 행실에서 조금도 달라지지 않은 신녕궁주의 태도와 그를 대하는 임금을 보며 그런 생각은 접어두게 되었다. 그들은 아무리 봐도 남녀 간의 관계라

기보다는 군주와 신하의 관계에 가까웠다. 명을 내리고 그것을 받든다. 그들은 이따금 빛 잘 드는 휘영당의 정원에 앉아 바둑을 두거나 내명부에서 벌어진 일들에 대해 대화를 나누기는 했어도 아무래도 부부로 보이지는 않았다.

반면 임금과 중전은 만나기만 하면 늘 언성을 높이고 물건을 망가뜨리곤 했지만 그들 사이에 애정이 있다는 것만은 확실히 알 수 있었다. 늘상 싸우면서도 4남 4녀를 두었으니 애증도 정이었다. 신녕궁주는 자신이 절대 중전의 위치에 오르지 못한다는 것을 잘 알고 있었다. 중전이 냉궁이 아니라 아예 폐위되더라도, 혹은 이 세상에서 사라지더라도 왕은 중전 자리에 다른 사람을 올리지 않을 것이다.

하지만 중전만이 처리해야 하는 역할은 대신할 사람이 필요하다. 가령 내명부의 관리 같은 것 말이다. 임금은 유능한 신하를 원했고 신녕궁주는 그런 사람이었다. 그는 임금의 명을 받고 그에 따라 사건을 조사하고 진상을 파악하고 해결하여 보고를 올리는 일련의 과정에 익숙했다. 결국 그의 일은 중전의 지밀에 있을 때부터 지금까지 조금도 변하지 않았다. 상전의 명령을 받드는 것 말이다. 중전은 공식적으로 더 적극적으로 일을 시키기 위해 자신에게 후궁 첩지를 준 것이다.

물론 그것에 대해 불만은 없다. 녹봉도 충분히 받고 있고 가족들은 평안해졌다. 혼자 쓰는 휘영당도 마음에 든다. 일은 숨

쉬는 것처럼 익숙하고 자연스럽다. 다만 지쳤을 뿐이다. 중전과는 달리 임금을 압박할 무엇도 없는 신녕궁주는 왕의 말에 "옳으신 말씀이옵니다. 알겠사옵니다. 그렇게 하겠사옵니다"라는 말 밖에는 할 수가 없었고 임금은 오히려 그런 점이 좋았는지 신녕궁주를 기특해했는데 물론 그것은 아내에게 쓸 만한 말은 아니었다.

"전하께서 정말 궁주님을 아끼시는가 봅니다. 이제 존귀해지실 일만 남았군요."

지밀나인 채선이었다. 모르는 사람들은 중전이 폐위된다면 다음은 자연히 신녕궁주가 자리를 대신할 것이라 이야기했고 채선 역시 그런 사람들 중 하나였다.

"네 생각에 지금 본궁은 존귀하지 않으냐?"

신녕궁주의 이마가 찌푸려졌다. 찻잔을 잡은 손끝이 부르르 떨렸다. 마음이 복잡한 가운데 겨우 한숨 돌리던 신녕궁주는 채선의 말에 마시던 찻잔을 조용히 내려놓았다. 그것을 보던 채선의 안색이 하얗게 질렸다.

"죽을죄를 지었습니다."

채선이 그 자리에 엎드려 이마를 바닥에 댔다.

"말조심해라. 지금이 어떤 때인 줄 알고 감히."

임금의 쏟아지는 총애에 기분이 좋을 법도 하건만 신녕궁주의 표정은 사랑받는 여자의 얼굴이 아니었다. 칼처럼 베일 것 같은 단정한 옆얼굴이 보는 사람의 간담을 서늘하게 했다. 경복궁의 선비라고 불리는 신녕궁주는 예의를 중시했으므로 헐뜯는 말은 물론 아첨도 좋아하지 않았다.

그는 찻잔을 손으로 밀어 멀리 놓았다.

"냉차로 올리거라. 속이 타는구나."

채선이 허둥지둥 다른 궁녀에게 차를 내오라 명했다.

"기이한 일에 대한 진상을 조사하라? 말이 쉽지."

임금은 며칠 전부터 신녕궁주에게 경복궁에서 일어난 일련의 사건들에 대해 조사하라는 명령을 내렸고 신녕궁주는 이번에도 하는 수 없이 "명을 받들겠습니다" 하고 말했다.

임금은 자신에게 불가능한 해답을 찾아오라 하고 있다. 실종된 궁녀의 진상을 알아 오라 하는 것은 오히려 쉽다. 그러나 왜 경복궁에 고양이매의 울음이 그치지 않는지, 왜 태백성이 낮에 나타나고 한여름에 서리가 내리고 벼락에 사람이 맞아 죽는지, 왜 경복궁에 귀신이 있다는 소문이 파다한지 같은 것들은 조사할 수 없는 부분이다. 임금 자신도 이런 명을 내리는 스스로가 우습다는 듯이 자조했다. 내가 미쳤나 보다. 이런 일을 아녀자인 네가 어찌 알겠느냐, 하면서.

그는 유학자였다. 유학에서 귀신처럼 삿된 것은 인정하지 않는다. 때문에 그는 불안해하면서도 신하에게 그 일을 시킬 수 없어 '아녀자'인 자신에게 일을 떠넘긴 것이다.

"경복궁에서 일어난 괴이한 일들을 소상히 조사하여 아녀자의 생각과 언어로 과인에게 보고하라."

그 말은 귀신도 미신도 모두 들어주겠다는 것이다. 누가 누구를 저주했다거나 도술을 부렸다거나 하는 말로 임금을 미혹케 해도 괜찮다는 의미인가? 웃기는 노릇이다. 마음에 들지 않는 사람을 하나 내세워서 이 사람이 간악한 도술로 경복궁을 어지럽게 만들었으니 처단하소서, 라고 해도 된다는 건가. 신녕궁주의 마음이 불편해졌다.

"지난번 궁녀 실종 사건은 아직도 진척이 없느냐?"

"네, 궁주님. 송구합니다."

채선이 몸 둘 바를 몰라 하면서 연신 고개를 숙였다.

임금이 내게 문책한 것을 그대로 채선에게 문책하고 있군. 나도 참 못난 놈이다. 신녕궁주는 스스로 한심스러워져서 엄지손가락의 손가시를 자꾸만 뜯어댔다.

궁녀 실종 사건이라도 제대로 해결해보고자 신녕궁주는 궁녀들의 소문을 따라 우물과 청계천이 연결되어 있는지 확인하기 위해 청계천까지 사람을 보냈다. 하지만 연결된 통로는커녕 날이 가물어 시체가 떠내려갈 만한 물 자체가 없다는 것만 확인했을 뿐이다.

사라진 궁녀가 혹 태감들과 사통이라도 한 것은 아닌지 의심해봤지만 아무런 증언도 증거도 나오지 않았다. 그야말로 귀신이 곡할 노릇이다. 조사한 대로라면 단지라는 궁녀는 빨래터에서 효순궁주의 궁녀와 싸우고 사흘 뒤 어느 시간에 연기처럼 사라지고 말았다. 정의궁주 측에서는 효순궁주가 없앤 것이 틀림없다 하고 효순궁주 측에서는 정의궁주가 자신을 모함한 것이라 한다. 신녕궁주는 누구의 편도 들지 못해 난감하기만 했다.

그때 밖에서 인기척이 들렸다.

"궁주님, 성 상궁입니다."

감찰상궁인 성 상궁이었다. 신녕궁주의 특명을 받아 무언가를 조사해 온 참이었다.

"들라 하라."

궁주의 허락에 문이 열렸다. 성 상궁은 들어와 고개를 조아려 인사부터 드렸다.

"알아낸 것이 있소?"

하문하는 궁주의 말에 성 상궁은 고개를 저을 뿐이었다.

"하나 궁녀들 사이에 도는 흉흉한 이야기들이 있기에 혹시 연관이 있나 싶어 가지고 왔습니다."

성 상궁이 품에 안고 온 비단 주머니를 꺼내 궁주에게 내밀었다. 궁주가 주머니를 열어보자 종이에 쓴 글귀가 나왔는데 그곳에는 "궁녀 규칙 조례"라고 씌어 있었다.

"이게 뭐지?"

"어린 궁녀들 사이에서 유행하고 있는 것이라 합니다."

신녕궁주가 살펴보니 어린애들이 좋아할 법한 괴담이었다. 크게 이상한 점도 없지만 지키든 지키지 않든 꽃만 굴러가도 까르르 웃어대는 어린 궁녀들을 공포로 묶어 조용히 시킬 수 있다는 점에는 쓸모가 있을지도 모른다. 하지만 지금은 아니다. 정말로 나쁜 일이 일어나고 있다. 이런 상태에서 이런 비망록은 불안을 키우기만 할 뿐이다.

"궁녀들이 정말로 이런 것을 믿는단 말이오."

"믿다뿐입니까. 밤마다 괴담 말하는 모임까지 있는걸요."

성 상궁의 말에 신녕궁주가 미간을 찌푸렸다. 괴담부라니.

"그런 걸 가만히 놔뒀단 말이오, 성 상궁. 대체 일을 어떻게 하는 거요?"

"경안궁주님께서 주도하신 모임이라 합니다. 냉궁이긴 하나 교태전의 일입니다. 저희가 손을 댈 수는 없습니다."

성 상궁이 억울하다는 듯이 변명했다.

"경안궁주가 아직 궁에 있었어? 출궁할 나이가 되지 않았던가."

경복궁이 아주 귀신 소굴이 되어버리겠군. 신녕궁주는 감찰 상궁으로부터 입수한 궁녀들의 비망록을 몇 번이고 되뇌어 읽어보며 하얀 이마에 핏대를 세웠다.

"대체 이곳이 유교의 나라가 맞기는 하단 말이오. 어찌 괴력난신을 이토록 쉽게 입에 올린단 말인가."

신녕궁주가 작게 호통을 쳤다. 전에 없던 일이라 채선은 어쩔 줄 몰라 하다가 묘안을 하나 생각해내고는 작게 고했다.

"궁주님, 혼자 고민하시지 마시고 조언을 구해보심이 어떠신지요."

"누가 아녀자의 이야기를 제대로 듣고 고민해준다더냐?"

신녕궁주가 묻자 채선이 대답했다.

"강수 선생께서는 어쩌면 답을 아실지도 모릅니다."

강수 선생. 신녕궁주도 이름을 들어본 적이 있었다. 뿔이 달렸다는데 겉으로 볼 때는 기껏해야 서른 남짓으로 보이지만 사실은 신라 무열왕 때 벼슬한 적이 있던 사람이라고 한다. 아무도 가르치지 않았는데 자라면서 스스로 글을 깨우치고 문장의 뜻에 통달해 당대에는 유학자로 정평이 났다. 하지만 아무리 해가 지나도 나이를 먹지 않고 늙지 않아 종국에는 자취를 감추고 계룡산에서 수련을 하며 간혹 사람들이 괴이한 현상 때문에 어려움을 겪을 때마다 도움을 준다고 들었다.

"강수 선생을 어디서 뵈시느냐? 애초에 그런 사람이 있기는 한다던?"

채선의 말에 신녕궁주가 날카롭게 쏘아붙였다.

"주상 전하의 명으로 종종 강녕전에 든다 하오니……."

신녕궁주의 마음이 대번에 풀어졌다. 강녕전에 든다면 자기 사람을 보내어 잠시 걸음을 이쪽으로 돌리게 할 수도 있는 일이다. 궁주는 자신도 모르게 몸을 일으켰다가 또 무슨 걱정이 들었는지 다시 자리에 앉았다.

"사기꾼이 아닐까? 정말로 늙지 않는 사람이 어디 있겠느냐."

"하지만 임금을 속일 정도의 사기꾼이면 그 역시 어떤 지식이 있겠지요. 물어보는 것뿐이면 뭐 어떻습니까. 혼자 고민하지 마시고 상의라도 해보셔요."

신녕궁주는 고개를 끄덕였다. 그에 대해 사람들이 말하는 것이 얼마나 사실인지는 모르지만 한번 만나볼 가치는 있었다. 하긴, 가짜인들 뭐 어떨까. 임금의 마음을 편하게 해주는 훌륭한 거짓말이라도 가르쳐준다면!

"선생을 뫼셔 오너라. 아무도 모르게 말이다."

채선은 머리에 뿔이 달린 사람을 어떻게 아무도 모르게 뫼셔 오라는 것인지 알 수 없었으나 일단은 알았노라고 고개를 숙여 네— 하고 대답했다.

신녕궁주는 그가 시원치 않게 대답하는 것을 보더니 명을 거두었다.

"아니, 그전에 환관의 의복 하나를 구해 오너라. 그러면 뫼시기가 더 쉽겠구나."

채선은 이번에도 네— 하고 대답했다.

애가 착하긴 한데, 조금만 더 똘똘했으면 좋으련만. 내가 일을 맡길 만한, 나 같은 궁녀는 왜 없는가. 신녕궁주는 작게 혀를 찼다.

"마음이 번잡하다. 안상재로 가자."

신녕궁주가 몸을 일으켰다. 손에 든 비망록은 혹 남이 볼까 싶어 몇 번을 접어 가슴살 안쪽에 끼워두었다.

두 궁주

"지겨워."

효순궁주의 무릎 위에 누워 나른한 낮잠을 자던 신녕궁주가 잠꼬대인 듯 중얼대는 소리에 효순궁주는 땀이 배어 있는 신녕궁주의 축축한 이마를 자신의 긴 소매로 닦았다. 새로 놓은 자수에 얼룩이 묻었지만 싫은 기색이라곤 조금도 없었다.

"우리 양유, 이제 지친 모양이네."

효순궁주의 말대로였다. 신녕궁주는 지쳤다. 아무리 일을 열심히 해도, 또 잘해도 상전들은 그것이 당연하다 생각한다.

성심성의껏 일을 한다고 해서 칭찬을 듣지는 않는다. 오히려 기준이 너무 높으므로 가끔 마음을 편하게 먹으면 혼이 날 따름이다.

그러니 너무 열심히 일하지 말라니까. 효순궁주는 수차례 말했지만 신녕궁주는 말을 듣지 않았다. 타고난 성격 때문인가 보았다. 신녕궁주는 무엇이든 자신의 성에 차지 않으면 그것이 잘못된 줄 안다. 오히려 열심히 하지 않는 것이 좋을 때가 있는데도. 효순궁주의 차가운 손이 지친 신녕궁주의 이마를 몇 번이나 쓰다듬었다.

"아, 기분 좋다. 여름엔 네 옆에 있는 게 좋더라. 안상재는 왜 이렇게 시원하지? 휘영당은 그렇게나 더운데."

"너 열 있어."

"아냐. 여기가 시원한 거야."

확실히 안상재는 다른 곳보다 더 서늘했다. 하루에도 몇 개의 전각이나 오가야 하는 침방이나 수방, 세답방 궁녀들의 말에 따르면 경복궁의 가장 북쪽에 버려진 안상재에는 유난히 버드나무가 많이 심어져 있어서 음기가 흐른다고 한다. 칠이 벗겨진 외벽 때문에 음산한 기운이 모여든다는 둥 다른 곳과는 달리 우물 더깨를 덮지 않아서 찬 기운이 도는 것이라는 둥 말이 많았지만 효순궁주는 그런 소문을 아는지 모르는지 춥고 그늘진 안상재를 바꿀 생각일랑은 조금도 하지 않고 음침하고 버드나무가 많이 심겨 있는 그대로의 안상재를 유지했다.

어쩌면 효순이 안상재의 칠을 하지 않고 벗겨진 대로 두는 이유는 신녕궁주가 '이런 안상재'를 좋아하기 때문인지도 몰랐다. 버드나무에 흔들리고 능소화가 흐드러지게 핀 안상재는 신녕궁주가 와야만 균형이 맞았다. 온통 음기로 가득 찬 안상재에 오로지 신녕궁주만이 따뜻한 피가 흐르는 사람 같았다.

효순은 시중드는 민아에게 눈짓을 했다. 민아가 미리 우물에 식혀 준비해둔 수박 화채를 가지고 와서 신녕궁주의 손이 닿을 만한 거리에 두었다. 효순이 신녕의 뺨을 가볍게 쳐서 깨우자 신녕은 일어나기 싫다는 듯 한껏 게으름을 부리며 느릿느릿 몸을 일으켰다.

"이것 좀 먹어. 내가 볼 때 넌 영양 부족이야."

"휘영당의 궁주가? 농담도."

"진지하게 말하는 거야. 아무리 먹으면 뭘 해. 몸에서 받아들이질 못하는데. 살이 더 빠졌지?"

효순이 신녕을 와락 껴안자 부풀어 올라 몸매를 감추고 있던 치마가 푹 꺼지면서 신녕의 얇은 허리가 드러났다. 편편한 배와 뼈가 도드라진 허리가 이전의 통통하던 몸종 양유가 아니었다. 임금이 보위에 오르기 전, 잠저에서 주인을 모셨을 때 양유는 볼살이 통통한 무사였다. 하지만 후궁이 되어 검을 버리고 말을 마구간에 넣어버린 이후 그녀는 만사에 의욕을 잃었다. 성격은 시큰둥하게 변했고 입맛은 까다로워졌으며 언제나 미간에 힘을 주어 주름지게 하는 신녕궁주가 되었다.

"지난번 봤을 때보다 더 말랐어."

"여름이라 그래. 내가 더위를 많이 타잖아."

그랬나. 효순은 고개를 갸웃했다.

왕자의 난 때를 기억한다. 그해 여름 양유는 마치 여름을 위해 태어난 사람 같았다. 화려한 당의 대신 무명 저고리를 입고 가볍게 머리를 묶어 올리고서 칼을 휘둘렀었다. 밤마다 양유가 열변을 토하던 것이 기억난다. 조선이 조선 된 것은 모두 우리 주인마님의 공인데 어째서 임금님이 그리도 불합리하냐며 화를 내던 통통한 뺨에는 생기가 가득했다. 모두 이제 와서는 사라진 것들이다. 주인마님의 뜻대로 모든 것이 이루어지면서, 이루어져버리면서 얼마나 많은 사람들이 죽었는지 기억하고 있다.

삼봉이나 이방석 같은 이름 있는 자들의 죽음도 죽음이려니와 이름 없는 자들이 훨씬 더 많이 죽었음은 말할 것도 없다. 여자와 어린아이도, 여자와 어린아이를 지키거나 모시던 자들도 신분 고하와 귀천에 상관없이 모두 목숨이 하나뿐이었던 고로 쉽게도 죽어갔다.

사람이 그렇게도 죽을 수 있다는 것을 알았다면 그렇게 호쾌하게 주인마님의 편에 서겠다 말하지도 않았을 것이다. 결정의 순간에는 자신이 그것을 선택할 자유가 있다는 것조차 알지 못한다. 그저 모든 것은 자연스럽게, 이미 정해진 성격과 살아온 신념의 수순대로 선택당한다.

모든 것은 끝났고 그들은 승리했다. 하지만 이런 것을 기대했던 것은 아니다. 후궁이 되어 그 주인과 총애를 겨루리라는 것 역시 상상도 해보지 못했던 결과다. 그러나 이제 와선 그것이 기막힐 일도 못 견딜 일도 아니라는 것을 안다. 사람은 쉽게 익숙해진다. 비단옷과 무거운 가체도 마치 태어날 때부터 몸에 달려 있었던 것처럼 익숙하다. 게다가 이렇게 가까운 곳에 연수가 있지 않은가. 연수와 함께 있을 수 있다면 궁궐이라도 괜찮았다. 사실 궁궐이 아니어도 좋았을 테지만. 양유가 연수의 손목을 잡았다. 매끈한 연수의 피부가 물고기처럼 서늘했다.

"네 손, 차가워서 기분 좋다."

"날 죽부인 취급하진 말아줘."

"정말로 네가 죽부인이라면 좋을 텐데. 너랑 매일 같이 자면 하나도 안 더울 거야."

양유의 말에도 연수는 좋다 싫다 말도 없었다. 양유는 그게 서운한지 괜히 연수의 손가락 사이로 깍지를 꼈다. 땀도 나지 않는 서늘하고 건조한 손에 자신의 땀 찬 손이 닿자 그제야 부끄러워졌다. 얼른 손을 빼려고 했지만 연수는 무표정한 얼굴로 깍지 낀 손을 풀지 않았다.

"괜찮아. 땀은 닦으면 되지."

그 말이 고마웠다. 언제나 연수는 한 박자 빠르게 양유의 마음을 알아차렸다. 그는 양유가 어떤 걱정을 하든 미리 알고 있는 사람 같았다. 이 앞에 있으면 아무 걱정이 없다. 그는 모든 것을 먼저 알고 이해해줄 테니까.

신녕궁주는 이제까지 고민하고 있던 것을 툭 던졌다. 그가 받아주리라 믿으면서.

"경복궁에 이상한 일이 일어나고 있어."

효순궁주의 얼굴이 순간 굳었다가 이내 아무것도 아니라는 듯 웃었다.

"운경당 궁녀가 사라진 일을 이야기하는 거구나."

"안상재 궁녀가 벼락 맞아 죽은 것을 이야기하는 거야."

"그걸 네가 어찌 알아?"

효순궁주의 얼굴이 굳었다. 얼마 전 안상재 궁녀인 남가 효진이 벼락 맞아 죽었다. 운경당의 단지가 사라진 지 일주일도 되지 않아서였다. 마른하늘에 날벼락이 쳐서 사람이 죽었다고 한다면 아무도 믿지 않을 테지만 실제 일어난 일이니 어쩌겠는가.

낮게 구름이 깔려 하늘이 새하얗던 날에 마치 금이라도 간 것처럼 하늘이 두 동강 나더니 벼락이 떨어졌고 효진이 죽은 것을 동료인 민아가 직접 보았다. 이미 효진은 단지를 실종시킨

가해자란 오명을 쓰고 있었는데 이 아이까지 불명예로운 일로 사라진다면 안상재의 수치가 될 것이 뻔했기에 궁녀들의 입단속을 당부했는데 제대로 되지 않은 모양이었다.

벼락은 흔히 천벌로 이야기되지 않던가. 이 일이 밝혀지면 안상재가 욕을 먹을 것은 뻔한 일이다. 안상재의 궁녀가 잘못하여 운경당의 궁녀가 죽은 것이고 벼락으로 천벌을 받은 게라고. 그리고 어쩌면 운경당 궁녀가 사라진 배후로 효순궁주를 지목할 것이다. 사람들 입방아에 오르는 것은 능소화 궁주라는 것으로 충분하다. 살인자의 누명이라도 쓰는 날엔 안상재에서 조용히 사는 것마저 어려워질지 모른다.

그래서 입조심을 시켰던 것인데 안상재의 가장 은밀한 일을 감히 누가 발설했단 말인가. 지밀을 갈아치워야 하나. 효순은 이번에는 민 상궁을 노려보았다. 아니면 무수리 아이들인가. 눈에 띄는 몇몇 아이들을 둘러보았지만 얼굴을 본 것만으로는 당연하게도 아무것도 알 수가 없었다. 더 조심해야겠군.

"누구에게 들었지?"

"연수야, 오해 말고 들어. 내가 특별히 안상재의 일을 알아오라 지시한 것은 아니야. 하지만 모든 것을 알고 있긴 해야 해. 내가 무언가를 모른다면 그건 내명부가 제대로 돌아가지 않는다는 뜻이니까. 나는 중전의 대신이고 금상의 대리야."

"제법 내명부 수장다운 이야기를 하는구나. 대리라고 볼 수 없겠어. 앞으로는 아침마다 네게 문안 인사를 가야겠군."

효순궁주는 무미건조한 어조로 이야기했지만 자신이 화가 났다는 것을 신녕궁주가 알아챌 만큼은 짜증을 냈다. 하지만 마음속으로는 사실 약간은 안심하고 있었다. 다른 말이 오가지 않고 그저 벼락 맞아 죽었다는 이야기만 나온다는 것은 아직 아무도 눈치챈 사람은 없다는 뜻이므로. 하지만 그 사실을 알지 못하는 신녕궁주는 또랑또랑한 그의 눈동자를 보고는 어쩔 줄을 몰라 하며 눈을 피했다.

"나는 단지 일상적인 보고를 들은 것뿐이야. 안상재를 특별 조사하라고 한 게 아니고……."

"네 사람이 이 안에 숨어 있다는 것 자체가 특별 조사야. 그렇게 사람을 갈아치웠는데도 내 사람보다 네 사람이 많은 것을 보니 앞으로는 네가 안상재를 관리하는 것이 좋겠다. 어디 나가서 떠들어보지 그러니. 안상재에서는 마른하늘에도 벼락이 쳐서 사람이 죽어나가니 덕이 없는 효순궁주를 잡아들여 문초하라고 말이야. 그게 네가 하는 일이잖아. 기이한 일을 찾아다가 주상께 쪼르르 보고하는 것."

"네가 그걸 어찌 알아?"

"나도 일상적인 보고를 받은 것뿐이야. 능소화 궁주도 이곳에서 분위기 파악은 하면서 살아야 하니까."

효순궁주가 몸을 일으켰다. 이곳이 자신의 궁이면서 대체 어디로 가려고 하는지 알 수 없지만 일어선 궁주의 손깍지가 아직 신녕의 손에 있었다. 양유는 손을 오므렸다. 연수가 떠나지 못하도록.

"나는 그저 너나 경복궁에 있는 다른 궁녀들을 지키려는 거야. 차라리 살인 사건이라면 괜찮지. 조사해서 범인을 밝혀내면 되는 일이니. 하지만 이번 일들은 달라. 떨어지는 벼락에 벌을 내릴 수가 있니? 아무 목격자도 없이 증발해버린 궁녀는 대체 어떻게 구해야 하지? 앞으로 그런 일이 생기지 않게 하려는 거야. 날 이해해줄 수 없겠어?"

"그래서 어떻게 지킬 건데? 떨어지는 벼락에 칼이라도 채워서 옥에 가둘 건가?"

"비꼬지 마. 나도 최선을 다하고 있어."

효순궁주는 손목을 비틀어 신녕궁주에게서 몸을 떼어내고는 억울한 듯이 한 마디 한 마디를 꼭꼭 씹어 말했다.

"다시는 안상재의 소식을 남의 귀로 듣지 마. 내게 와서 직접 들어. 너에게는 비밀을 품지 않을 테니 내 말만 들으란 말이야."

"그럴게. 그러니 화내지 말아."

신녕이 약속했지만 물론 거짓말이었다. 효순도 사실만을 이야기하지는 않았다. 서로 그것을 알고 있었다. 그들은 오래전, 흉금을 터놓고 이야기하던 소녀였지만 이제는 한 궁과 일가를 거느린 궁주가 되었다. 궁주들 사이에서 진심이라는 것은 아무래도 좋은 문제였다. 서로가 거짓인 것을 알고 있다면 그것도 어느 정도는 진실일 테니 언제나 상황과 행동만이 문제가 될 뿐이다.

신녕궁주가 토라져 뒤돌아선 효순궁주의 어깨를 끌어안았지만 효순궁주는 거부하지도 다가오지도 않은 채로 그 자리에 꼿꼿이 서 있었다. 오늘은 기분을 풀지 않을 모양이다. 꽁하는 데가 있다니까. 신녕궁주는 그것마저 귀엽다는 듯이 효순궁주의 목덜미를 쓰다듬었다. 서늘한 피부에서는 땀도 한 방울 흐르지 않았다.

4장 ◉ 쥐 중에서 고양이 같은 것

쥐부리글려

안상재의 남가 효진이 천벌을 받아 죽었다는 소식이 경복궁 내에 파다하게 퍼져서 물을 떠 나르는 무수리조차 안상재 출입을 꺼리게 되었을 무렵, 내명부 수장 대리인 신녕궁주는 궁녀들의 기강이 해이해진 것을 이유로 쥐부리글려를 준비하라 명했다.

쥐부리글려는 본래 동지섣달에 어린 궁녀들을 대상으로 하는 연례행사지만, 이번만큼은 여름인데도 부득불 행사를 강행하겠다 고집을 피웠는데도 누구 하나 반대하기는커녕 당연하게 받아들였는데, 그 연유가 경복궁에서 일어난 일련의 사건들임을 모르는 이 없었기 때문이다. 신녕궁주는 괴력난신을 누구보다 싫어했으나 궁녀들이 그런 것에 영향을 받는다는 것을 부정하는 사람은 아니었으므로 필요하다면 굿이라도 했을 것이다.

물론 유학을 숭상하는 조선의 정궁에서 그런 일은 있을 수 없으니 생각할 수 있는 최대한의 액땜을 준비한 것일 테다. 평소 내명부가 하는 일에 그다지 자신의 색을 드러내지 않는 안상재조차 이번 일을 거들겠다며 쌀이며 옷감 같은 것들을 턱턱 내놓았는데 최근 나타난 일련의 사건들이 자신의 탓이 아니라 모두 '귀물'의 탓이라며 선 긋기를 하는 모양새는 명확했다.

궁중에서는 한 해를 마감하는 섣달그믐에 여러 행사를 하는데 낮에는 귀신을 쫓는 처용놀이를, 밤에는 악귀를 쫓는 불꽃놀이를 하며 액을 쫓는다.

쥐부리글려 역시 그 연장이라 할 수 있다. 그해에 입궁한 신참 궁녀들에게 밀떡을 물게 하고 그 위에 천을 접어 묶어 귀에 걸어서 입을 가린다. 해가 지면 상궁이나 내관들이 자못 겁을 주면서 횃불로 입을 지지는 시늉을 하며 "쥐 부리 글려, 쥐 부리 지져"를 외치는데 그 이름대로 무리 속에 숨어 있는 쥐새끼의 입, 쥐 부리를 그슬리는 시늉을 하는 것이다. 이곳저곳에 말을 옮기는 궁녀들을 경계하고 악한 것을 쫓아내는 일종의 주술이다. 어린 궁녀들에게는 꽤나 효과가 좋아 행사 이후에는 측간에 가기가 무섭다며 오줌을 지리는 아이들까지 있을 정도지만 나인 이상의 여관들에게는 알아서 처신하라는 경고의 의미 이외에 공포감을 주지는 못한다.

그런데도 이번 쥐부리글려에는 나인 이상의 상궁들 역시 참여해야 한다는 내명부 수장 대리의 명령이 있었다. 어릴 때야 낯선 어른들이 횃불을 들고 가까이 온다면 무섭겠지만 다 자란 어른이 짜고 치는 행사임을 알면서 그런 것을 두려워할 리가 있겠는가. 그런데도 아홉 후궁들 중 누구도 왜 그런 쓸데없는 일을 하느냐 묻거나 말리는 이가 없는 것은 혹여 행사에 불성실하게 임했다가 궁궐에서 저주라도 사주했다는 모함을 받고 싶지 않아서일 것이다. 누가 누구를 죽이기 위해 어느 궁대들보 아래에 죽은 쥐를 묻었다든가 어디에 부적을 붙여 만든 옷을 보냈다든가 하는 후궁의 저주에 대한 이야기는 고래로 수많은 이야기책에 등장하지 않던가. 하지만 누구도 그런 괴담에 등장하는 악당이 되고 싶지는 않은 것이다.

이번 행사에는 예외적으로 주상께서도 내탕고 자금을 친히 건네시며 내명부의 안녕을 기원하셨기 때문에 처음 행사를 제안한 신녕궁주의 생각보다 규모가 커졌고 그로 인해 액땜 행사가 아니라 마치 칠석 행사라도 준비하는 것 같은 모양새가 되었다. 사실 지난 칠석에는 교태전이 냉궁이 된 탓으로 제대로 된 행사를 하지 못했다. 침방과 수방 나인들이나 바느질을 잘하게 해달라며 조촐한 제의를 지낸 것이 전부였으니 이런 예상 밖의 행사가 열리자 어린 궁녀들은 흉사 같은 것들은 모두 잊은 채로 행사 그 자체를 기대하게 되어 내명부에는 전에 없이 활기가 돌았다.

그 여파인지 냉궁으로 격하되어 행사 참여가 제한된 교태전이 궁녀들도 오랜만에 손님을 맞이하느라 바삐 몸을 움직였다. 신녕궁주가 궁녀의 의복으로 변복하여 문안 인사를 왔기 때문이다. 행사의 진행에 대한 보고를 하기 위해서인 듯했다. 내명부의 새로운 수장으로서 주상의 총애를 한 몸에 입고 있다는 항간의 시선과는 달리 신녕궁주는 수시로 변복을 하여 교태전에 들었는데 중전의 의견을 구하고 그에 맞게 처신하기 위해서였다.

애초에 중전의 시비였던 양유는 고귀한 궁주가 된 지금도 중전의 손발이었으며 주인을 모시는 충실한 종이었다. 주상이 알기라도 하면 큰일이겠다며 연홍 장미는 걱정했으나 노아가 보기에 주상이 안다고 해서 과연 큰일이 날까 싶기도 하였다. 하지만 주상이 이 사실을 알고도 넘어간다는 것을 타인이 알게 된다면 그것이야말로 정녕 큰일이겠지.

생과방 나인 출신으로서 한동안 손님맞이를 하지 못해 적적했던 장미가 오랜만에 신이 나서 통통하고 맵시 있는 손으로 다과상을 차렸는데 어떤 접시를 꺼낼지, 어떤 다기에 차를 우릴지 정하는 것은 즐거운 일인 모양인지 종일 싱글벙글이었다.

붉은색 매화가 그려진 백자를 꺼낼까 아니면 화려한 춤을 추고 있는 학이 새겨진 청자를 고를까. 아무래도 매화는 겨울을 위한 꽃이니 시원스럽게 청자가 낫겠다 싶어 장미는 청자만 모아둔 찬장을 열어 또 한참 고민을 한다. 어떤 그릇에 어떤 차를 담는 것이 예쁠까. 어떤 차에 어떤 과자를 내어서 상을 차려야 솜씨 있단 소리를 들을까, 하며 장미는 그 작은 머리를 열심히 굴리고 있었다.

"내수사에서 받은 식재료로는 대접할 것이 마땅치 않을 텐데 상은 어찌 내려고?"

연홍은 비번이면서도 뭐가 그리 궁금했는지 굳이 퇴선간까지 찾아와서는 장미의 일거수일투족을 지켜보고 있었다. 장미는 그것이 부담스러우면서도 자신을 도우러 온 동무에게 뭐라 타박은 할 수 없어 그를 빼꼼 바라보기만 했다.

"신녕궁주께서 귀한 차와 과자를 가져오셨길래 그걸 올릴까 해."

연홍이 고개를 끄덕였다.

"접시가 너무 큰데. 더 작은 것으로 하지. 과자는 두세 개 정도만 올리는 게 좋겠다."

"왜?"

"음식이 모자라야 우리를 자꾸 찾으실 거잖아. 그래야 자주 오가면서 무슨 말이 오가는지 들을 수 있을 테고."

장미 역시 신녕궁주가 왜 중전을 찾아왔는지 어떤 대화를 나눌지가 몹시 궁금했지만 눈 감고 귀 닫는 것이 궁녀의 덕목이라 배웠던바, 억지로 참고 있었는데 연홍은 과연 똑똑했다. 지밀이 된다면 더 적재적소에 쓰일 텐데 왜 궁주님들은 저런 애를 데려가지 않고 소주방에 놔두었는지 모를 일이다. 연홍이 있으면 마치 참모를 손에 넣은 듯이 든든할 텐데 말이다.

장미는 연홍의 말대로 과자를 조금만 담기 위해 소반을 작은 것으로 교체했다. 색깔별로 구색만 맞출 셈이었다. 연홍은 그 모습을 빤히 지켜보더니만 신녕궁주가 가지고 온 과자 상자를 열어보곤 넋이 나간 모양인지 한참 그것을 들여다보았다. 아닌 게 아니라 궁주가 가지고 온 과자는 무척 고급이었다. 언제나 휘영당에선 이런 과자를 먹는 것인지 아니면 정말로 특별하게 준비한 것인지 알 수 없었다. 손이 멈춘 연홍을 재촉하기 위해 온 장미마저 할 말을 잃었을 정도였다.

이제까지 장미는 유과를 만들 때 찹쌀 반죽을 손가락만 한 크기로 튀겨서 튀밥을 묻혔고 상궁 마마님에게도 그렇게 배웠는데 이것은 이전에 본 적이 없는 형태였다. 반죽을 팥알만 하게 만들어서 튀긴 후 그것을 엿으로 뭉친 뒤에 굳혀서 썰어낸 것 같았다. 노랗게 치잣물을 들인 유과에선 새큼한 유자향이 풍겼다. 색과 향이 잘 어울려서 꽤 신경을 썼다는 걸 알 수 있었다. 손이 너무 많이 가겠는데. 장미가 혼자 생각했다. 유과뿐만이 아니었다. 찐 밤을 찧어 꿀과 함께 조린 뒤 다시 동그랗게 뭉쳐 밤 모양을 만들어둔 율란은 그 솜씨가 대단해서 금방 따놓은 밤처럼 통통하고 윤기가 흘렀다.

휘영당에서 매번 이런 과자를 만들어야 한다면 그곳 생과방 궁녀는 죽어나겠군. 그런데 누가 만들었을까. 상궁 마마님 중에선 손끝이 이렇게 여문 사람이 없는데 기껏 해봤자 유가 형님 아니면 정아일까? 아니다. 그 애들 실력이 좋긴 하지만 이런 식으로 과자를 만드는 것은 듣도 보도 못했다. 생과방 궁녀 중에 이런 실력을 가진 아이가 있긴 했던가? 휘영당에 새로운 아이가 들어왔나? 그게 아니면 궁궐 밖에서 들어온 것인가? 아니, 궁궐에서도 못 만드는 것을 대체 어디서 만들어 왔다는 거지? 그것보다 신녕궁주가 이런 것을 궁 밖에서 주문해서 먹을 정도로 식견이 뛰어났던가? 의문이 생겼지만 아랫사람이 이런 의문을 품어봤자 좋을 것이 없다.

장미는 손을 바쁘게 움직였다. 귀한 과자를 그냥 낼 수가 없으니 한지 아래 잣을 깔고 칼등으로 종종 다져서 잣가루를 과자 위에 솔솔 뿌렸고 연홍은 도와주겠다며 옆에 서서는 찻잎을 고르다 장미에게 말을 걸었다.

"날이 더우니 차를 차갑게 식혀서 드리는 것이 낫겠지?"

"어떻게 차갑게 식혀? 당장 우물에 담가놔도 한참일 텐데."

"얼음을 쓰면 되잖아."

"우리한테 얼음이 어딨어."

"받아 오면 되지."

연홍 장미는 자기들끼리 소곤소곤 의논을 하더니만 또 머루를 빤히 쳐다보았다.

"냉차를 만들 얼음이 떨어졌는데, 머루야, 네가 좀 받아 올래?"

평소 같았으면 네, 하고 얼른 일어나 심부름을 나갔을 머루가 웬일로 쭈뼛거리며 움직일 생각도 하지 않고 있었다.

"말 안 들리니? 얼음 좀 받아 오라니까."

"제가 어떻게 얼음을 받아 와요……."

교태전이 냉궁이 된 이후로 다른 곳에서 물건을 받아 오는 것이 예전보다 힘들어졌다.

입구부터 어깨가 떡 벌어진 사내들이 문마다 지키고 서 있는 통에 다른 소속의 궁녀들이 아무래도 오려고 하질 않는다. 그래서 직접 물건을 받으러 가야 하는데 이것도 참 불편한 일이다. 상궁 마마들이 모조리 자리를 비우셨으니 기껏해야 이십 대의 궁녀들이 최고참. 생필품을 떼 오는 것만 해도 예전과는 다르다. 평소와 똑같이 물건을 받는 것뿐인데도 무엇이 얼마나 필요하냐 일일이 검사를 받고, 주는 쪽에서도 마치 큰 은혜를 베푸는 듯이 뻐긴다.

안 그래도 다들 어린 나이에 큰 책임을 맡아 중전께 어떤 실수를 하지는 않을까 노심초사하는데 작은 물건 하나 받아 오는 것에도 이러쿵저러쿵 말이 많으니 수급이 여의치 않아 요즘 교태전 궁녀들은 신경이 곤두서 있다. 하물며 얼음이라니. 내빙고 별감들과 괜히 입씨름을 할까 봐 머루가 지레 겁을 먹은 것이다.

그 마음을 모르는 게 아니라 장미도 쉽게 다녀오라는 말을 못 하고 있는데 이번에도 연홍이 입을 열었다.

"정 걱정되면 휘영당 항아님들과 같이 다녀오렴. 제 상전이 먹을 것을 받으러 가는데 도와주지 않겠느냐? 이참에 넉넉하게 받아 오면 좋겠네. 중전마마도 드리고 궁주님도 드리고 남으면 나도 한 덩이 너도 한 덩이 입안에 돌돌 굴려서 다 먹어버리자."

일리 있는 말이었다. 머뭇거리던 머루는 연홍의 말에 그제야 바가지를 하나 챙겨 얼른 얼음을 얻으러 나갔다. 그 모습을 본 장미는 괜한 생각이 들었다. 머루와 휘영당 궁녀들까지 다 내보내고 뭘 하려는 건지. 혹여 차를 우리면서 넣어서는 안 될 것이라도 넣으려는 것은 아니겠지. 장미는 연홍을 사랑했지만 그 인품을 믿지는 않았으므로 연홍이 차 끓이는 모습을 흘깃흘깃 쳐다보았다.

장미의 걱정을 아는지 모르는지 연홍은 익숙한 자세로 차를 우려냈다. 냉차로 만들 생각이었으므로 평소보다 진하게 우렸는데 그 향기가 퇴선간 전체에 은은하게 퍼져서 자기도 모르게 연홍은 숨을 깊이 들이마셨다.

"하— 휘영당이 언제부터 교태전보다 좋은 차를 마시게 됐지? 여기선 아직도 작년에 받은 작설차를 쓰는데."

연홍은 자신이 우린 차를 찻잔에 조금 따라서 한 모금 마셨다. 그리고 음미하듯 혀를 굴려 다시 한 모금을 마시고 장미가 잘 차려둔 과자까지 한 입 먹었다.

"과자도 꼭 사신 접대할 때 쓰는 것 같다. 무슨 기름을 썼는지 엄청 고소하네."

저 녀석이 왜 저러지. 장미가 놀라서 그를 빤히 쳐다보았다.

"첫물이잖아."

연홍이 변명하듯 말했다. 차를 첫 번째로 우린 물은 불순물이 많이 섞여 있어서 다 버리는 것이 원칙이다. 두 번째로 우린 차 맛이 가장 좋으므로 상전에게 드릴 때는 첫 잔을 버리고 두 번째 잔부터 올린다. 연홍이 "첫물이잖아"라고 한 말은 어차피 버릴 찻물이니 내가 마셔도 괜찮지 않냐는 뜻이다. 물론 그 말도 틀리지는 않다. 하지만 이제껏 이런 적이 없었는데 연홍이 이것이 꽤나 방자하게 굴고 있지 않은가. 장미는 뭐라고 한마디하려다가 자신이 선진도 아닌데 괜히 연홍의 기분을 상하게 하겠다는 생각에 입을 다물었다.

"배고파서 그래. 오려면 좀 일찍 오든가. 이게 뭐냐? 밥도 못 먹게."

틀린 말은 아니었다. 사실 교태전 궁녀들은 중전이 물린 조식의 반찬들을 다시 굽고 덥혀서 늦은 아침 식사를 하던 참이었다. 그런데 그것을 채 다 먹지도 못하고 급하게 일을 하게 된 것이다. 위장이 텅 빈 상태로 일을 하는 것이 기분이 좋을 리 없다. 게다가 신녕궁주는 보안 때문인지 자신이 올 시간을 미리 예고하는 법이 없었다. 어느 날 갑자기 상궁들이나 입는 옷을 입고 들이닥쳤다가 또 금방 사라지곤 했는데 하필 오늘 인사하러 온 시간은 애매하게 한창 일과중인 사시*였다.

낮것** 준비를 해야 할 때인데 문안 인사라니 짜증이 날 법도 하였지만 그런 것을 감안한다 해도 연홍의 행동은 아무래도 눈에 거슬리는 데가 있었다. 장미는 괜히 심술부리는 것처럼 보일까 봐 말을 보태지 않고는 있었으나 연홍의 행동이 어딘가 이전과 달라졌다는 것을 깨달았다.

보자, 무엇이 문제인가. 저 조그마한 머릿속에 언제부터 짜증과 방자함이 자리 잡았지?

연홍의 모습을 찬찬히 살피자 허리춤에 그간 보지 못했던 호박 노리개가 달려 있었다. 분명 연홍은 가난하고 자식 많은 중인 집안의 막내라 팔리듯 궁에 들어왔다고 들었는데 언제 저런 것을 허리춤에 달 수 있게 되었단 말인가. 나인의 녹봉이 래봤자 뻔한데다 버는 것을 족족 집에 모두 갖다 바치는 것을 알고 있는데 호박 노리개가 하늘에서 떨어지거나 땅에서 솟지 않은 이상은 누군가에게 받았을 것이다. 연홍의 반반한 얼굴

---

* 오전 9시에서 11시 사이.
** 점심 식사.

을 사모한 어디의 별감이 연서와 함께 주고 갔을까? 아니다. 그럴 리가 없다. 별감들이란 여자들이 무얼 좋아하는지 전혀 알지 못하는데다 여자에게 돈 쓰는 것도 싫어한다. 궁녀들이 남자를 모르고 갇혀 있으니 꽃물 들인 댕기 하나 정도면 충분히 홀릴 수 있다고 생각하지, 저렇게 큼지막하고 제대로 조각한 호박 노리개를 줄 생각은 하지 못할 것이다. 게다가 호박을 감싸고 있는 자수 문양이 무척이나 노골적이지 않은가.

사람마다 좋아하는 문양이 다르겠지만 궁녀들이 주로 자신의 물건에 새기는 것은 행복을 가져다준다는 박쥐나 장수를 상징하는 거북이, 악재를 막아준다는 귀면 정도지 절대로 석류 문양은 아니다. 석류라니. 궁녀가 그런 것을 어디에 쓰겠는가. 수많은 씨앗을 담고 있는 붉은 주머니는 자손을 잉태할지 모를 자궁을 상징하는 것이다. 열일곱 연홍이 불혹이 된 주상을 유혹하려는 것이 아니라면 이런 문양을 스스로 원했을 리가 없다. 분명 저것의 본래 주인은 많은 아이를 낳아야만 하는 후궁일 테다. 궁궐에서 석류의 상징이 필요한 여인이라면 후궁들뿐이니까.

머리가 지끈거린다. 이제 겨우 생각시 딱지를 벗어놓곤 자신이 중요한 일을 다루고 있다고 생각했기 때문에 태도가 변한 것이군. 대체 어느 궁의 주인에게 무슨 명을 받은 것인지 알 수 없었지만 가볍고 유쾌한 일은 아닐 것이다. 호박은 귀한 보석이니 그만큼의 무게를 가졌겠지. 장미가 거기까지 생각했을 때 내실과 연결된 문이 열리고 노아가 나타났다.

"차는 아직이냐?"

장미가 우물쭈물하는 사이 얼른 연홍이 앞으로 나섰다.

"냉차를 준비하느라 지체되고 있습니다. 과자 먼저 올릴까요?"

"그래. 준비한 것부터 다오."

노아가 손을 내밀며 말했는데도 연홍은 쟁반을 넘기지 않고 노아를 앞질러 가며 말했다.

"제가 나르겠습니다. 형님은 좀 쉬셔요."

노아는 별일이라는 듯이 내려보더니만 노리개에 시선을 맞추더니 다시 연홍을 빤히 쳐다보았다.

"이것은 내 일이다. 이리 내거라."

노아는 전에 없이 냉정하게 연홍의 말을 끊더니만 잡아채듯 쟁반을 들고 내실로 들어가버렸다. 아아. 벌써 알아차린 모양이군. 하긴 내가 알아챈 것을 노아 형님이 모를 리가 없지. 연홍은 아쉬운 눈으로 노아의 떠나간 모습을 계속 눈으로 훑었지만 자신이 바랐던 대로 과자 시중을 올리며 궁주와 중전의 대화를 엿들을 기회는 오지 않았다. 노아는 종일 연홍을 내실 근처에도 오지 못하게 했으며 외려 내탕고에서 설당을 받아 오라며 멀리 심부름을 보내기까지 했다. 설당이라면 아직 퇴선간에 한 광주리는 쌓여 있었는데도 말이다.

그날 밤, 소주방 궁녀들은 경복궁의 오백 궁녀들 모두의 입에 들어가고도 남을 밀떡을 만드느라 분주했고 정말로 섣달그믐에나 하듯이 온 궁 안에는 불이 환히 밝혀져 해가 졌는데도 어둠을 느낄 수가 없었다. 후궁 각 처소에서 얼마나 많은 물건을 풀었는지 볼품없는 횃불 대신 향기로운 기름 냄새를 풍기는 촛대와 초롱이 기둥마다 장식되어 정말로 꼭 축제날처럼 보였다. 오늘만큼은 모든 궁인들이 밤새 잠을 자지 않고 뜬눈으로 지새우도록 명을 받았는데 물론 살아 있는 사람들의 힘으로 악한 기운을 쫓아내기 위해서였다.

낮에는 붉은 두건과 옷을 입힌 어린아이들이 스무 명이나 입궁했다. 어린애들은 밤새 궁궐을 맘껏 돌아다니다 새벽에는 방상씨*와 함께 눈이 네 개 달린 탈을 쓰고 광대들과 함께 한바탕 귀신 쫓는 춤을 출 예정이었는데 그 모습이 무척 기대가 되었다. 관상감에서는 오늘 쓸 북과 피리를 준비하기 위해 먼지를 털어내느라 한창 바빴다. 다들 이 더운 밤에 무슨 난리냐, 귀찮다 귀찮다 말은 하면서도 입꼬리만은 확실히 올라가 있었으니 액땜만큼은 제대로 되고 있는 듯했다.

냉궁의 궁녀들은 물론 행사에서 제외되었으므로 아무 상관

---

* 방상씨方相氏는 가면을 쓰고 악귀를 쫓는 사람을 말한다.

이 없었으나 설레는 마음만큼은 전염되는 것인지 평소보다 일찍 행각에 모였다. 일찍 발걸음을 한 것은 경안궁주도 마찬가지였다. 행각은 교태전에서 가장 밖과 가까웠으므로 행각에 난 작은 창으로 멀리서 연주하는 꽹과리 소리나 징 소리가 들려왔기 때문에 행사를 직접 즐길 수는 없어도 분위기에는 함뿍 취할 수 있었다. 광대들이 부는 태평소 소리가 교태전 궁녀들의 마음까지 설레게 했다.

오늘 모임에 가장 늦은 것은 노아였다. 신녕궁주의 방문으로 아무래도 할 일이 많았던 것인지 숙소로 돌아오는 시간이 늦어지고 말았다. 웃전으로부터 무슨 소리를 들었는지 평소보다 무거운 걸음을 걸으며 행각에 들어가지를 못하고 앞에서 얼쩡거리고 있노라니 어떻게 알았는지 저절로 문이 열렸다. 노아가 깜짝 놀라 작게 소리 지르자 장미가 빙긋이 웃으며 노아의 소매를 쥐고 방 안으로 끌어당겼다.

"뭘 이렇게 늦게 오세요. 궁주님께서 형님 오시기만을 목이 빠져라 기다렸답니다."

그 말대로였다. 경안궁주는 연홍의 품에 폭 안겨 부채 바람을 받으며 자신을 빤히 쳐다보고 있었다. 노아가 얼른 인사를 올리자 경안궁주는 지루하다는 표정으로 손을 까딱하며 앉으라는 시늉을 했다. 노아가 다시 한번 고개를 숙여 감사함을 표하고 자리에 앉자 백희가 늘 앉던 자리에 앉아 싱긋 웃으며 물

잔을 그에게 내밀었다.

"고생했다. 이거 마시고 숨 좀 고르렴."

"고맙소."

노아가 한 번에 물을 들이켰다. 목이 마른 줄도 몰랐으나 물이 들어가자 그제야 목구멍이 바짝 말라 있었다는 걸 알았다.

"내가 너무 늦었느냐."

장미에게 물은 것이었는데 경안공주가 못마땅한 표정으로 대답했다.

"공주와 한 약속 따위는 다 잊은 게지. 본궁을 이리 기다리게 하다니. 지존의 딸이라는 위치도 너희들의 불경함에는 미치지 못하는구나."

"송구합니다. 번이 늦게 끝나는 바람에 공주님을 기다리게 하였습니다."

노아가 허리를 숙이자 경안공주는 그런 것 정도는 넓은 아량으로 이해해주겠다는 태도로 오만한 고개를 까딱 숙였다.

"괜히 심술을 부린 것이다. 나보다 어마마마를 모시는 것이 중한 것은 당연하지. 지밀인 네가 고생이 많다."

"알아주셔서 감사합니다."

경안공주와의 의례적인 투닥거림도 이제는 익숙해졌다. 장미는 어디서 가지고 왔는지 주먹보다 조금 큰 듯한 수박을 가지고 와서 은장도로 쪼개어 나누었다. 어쩜 이리 작고 여윈 수

박이 있는지 마치 소꿉장난을 하고 있는 것 같았다.

"정말 요즘 같아서는 사는 낙이 없어. 실제의 괴력난신이 들끓으니 괴담도 재미가 없다."

경안궁주가 가장 크게 잘린 수박 한 쪽을 받아 들며 말했다.

"실제의 괴력난신이라니요?"

경안궁주의 말에 노아의 심장이 요동쳤다. 동글동글한 귓구멍 안에 어떤 소식을 담아 왔을지 알 수가 없었다. 하지만 경안궁주가 말하는 것은 노아가 걱정한 것과는 영 다른 이야기였다.

"안상재의 궁녀가 천벌받아 죽었다면서?"

"사람들이 그냥 하는 말이지요. 어찌 감히 지엄한 궁에서 그런 일이 있겠습니까."

괜히 삿된 소식으로 어린 궁주가 마음을 어지럽힐까 저어되어 노아가 변명하자 궁주는 흥 하고 콧방귀를 뀌었다.

"어린애 취급을 하는 게로구나. 그런 일이 없다면 안상재에서 뭐 하러 그 많은 재물을 내놓으며 쥐부리글려 행사를 도왔겠느냐."

냉궁에 들어앉아 제법 궁궐의 분위기를 읽는 흉내를 내는 것을 보니 보모상궁이 꽤나 바지런히 돌아다니는 모양이었다. 하긴 경안궁주의 보모상궁은 이미 궁주를 다 키워놓았기 때문인지 교태전 안에 틀어박혀 있는 것을 본 적이 없었다. 언제나 누군가와 이야기를 나누고 있었는데 그것이 경안궁주의 명일지 아니면 중전의 명일지 알 수 없는 노릇이었다.

"오늘은 누가 이야기를 할 테야?"

경안궁주가 궁녀들의 얼굴을 빤히 돌아보았다. 누구도 선뜻 먼저 말을 꺼내지 못하고 있는데 노아가 묵례하듯 작게 고개를 숙였다.

"오늘은 미천한 종이 이야기를 올려도 되겠나이까."

처음 있는 일이었다. 노아는 언제나 규칙을 잘 지키는 궁녀이고 이 괴담회를 가장 마뜩잖아하는 사람 중 하나였다. 냉궁만 아니었던들 벌써 감찰상궁에게 가서 고자질을 했을 것이다. 남들이 무슨 이야기를 하든 입을 꾹 다물고 궁녀의 도리에 대해서만 줄줄 읊던 노아가 직접 괴담을 이야기한다고 하니 어린 궁녀들은 괜히 즐거워져서 눈을 반짝였다. 궁녀들과 궁주는 태평소 소리도 행사를 준비하는 궁인들의 발소리도 미뤄놓은 채 노아의 이야기를 듣기 위해 귀를 기울였다.

서묘 이야기

오늘은 미천한 종이 이야기를 올려도 되겠나이까.

경안궁주께서 괴담을 좋아하시니 언제 이야기를 청하실지 알지 못해 여러 궁녀들의 입을 빌려 온갖 이야기를 들었으나 이야기는 필요한 때에 적절하게 하지 않으면 안 하느니만 못 하지요. 그리하여 얼마 전까지만 해도 제가 만약 이야기를 하게 되면 어떤 말씀을 아뢰어야 할까 무척 걱정하였습니다.

강원도 통천에 나타났다는 인어 이야기를 해야 하나, 아니면 금강산에 종종 나타난다는 서천객 이야기를 할까. 하나 그 이야기들은 신기하긴 하되 처음과 끝이 없고 그저 현상에 불과한지라 이야기 자체보다는 해석을 흠향하기 좋아하시는 궁주님의 고귀한 취향에 맞지 않사와 고민에 고민을 이어가던 중, 마침 쥐부리글려를 하는 밤에 이보다 더 적절한 이야기가 없는 듯하여 부족한 말솜씨나마 부려보겠사오니 늘 그러셨듯이 즐거이 들으시되 취할 부분만 취하고 버릴 부분은 버리시옵소서.

궁주께서는 '고蠱'에 대해 들어보셨나이까. 맞사옵니다. 배속에 사는 벌레를 뜻하는 말이지요. 배가 붓거나 정신이 혼미해진 사람을 보고 사람들이 흔히 '고'에 당했다고들 하는데 이것은 고독蠱毒에 대해 어설프게 아는 사람이나 하는 소리입니다. 고독이란 사악한 주술이니 궁주께서 모르신다 해도 이상할 것이 없지만 몰라 당하는 것보다야 알고 이용하는 것이 언제나 더 좋은 법이니 이참에 이름이나마 들어보시는 것도 나쁘지 않겠지요.

'고'라는 주술이 어떻게 만들어지는지 정확한 방법에 대해서는 소인은 알지 못하고 앞으로도 알 방도가 없으며 궁주께서도 아실 필요 없는 일이오나 오늘 이야기의 주된 재료이기도 하오니 제가 아는 만큼만 설명을 드리겠습니다.

고독이란 잔혹하고 사악한 주술입니다. 이것은 시기와 질투, 억울함, 남을 죽여서라도 살아내고자 하는 기운들이 모두 응집된 비참한 것입니다. 항아리에 독이 있는 벌레들을 모아 밀봉하면 그것들이 서로 살아남기 위해 싸우다가 한 마리가 남게 되는데 그것이 고의 바탕이 되어 사람을 저주하는 데 쓰이나이다. 벌써 얼굴을 찌푸리시는군요. 유쾌하거나 가벼운 이야기는 아니지요. 한데 이런 저주가 궁에서 더없이 실용적으로 쓰이고 있다면 믿으시겠습니까? 그럴 리 없다고요? 모르시는 말씀입니다.

내명부의 궁중 여관으로서 궁을 관리하는 데 있어 가장 큰

골칫거리가 무엇일 거라 짐작하시온지요? 후궁들끼리의 암투? 혹은 여관들 사이의 알력 다툼일까요? 그것도 일부 맞는 말입니다만 사실은 쥐새끼가 얼씬 못 하도록 하는 것이 가장 큰 난제이옵니다.

궁의 살림은 여염집에 비할 바가 아니라 온갖 식품과 물품들이 드나들지요. 크고 작은 제사만 이틀에 한 번 꼴이며 매일 끼니 맞춰 식사하는 이의 숫자가 천 명이 넘사오니 사람들을 먹이고 입히며 살게 하는 물품들을 모아둔 창고가 얼마나 크고 웅대하겠사오며 그런 곳에 둥지를 틀고 재산을 축내는 쥐새끼는 또 얼마나 많겠사옵니까. 쥐새끼들은 정갈해야만 하는 수라간의 음식을 더럽히고, 비싼 비단을 쏠아 먹으며, 가는 자리마다 병을 옮기고, 수백 년 된 나무를 베어 만든 서까래도 한순간에 무너뜨리지요.

그것들을 없애려 각 처소마다 밥을 주어 기르는 고양이가 서너 마리는 되옵니다만 사실 쥐를 제일 잘 잡는 것은 같은 쥐입니다. 쥐들이 숨어 먹이를 엿보는 쥐구멍이며 이동하는 경로 같은 것들은 같은 쥐새끼들이 아니면 알기 어려운 것이니까요. 쥐가 쥐를 잡기 시작하면 고양이보다 빠르고 잔인하지요. 이들을 쥐 중에서 고양이 같은 것이라 하여 서묘鼠猫라 부릅니다.

이것을 만드는 방법은 고독과 유사합니다. 여러 마리의 쥐를 구해 가둬두고 먹이를 주지 않는 것입니다. 그러면 쥐들끼리 서로를 잡아먹게 되는데 그렇게 살아남은 쥐에게 계속 동료를 잡아먹게 만들면 쥐는 스스로 쥐인 것을 잊어버리고 다른 쥐 잡아먹는 것을 일생의 과업으로 삼게 됩니다. 이렇게 만들어진 서묘는 고양이보다 낫기에 궁궐 내에서 주술을 금하라는 금상의 명령에도 불구하고 몰래몰래 만들어져 사용되옵니다. 모르긴 해도 환관들이 관리하는 내탕고에서도 서묘를 이용하긴 할 것입니다. 서묘도 없이 어떻게 그 많은 쥐들로부터 곡식을 지키겠습니까.

교태전에서도 서묘를 이용하느냐 물으신다면 사실 저는 교태전에 대해 아무 아는 바가 없나이다. 이전에는 다른 상궁 마마님께서 관리하셨고 저는 나인으로서 명령을 받잡는 위치였을 뿐이니 신출내기에 불과한 제가 무엇을 알겠나이까. 그저 교태전 퇴선간 아궁이 옆에 먹다 남은 음식을 마음껏 내놓아도 갉아먹은 흔적이 없기에 이곳에도 서묘가 있는 것이 아닌가 짐작이나 할 따름입니다.

제가 할 이야기는 바로 이 서묘에 관한 것인데 이야기를 모으다 보니 신기하게도 마치 이어지는 듯한 두 가지의 이야기를 발견하여 그것들을 모두 들려드리겠으니 즐거이 취하소서.

첫 번째 이야기
—어느 대감댁의 서묘

어느 대감댁에 부엌을 오롯이 혼자 책임져야 하는 색시가 살았나이다. 위로는 호랑이 같은 시어른들이 계셨고 아래로는 토끼 같은 시동생들이 있었으나 그의 편은 아무도 없었으므로 혼자 살림을 책임져야 했습니다. 색시는 쥐 때문에 고민이 많았는데 잿물로 쥐약을 만들어도 보고 비상에 밥알을 섞어 서까래에 올려놔봐도 영특한 쥐는 이리저리 피해 다니며 가족을 늘리기만 할 뿐이었다지요. 쥐의 천적은 고양이라 하니 이웃집에서 한 마리 얻어 오기도 했습니다만 게으른 고양이는 주는 밥을 먹고 부뚜막에서 잠이나 잘 뿐 쥐를 잡아 오진 않았으므로 귀엽기는 하여도 큰 도움은 되지 못했나이다.

어느 날 지나가던 방물장수가 색시에게 물건을 사달라 졸랐나이다. 하나 색시에게는 돈이 없었지요. 자신 마음대로 쓸 수 있는 돈이 한 푼이라도 있었다면 백분이라도 하나 살 수 있었으련만 아무도 색시에게 엽전 하나 준 적이 없던 고로 색시는 일이나 할 줄 알았지 돈을 쓸 수는 없었습니다. 어쩔 수 없이

방물장수를 문전박대하는데 그이가 색시 집에 쥐 많은 것을 보더니 서묘를 하나 사지 않겠느냐고 묻지 않겠습니까. 그것이 무어냐 하니 쥐를 잘 잡는 쥐라 하였습니다. 색시는 귀가 번쩍 뜨였으나 돈이 없었으므로 거절하였지요. 하나 방물장수는 끈질겼습니다. 돈이 없으면 다른 것으로 받겠다. 내가 보니 이 집에 고양이는 있으되 일을 하지 않는 듯하니, 돈 대신 고양이를 준다면 쥐 잘 잡는 서묘를 넘겨주겠다 하였지요. 색시가 듣기에 과연 손해 볼 장사는 아닌 것 같아 아껴 기르던 고양이를 넘겨주고 서묘를 받았나이다.

처음에 서묘는 무척 작았나이다. 색시의 주먹 크기 정도나 되었을까요. 하지만 부엌에 데려다 놨더니 서묘는 곧 쥐들을 모두 잡아먹고 고양이만큼 커졌습니다. 산처럼 곡식이 쌓여 있는 창고로 옮겼더니 그곳에 있는 쥐까지 모두 잡아먹고 강아지만큼 커졌지요. 창고와 부엌에 있던 모든 쥐를 다 잡아먹은 서묘는 대감댁 안채에 숨어들었나이다. 집 안 가장 깊숙한 곳이니 무언가 먹을 것이 있으리라 생각한 걸지도 모르지요. 쥐가 활동한다는 자시 즈음 되었을까요. 색시는 아무것도 모르는 채로 잠에 빠졌습니다. 하루 종일 일을 하느라 새까매진 색시의 발목은 마치 쥐새끼처럼 통통했지요. 서묘는 새까만 발목을 쥐새끼라 착각하고 깨물었습니다.

서묘라는 것이 이용하기는 좋아도 위험한 것이라 사용에는 주의가 따르옵니다. 우선, 쥐가 없어진 후에는 서묘를 다른 곳으로 옮겨야 하옵니다. 서묘는 자신이 잡아먹을 쥐가 없다면 저보다 큰 것이라 해도 아무 거리낌도 없이 잡아먹으려 하기 때문입니다. 서묘의 재주가 어찌나 신묘한지 동물들은 자신의 뼈와 살을 내주고도 아무 고통도 느끼지 못한다 합니다. 갉아먹는 정도가 심해지면 동물이 죽는 경우도 있는데 그때까지도 동물은 자신이 잡아먹히는 줄도 모른다는군요. 서묘는 색시가 깊은 잠에 빠져 있는 동안 발목과 무릎, 팔과 손목, 몸통과 머리카락 한 올까지 모두 갉아 먹었습니다.

다음 날 아침이 되자 집 안이 발칵 뒤집혔습니다. 대감이 깨어났는데도 누구도 세숫물을 준비하지 않았기 때문입니다. 대감이 친히 늦잠을 자는 색시를 깨우러 왔을 때는 그곳에 색시 대신 서묘가 누워 있었나이다. 하지만 얼굴과 몸이 꼭 사람 같았으므로 대감은 그것이 서묘인 줄은 꿈에도 몰랐다 하옵니다. 지금도 그 집에는 서묘가 살고 있사온데 살아 있는 것은 모두 잡아먹혀 생명이라 할 것은 풀 한 포기도 없다 하더이다.

두 번째 이야기
—동궁의 서묘

두 번째 이야기를 들려드리지요.

옛날 옛날에 어느 아름답고 부유한 나라에 요순만큼 훌륭하신 임금님과 왕비님이 살았나이다. 임금님에겐 두 분의 듬직한 아드님이 계셨지요. 나라가 오래도록 평안하려면 종묘와 사직이 바로 서야 하고 그러기 위해서는 후계가 중요한 법이라 임금께서는 오래 고민을 하시다 두 분 아드님 중 한 분을 세자로 책봉하시고 다른 분은 대군이 되어 세자를 보필하도록 하셨나이다.

그때 동궁전에서 일하던 환관 중에 이만이라는 자가 있었습니다. 무척 간교하고 수치를 모르는 자로, 본래 환관은 아니고 형편이 어려워 환관 노릇을 했다 합니다. 이만은 키가 크고 얼굴이 준수하였기 때문에 동궁께서 무척이나 총애하셨습니다. 동궁께서는 이만이 혹여 험한 일이라도 하다가 고운 얼굴을 상하게 할까 저어되어 여름에는 볕 아래 세워두지도 않고 겨울에는 차가운 바람을 쏘이지 못하도록 하셨습니다. 이만은 마치 자신의 주인과 한 몸인 듯 동궁의 내실에서 아랫것들의 돌봄을 받으며 일 년 내내 오월의 훈풍 같은 나날들만 보냈다 하더이다.

이처럼 이만과 동궁의 사이가 무척 애틋하고 남달랐으므로 내명부의 수장이신 중전마마께서는 서둘러 빈궁을 맞아들일 준비를 하셨나이다. 전국에 금혼령을 내리고 처녀 단자를 바치도록 한 것입니다. 전국을 뒤져서라도 최고의 신붓감을 점지해주고 싶으셨던 게지요.

초간택에선 여섯 명을, 재간택에선 세 명을, 그리고 삼간택에선 반드시 한 명을 골라야 했는데 이것이 여간 어려운 일이 아니었습니다. 마지막 남은 두 사람이 마치 한배에서 나온 쌍둥이처럼 덕과 미모가 비등비등하였기 때문입니다. 한 분은 나리꽃처럼 활기차고 한 분은 목련처럼 우아했습니다. 한 분은 시를 잘 짓고 다른 분은 그림을 잘 그리셨지요. 지, 덕, 체 어느 것을 비교해도 누가 더 낫다 판가름하기가 어려웠습니다. 이에 중전께서는 세자 저하께 직접 아내를 고를 수 있는 기회를 주셨다 하옵니다. 세자 저하께서는 두 처녀와 함께 얼마간 대화를 나누시고는 한 처녀를 선택하셨고 중전께서는 길일을 잡아 빈궁을 세우셨습니다. 선택받지 못한 처녀에게도 대군의 부부인이 될 수 있는 기회를 주셨지요.

새로 빈궁이 되신 분은 무척 현숙하신 분으로 자신의 처지와 분수를 잘 알았기에 오래 기다리게 될 것을 각오하고 있었습니다. 세자의 몸과 마음이 성숙해질 때까지 인내했다가 올바른 생산에 대한 책임을 가르치고 종묘와 사직에 대한 의무를 다할 수 있도록 준비하는 것입니다. 나이 어린 여인에게는 무거운 가르침이지만 마흔 살의 여인에겐들 쉽겠습니까. 그런 종류의 일은 닥치면 어떻게든 하게 되는 법이라 하더이다. 소녀는 영원히 모를 문제입니다만.

하나 빈궁의 기다림이 지나치게 길어지자 중전께서는 마음이 다급해지셨습니다. 동궁은 여전히 이만과 각별하였고 다른 자에게는 관심이 없었기 때문이옵니다.

그러던 어느 날, 세자빈이 될 수도 있었으나 대군의 부부인이 된 자가 문안 인사를 와서는 중전의 고민을 해결해주었습니다. 지혜로운 말씀을 올리신 것입니다.

"마마, 환관 이만을 동궁에 두지 마시고 빈궁전으로 소속을 옮기소서. 그를 세자빈의 감시 아래 두시고 세자 저하께는 행궁행을 명하시어 주의를 돌리심이 어떠신지요."

중전께서는 그 말대로 하셨습니다. 처음에 동궁께서는 중전의 명을 받고 분기탱천하시었으나 아직 군왕의 몸이 아니신지라 명을 받잡을 수밖에는 없었나이다. 다행히도 동궁께서는 혈기가 가득한 청춘이셨고 전국 팔도에는 미인이 많았던 탓으로 동궁께서 잠시 궁을 떠나 세상을 배우는 사이 이만은 빠른 속도로 잊혔습니다.

신선 세계의 하루가 사바세계의 삼 년이라 하는 말이 있지 않더이까. 동궁의 시간이 쏘아 올린 화살같이 흐르는 동안 빈궁전의 하루는 삼 년이나 되는 듯이 더디게 흘렀나이다. 환관 이만과 빈궁은 이를테면 연적이라 할 수 있는데, 이들 연적이 조석으로 얼굴을 마주하는 기분이 어땠겠는지요. 서로에게 괴로움만 더할 뿐이었습니다. 그들은 좁고도 넓은 빈궁전에서 서로가 서로를 탓하며 마음을 갉아먹었나이다. 신성한 궁에서 칼을 쓸 수 없으니 말로 칼을 삼아 상처를 내고 덧나게 하고 노려보는 눈빛과 형형하게 녹슬지 않는 원한을 매일같이 갈아치우며 서로를 지옥에 빠뜨렸지요.

동궁이 떠난 지 반년이 채 지나지 않아 이만은 자결하였습니다. 스스로 목을 맸는지 아니면 빈궁의 괴롭힘이 있었는지 알 수 없는 일이지요. 하나 동궁께서는 후자로 생각하셨던 모양입니다. 이후 동궁께서는 빈궁을 미워하시어 궁 안에서든 밖에서든 빈궁을 없는 사람 취급하였으므로 빈궁 역시 마음의 병을 얻어 출궁하였습니다. 빈궁전의 환관이 죽고 빈궁이 출궁당했다는 소식을 들은 백성들은 빈궁과 이만의 관계를 의심하며 그녀를 비방했고 결국 빈궁 역시 사가에서 목을 매어 자진하였습니다. 그 일로 세자는 백성들로부터 인망을 잃었으며 얼마 지나지 않아 폐위되었나이다.

모두가 불행해진 이 이야기에서 물론 승자가 있었으니 바로 임금님의 또 다른 아드님이겠지요. 임금님께는 신의 없고 인망 잃은 세자 대신에 다른 선택지가 있었으니 말입니다. 언젠가 선택받지 못했던 대군께서는 세자가 되시어 동궁의 주인이 되셨고 부부인께서는 그 옆자리에 앉으시어 홍복을 누리셨다 합니다.

이야기의 충격적인 결말에 궁녀들이 할 말을 잃은 채로 노아를 빤히 쳐다보고 있으려니 연홍이 신경질이 난 듯 흥, 하는 콧소리를 냈다.

"무슨 이야기가 그래요?"

장미 역시 연홍과 똑같은 마음이었다. 이야기가 그렇게 진행되어서는 안 되는 것이다. 중전이 동궁과 이만의 사이를 갈라놓았더라도 순순히 응해주면 안 되는 일이다. 동궁이 이만을 만나기 위해 담장이라도 넘어야 했다. 두 정인이 서로를 만나기 위해 편지를 쓰든 사랑의 도피를 하든 무어라도 해야 하는 것 아닌가.

헤어졌다고 갑자기 식어버리는 것이 어찌 이야기 속 사랑일 수 있다는 말인가. 백번 양보하여 세자가 정인을 버리고 세자

빈에게 충실하여 좋은 군왕이 되는 이야기라면 재미는 없어도 교훈은 있음 직했다. 하지만 청자들의 소망을 이토록 배반하는 이야기가 과연 이야기일 수 있다는 말인가. 궁녀들은 마치 친한 사람에게 배신이라도 당한 듯이 부들부들 떨며 노아를 노려보았다.

"그런 건 이야기가 아니잖아요!"

연홍의 앙칼진 목소리가 높이 울렸다. 장미 역시 그 말에 동의하며 고개를 수없이 끄덕였으나 노아는 왜 그리 화가 났는지 모르겠다는 표정으로 고개를 빳빳이 세우고 있을 뿐이었다.

"어째서 이것이 이야기가 아니지?"

"이야기란 그런 것이 아니에요. 이야기에는 교훈이 있든가 사랑이 있든가 재미가 있어야지요. 그렇게 기분 나쁜 것을 어찌 이야기라 할 수 있어요? 게다가 형님께서는 처음에 이 이야기가 서묘에 대한 이야기라 하셨어요. 첫 번째 이야기는 그래요, 이상하기는 하지만 서묘가 나오긴 하지요. 그런데 두 번째 이야기에는 쥐가 등장하지도 않잖아요."

연홍이 흥분하며 화를 내는데도 노아는 그것에 곧바로 응해주지 않고 물이 가득 채워진 잔을 그에게 넘길 뿐이었다. 연홍은 물을 한 잔 마시고서야 씩씩거리는 숨을 겨우 진정했는데 그래도 아직 화가 식지는 않은 모양이었다.

"연홍, 너는 대유에 대해 들어보았느냐?"

연홍은 갑자기 들어온 질문에 혼란스러운 듯했으나 대꾸는 하지 못했다. 노아는 연홍이 대답할 수 있도록 얼마간 기다렸으나 아무래도 말이 없자 어쩔 수 없다는 듯 입을 열었다.

"세자 저하를 두고 그분이 머무시는 궁의 이름인 동궁이라 지칭하는 것, 그것을 대유라 한다. 다른 예시가 또 무어가 있을까……."

노아가 잠시 고민하는 사이 밖에서 '쥐 부리 글려'를 외치는 소리가 났다. 드디어 행사가 시작된 모양이었다. 수많은 궁녀들의 발소리가 들리고 '쥐 부리 글려' 혹은 '쥐 부리 지져'를 외치는 목소리들이 귀가 따가울 정도로 커다랗게 들렸다. 궁녀들은 잠시 말을 잃고 소리가 들리는 방향을 바라보았는데 물론 행각의 작은 창문 너머로 보이는 것은 보잘 것 없었으므로 금방 흥미를 잃게 되었다. 노아만이 예시로 듣기에 마침맞은 것을 들어 기분이 좋았는지 입가에 미소가 있었다.

"말을 잘 옮기거나 배신하기 좋아하는 자를 두고 쥐새끼라 말하는 것도 대유다. 그리하여 궁에서는 섣달그믐마다 쥐부리 글려를 하는 것이야. 쥐의 부리를 그슬려 못된 말을 옮기지 못하게 하기 위해서다. 두 번째 이야기에는 서묘가 직접적으로 등장하지 않으나 나는 그것이 서묘에 대한 좋은 이야기라 생각한다."

노아가 꽤나 친절히 말을 풀어주었는데도 연홍은 여전히 마음에 들지 않는 듯 입을 툭 내밀었고 그사이에도 쥐 부리 글려, 쥐 부리 지져 하며 외치는 소리가 크게 들렸다. 경안궁주는 이야기에 몹시 집중하고 있었던 모양인지 표정이 굳어져 그 흉중을 알기 어려웠으나 곧 입을 크게 벌려 웃기 시작했다. 연홍이나 장미는 대체 이게 무슨 일인지 몰라 어안이 벙벙하기만 했다. 경안은 한동안 웃음을 그치지 못하다가 결국엔 눈물을 찔끔 흘렸는데 궁주의 머리카락을 말리던 연홍이 자신이 아끼던 비단 손수건으로 궁주의 눈물을 닦아준 다음에야 겨우 사그라들었다.

"나도 조금은 아는 이야기인데 네가 하는 것을 들으니 마치 처음 듣는 듯하다. 네 이야기 솜씨가 좋으나 놓친 것들이 있으니 내가 얼마간 채워주마."

경안궁주의 말에 연홍은 겨우 불평하던 입을 잠재웠다. 궁주께서 말씀하신다는데 무슨 불평을 하겠는가. 재미있는 후일담이라도 있는 것인가 궁금하여 기다리고 있는데 궁주의 입에서 떨어진 말은 정신이 번쩍 들게 하는 것이었다.

"이 이야기의 주인공은 조선의 첫 세자였던 의안대군 이방석이구나. 맞느냐?"

노아가 말없이 고개를 숙이자 경안은 신이 나서 얼른 뒤를 이었다.

"의안대군 이방석의 처 유씨가 환관 이만과 간통하여 쫓겨

났다는 소문은 나도 알고 있다. 간통한 유씨는 죽은 다음에 현빈이라는 시호를 받았지. 어째서 어질고 현명하다는 글자를 받았을까. 나는 늘 그것이 궁금했다. 자세한 내막에 대해서 오늘에야 알게 되었으니 무척 즐겁구나. 왕실 사람들은 괜히 나에게만 바위같이 무겁게 입을 다문던다. 세상에 조선의 첫 세자가 남색이었는데도 현빈만 음란하다 손가락질을 받다 죽었단 말이냐. 그것은 너무 억울하지 않아?"

"세자를 비난하는 것은 태상왕을 욕보이는 것이지만 세자빈이야 무어 어떻습니까. 고귀한 지위에 있다 하더라도 결국은 신하의 자식일 뿐, 정치의 세계에서는 뒤탈이 없는 사람이 해를 당하는 법이지요."

의안대군은 왕자의 난 때 죽임을 당한 계비 강씨의 소생이다. 정안군의 이복동생이며 열여섯 어린 나이에 죽임당한 폐세자다. 그렇다는 것은 이야기 속 인물들이 모두 뼈와 살이 있는 진짜 사람들이라는 것인데…….

경안궁주의 말에 연홍은 한여름인데도 겨울인 양 온몸을 벌벌 떨었다.

"설마 그럼 이야기에 나오는 부부인 마님이……."

"그래. 이 이야기에서 사람을 서묘로 사용하여 모든 정적을 제거한 여장부께서 바로 네 주인이시며 이 교태전의 궁주이신 중전마마시니라."

경안궁주의 입에서 주인이 언급되자 궁녀들은 모두 이마를 숙여 예를 표했다. 교태전의 주인은 서묘를 사용하여 내명부를 장악했고 경복궁의 주인은 직접 서묘가 되어 형제들을 학살했다. 이 이야기를 마음에 들어 할 줄은 몰랐는데. 노아는 사실 얼마간 야단맞는 것도 각오했던 터였으나 경안은 그저 어린아이다운 천진함으로 왕실의 추문을 들은 것만을 흥미로워했으므로 무척 다행이었다. 노아는 속마음이 들키지 않도록 최선을 다해 웃어 보였다.

"이것은 군왕의 이야기구나. 그래, 모름지기 위에 선 자라면 아랫것들을 이용할 줄 알아야지. 필요하다면 누군가를 서묘로 만들기도 해야 하는 것이다."

자신감이 넘치는군. 고고한 표정과 빳빳한 고개를 보아 하니 자신은 왕족이라 고양이 정도는 된다고 생각하는 모양이다. 하지만 경복궁에 서묘가 아닌 사람이 있기나 할까. 비상한 머리로 의안대군을 폐세자 만들었으며 정안군을 제왕으로 만든 그분, 조선에서 가장 고귀한 여인이 되어 교태전을 차지한 그분은 냉궁에 갇혀 지아비가 아홉 후궁을 거느리는 모습을 보고 피눈물을 흘리고 계시지 않은가. 제왕 한 사람만을 위해 만들어진 이 궁에서, 이 조선에서 감히 누가 자신 있게 나는 서묘가 아니라 선언할 수 있는가.

그런데도 경안궁주는 이야기에 매우 만족한 듯 자신의 가락지를 하나 빼내어 노아의 손가락에 끼워주었다.

"이야기 삯이다. 더한 것도 주고 싶으나 내 오늘은 가진 것이 이것뿐이구나. 나중에 더 좋은 기회가 있거든 그럴싸한 노리개라도 하나 주도록 하마. 그래, 연홍이가 가진 저런 노리개 말이다. 더 이야기를 하고 싶으나 지체하다가는 오늘 행사가 끝날 모양이니 우리 오늘은 이만 모임을 파하자. 대신 아미산 언덕에라도 올라 바깥 구경을 하지 않겠느냐?"

경안은 쥐부리글려를 당하는 궁녀들의 모습을 구경하고 싶어 하는 듯했다. 하긴 수백의 궁녀를 한구석에 몰아넣고 괴롭히는 구경거리가 자주 있는 것은 아니니 궁녀가 아닌 사람이 본다면 재미있을지도 모르는 일이다. 운이 좋아 횃불로 위협하는 별감이 실수라도 한다면 정말로 궁녀들의 쥐 부리를 그슬릴지도 모르는 일 아닌가. 지금도 이토록 귀가 아플 정도로 궁녀들의 비명이 들리는데 공포와 경악으로 범벅된 광경을 직접 보게 된다면 잊기 어려운 추억이 될 것이다.

바깥에서 징이며 꽹과리 소리가 울려대자 마음이 급해졌는지 궁주는 얼른 자리에서 일어나 흐트러진 머리를 매만졌다. 묶어서 틀어 올릴 모양이었으나 잘되지 않아 헤매자 노아는 자신의 장삼을 꺼내어 궁주의 머리 위에 덮어주었다. 궁녀의 옷이니 이대로 나가는 것이 구경하기 더욱 용이할 것이라 궁주는 마음에 들었는지 그대로 문 밖을 나섰다.

"마음이 급하다. 먼저 갈 테니 따라오너라."

궁주가 먼저 앞장서자 노아가 장미의 손을 잡고 그 뒤를 따랐다. 연홍 역시 얼른 따라가려 했지만 백희가 연홍의 앞을 막아서고는 문을 닫았다. 궁녀들이 나가고 나자 행각 안에는 침묵만이 감돌았고 연홍은 침을 꿀꺽 삼키며 고양이 앞에 선 쥐처럼 떨면서 백희를 올려다보았다.

"왜…… 왜 그래요."

연홍이 겁에 질렸다. 밖에서 들리는 쥐 부리 글려 하는 소리며 행각 안 백희가 내뿜는 분위기가 심상치 않게 위협적이었던 것이다. 오늘 하루 종일 조용히 입을 다물고 있던 백희는 연홍이 무서워하지 않도록 더 다가가지는 않았으나 그렇다고 그를 편하게 해줄 생각은 없는지 굳이 연홍의 손을 움켜쥐었다. 어찌나 아귀 힘이 세던지 마치 단단한 것에 끼인 듯 손을 빼낼 수 없었다.

"안상재의 궁녀가 천벌받기 전 너와 춘향이놀이를 했다지? 어딘가의 궁주님을 등에 업고 점괘를 조작했겠다?"

"그…… 그게 무슨 말이에요. 증거 있어요?"

백희의 말에 연홍이 놀란 듯 소리 질렀으나 이미 마음은 흔들렸다. 그런 것을 어찌 알았는가. 대체 경복궁에 쥐새끼가 몇 명인지. 연홍이 부정했는데도 백희는 가소롭다는 듯 연홍의 손가락 사이사이에 자신의 손가락을 끼워 넣었다. 마치 연홍이 춘향이놀이를 하며 반지를 손바닥에 붙였을 때처럼.

"미리 한쪽 손바닥에 밥풀을 짓이겨 풀칠을 해두면 가락지 정돈 쉽게 달라붙겠지. 손을 모으는 척하다가 원하는 대로 손에 힘을 주어서 붙이거나 떨어뜨리는 정도의 손장난은 연습도 필요 없을 정도로 간단했을 거다. 하지만 왜지? 춘향이놀이에 무슨 의미가 있기에 굳이 그렇게까지 한 거야?"

추운 곳에 있다 얼어버린 것처럼 연홍은 굳게 입을 다물었으나 굳이 비밀을 지키고자 그런 것은 아니었다. 마치 자신을 지켜본 듯이 말하는 백희의 말에 전의를 상실한 것이다.

연홍은 잠시 숨을 고르고는 변명했다.

"춘향이놀이에 무슨 의미가 있겠어요. 그저…… 저는 그 궁주님께서 시키는 대로 했을 뿐입니다. 효진 형님에게 겁을 주라는 이야기를 들었을 뿐이에요. 그게 죄는 아니잖아요."

연홍의 변명에 백희는 그제야 알았다는 듯 짧은 탄성을 내며 고개를 끄덕였다.

"겁, 겁이라. 어디의 궁주인지는 몰라도 괴력난신이 일어나는 조건을 아주 기가 막히게 알고 있군 그래."

백희는 그렇게 말하더니 떨고 있는 연홍의 어깨에 손을 대어 멈추게 했다.

"떨지 마라. 겁먹지 마. 무서워하면 그것이 나타나니까. 당분간은 괜찮다. 한 명을 먹었으니 당분간은 별일 없을 거다. 게다가 나는 인정 많은 선진이므로 언제나 한 번은 봐주었단다. 하지만 두 번은 없어."

백희는 연홍의 허리춤에 달린 노리개를 힘을 주어 잡아당겼다. 투둑, 하고 연약한 매듭이 끊어지자 백희는 그것을 다시 연홍의 손바닥 위에 올려주었다. 덜덜 떨리는 연홍의 손이 그것을 겨우 움켜쥐었다.

"더 늦기 전에 돌려드려라."

연홍은 붉어진 뺨에 눈물을 뚝뚝 흘리며 고개를 끄덕였다. 이제껏 노아만이 무서운 선진이라 생각했는데 전혀 그렇지 않았다. 오히려 같은 말을 만약 노아가 했다면 자신이 궁주들에게 신뢰받는 것을 시기하여 질투한다고 생각했을 것이다. 하지만 백희에게서는 다정함을 일시에 회수할 수 있다는 단호함과 더불어 포식자의 냄새가 났다. 그가 무슨 말을 하는 것인지 완벽히 이해할 수는 없었으나 연홍은 자신이 바짝 수그려야 하는 때임을 알았다. 연홍은 할 수 있는 가장 깊은 곳까지 허리를 수그렸다.

"다시는 서묘 짓을 하지 않겠습니다."

무엇보다 두려운 것은, 겁을 먹을수록 무서운 것들이 들러붙어 더 끔찍한 일이 일어날 것이라는 사실이었다. 백희가 허리 숙인 연홍을 토닥여주었으나 무서움은 가라앉지 않았다. 여전히 밖에서는 '쥐 부리 글려'를 외치는 소리가 들려왔다. 액을 없애는 행사는 밤새 계속되었으나 경복궁에서 괴력난신은 원한처럼 들끓어 궁마다 간계들이 넘쳐났으며 고양이매는 여전히 근정전의 처마 위에 앉아 아래를 내려다보고 있었다. 궁녀들은 궁궐에 산재한 액을 없애는 대신 액을 떠넘기면서—하지만 실상은 그들끼리 주고받으며—서로의 불안을 잠재우는 수밖에는 없었다.

서묘鼠猫

'쥐 중에서 고양이 같은 것'이라는 뜻으로 서묘라 한다. 쥐면서도 다른 쥐를 공격해 잡아먹는다. 이것을 만드는 방법은 쥐들을 한곳에 모아 먹이를 주지 않고 서로 잡아먹게 하는 것이다. 그러면 한 마리가 남는데 자신이 쥐면서도 다른 쥐를 잘 잡게 된다.
쥐를 잡아먹을수록 재주가 늘어 나중에는 자신보다 큰 동물을 잡아먹게 되는데 먹히는 동물은 전혀 아픔을 느끼지 못한다. 특히 사람을 잡아먹은 서묘는 제가 먹은 사람과 똑같은 행색을 하기 때문에 타인이 알아보지 못하는 경우도 있다.

5장 ◉ 군자불어괴력난신

괴인

강녕전 근처에 궁녀들이 몰려 있었다. 뭘 보는지 서로 우르르 몰려서는 자기들끼리 소곤거렸는데 그 무리 중에 장미와 연홍도 있었다. 반질반질한 뒤통수만 봐도 알 수 있다.

백희는 어린 궁녀들이 눈치채지 못하도록 조심히 뒤를 밟았다. 교태전을 비워두고 대체 어디에 나다니는 건지. 냉궁의 궁녀로서 어딜 다니든 조심해야 된다고 그렇게 일렀는데 감히 주상이 계신 강녕전 앞에서 게으름이라니. 얼른 귓불이라도 잡아 교태전으로 데려가야겠다고 생각했다. 살금살금 다가가 깜짝 놀래줄 생각이었는데 궁녀들이 보고 있던, 멀리서 걸어오는 남자를 보고는 너무 놀라서 자기가 왜 왔는지도 잊어버리고 말았다.

"머리에 저거 봐."

"뭐가?"

"안 보여?"

"대체 뭐가 있다는 건데."

비단 관복을 입은 사람들만 득실거리던 경복궁에 쪽빛 무명

도포를 입고 갓도 쓰지 않은 남자 하나가 계단을 오르고 있었다. 큰 키에 어깨까지 오는 머리카락을 가진 기품 있게 생긴 귀공자였는데 그게 참 이상했다. 의복도 별 볼 일 없고 행색도 초라하지만, 시정잡배로 보이지 않고 귀공자로 보이는 것이 말이다. 어쩌면 의복보다 화려한 외모 때문인지도 모르겠다. 경복궁에 처음 들어오는 자는 다들 기세에 눌리기 마련이다. 하지만 이 청년은 허리를 곧게 펴고 익숙한 곳 드나들듯이 느긋한 걸음걸이로 계단을 올랐다.

궁녀들은 문 뒤나 기둥 뒤, 나무 뒤에 옹기종기 모여 그를 구경하기 바빴다. 훤칠한 키에 단정하게 생긴 이목구비는 그 자체로도 이목을 끄는 것이었지만 궁녀들이 모인 것은 그런 이유만은 아니었다. 정리되어 있지 않은 수풀 같은 머리카락 사이로 하얗고 두꺼운 뿔이 나 있었던 것이다. 잘못 봤나 싶어 눈을 비비고 다시 보아도 뿔이었다. 하지만 장미의 눈에는 아무래도 보이지 않는지 자꾸만 눈을 비비며 연홍에게 딴죽을 걸었다.

"거짓말 좀 하지 마."

"내가 뭐 하러 거짓말을 하니? 있는 걸 있다고 하는데."

연홍의 눈에 보이는 것이 백희에게도 보였다. 백희는 입궁 전 사가에 있을 때 황소를 몇 번 본 적이 있었다. 나이를 먹을수록 두꺼워지던 그 희고 길쭉한 것이 사람의 머리에 나 있었다. 궁녀들이 모여 있는 것도 이해가 됐다.

계단을 오르던 청년은 시선을 느꼈는지 잠시 궁녀들이 모인 쪽으로 고개를 돌렸다. 백희는 그와 눈을 마주친 것 같은 기분이 들었다. 궁녀들이 민망하여 다들 얼굴을 돌리고 딴청을 피우는 동안에도 백희는 어쩐지 그에게서 눈을 뗄 수 없었다. 청년은 눈을 피하지 않는 백희를 몇 초간 더 응시하더니 재밌는 것이라도 봤다는 듯 살짝 미소를 지었다. 그 모습이 무척 아름다웠기 때문에 백희는 자신도 모르게 얼굴이 붉어져 그제야 눈을 돌렸다.

청년이 문 앞에서 기다리자 정 내관이 나와, 전하께서 공무가 바쁘시니 조금만 기다리라고 말했다. 청년은 공손하게 고개를 숙이더니 문 앞에서 얌전히 기다렸다.

"저게 어떻게 보인다는 거야? 거짓말이지?"

"저게 왜 안 보인다는 거야? 너야말로 거짓말이지?"

연홍과 장미가 서로 옥신각신 하는 통에 그제야 정신이 든 백희는 자신이 두 사람을 찾으러 여기까지 왔다는 것을 퍼뜩 떠올렸다.

"여기서 뭐 하는 게야?"

"어머, 형님. 여기엔 어떻게……."

"죄송합니다. 얼른 들어갈게요. 지금 들어가는 길이었어요."

연홍 장미가 백희를 보자마자 스스로 잘못한 것을 알기는 하는지 먼저 꼬리를 내렸다. 하지만 백희가 궁금한 건 그게 아니었다.

"네 눈엔 안 보인단 말이지?"

백희의 말에 장미가 별 이상한 걸 묻는다는 듯 대답했다.

"없는 것을 자꾸 있다고 하니까요. 형님 눈에도 보이세요?"

백희가 고개를 끄덕이자 연홍이 거 보라며 신이 났다.

"궁에서는 말하지 못하게 하지만 지방엔 꽤 있는걸요. 머리에 뿔 달리거나 겨드랑이에 날개 있거나 하는 괴인들이요. 남해 쪽 바닷가 마을엔 수인들이 섞여서 사는 마을도 있다고 하대요. 본 적은 없지만요."

연홍이 뻐기듯이 말했다. 평소에 늘 형님의 가르침만 받다가 자신이 더 알고 있어서 설명해줄 수 있는 일이 생겨 신이 난 모양이었다.

"그런데 꼭 얘처럼 안 보인다고 고집부리는 애들이 있다니까요. 대체 왜 그러는지 모르겠어요."

"안 보이니까 안 보인다고 하지!"

장미는 장미대로 억울해했다.

"우리 동네에는 그런 것들 없었어. 그런 것이 있다는 소문만 들었지 한 번도 본 적도 없고."

괴인들은 모두의 눈에 보이는 것이 아니라 이런 실랑이가 생기는 것은 낯선 일도 아니다. 하지만 궁에서까지 이런 것으로 논쟁하게 될 줄은 몰랐다. 궁에서는 아무래도 괴이한 일에 대한 말은 삼가고 있다.

군자불어괴력난신君子不語怪力亂神. 군자는 기괴하고 초자연적인 현상에 대해 이야기하지 않는다는 뜻이다. 공자는 자신이 추구하던 인의와 초자연적인 현상은 상극에 있다고 보았다. 당연히 유학의 나라인 조선에서는 괴이한 현상을 인정하지 않는다. 궁에서도 마찬가지다. 하지만 실재하는 것을 어쩌란 말인가. 뿔 달린 사람이 이렇게 눈앞에 걸어다니는 것을.

"나도 괴인들이 사람들이랑 섞여 산다는 이야기는 처음 듣는다. 그래도 괜찮아? 별일이 없어?"

백희가 아직도 잘 이해가 안 간다는 듯이 되묻자 연홍이 참 이상한 것을 묻는다는 듯이 시큰둥하게 대답했다.

"별일이 있을 게 뭐가 있어요? 걔네들도 다 똑같아요. 밥 먹고 자고 일하죠. 그리고 대부분 큰 말썽 안 부리고 조용히 사는걸요."

그리고 연홍은 조그맣게 덧붙였다.

"게다가 다들 얼마 못 살아요. 길어야 오 년, 십 년. 정 주면 죽어버리니까요. 아무래도 친구 삼기는 힘들죠."

"저 사람은 어른처럼 보이는데?"

백희가 뿔 달린 청년을 가리켰다. 확실히 어느 모로 보나 어린애 같지 않았다. 이십 대 후반 정도. 서른 살은 안 넘어 보였지만 꾹 다문 입술이나 단정한 자세를 보면 오히려 실제보다 나이가 더 들어 있는 것은 아닌가 생각될 정도였다.

“어떤 괴인들은 사나흘이면 다 자라서 어른이 되기도 하니까요. 저 사람도 실제로 몇 살인지는 모르죠. 서너 살짜리 어린애일지 누가 알아요?”

그렇군. 백희는 청년의 머리 위로 솟은 두 개의 뿔을 가만히 쳐다보았다. 대체 금상은 저런 수상한 사람을 왜 강녕전으로 들인 걸까?

“이놈들, 자리 비우고 뭐 하는 게야? 당장 안 들어와?”

백희와 연홍 장미 뒤로 노아의 앙칼진 목소리가 울렸다. 세 사람은 멋쩍은 듯 노아를 뒤돌아보았다. 얼른 돌아가겠다, 죄송하다고 말하려는데 노아가 청년을 보더니 몸이 굳었다. 백희는 노아의 얼굴이 빨개질 것이라 기대하면서 그를 놀리기 위해 빤히 쳐다보았지만 전혀 그렇지 않았다. 오히려 눈썹이 파르르 떨렸고 하얗게 핏기가 없는 입술에는 노기가 느껴졌다. 노아는 어서 돌아가자며 궁녀들의 등을 툭툭 쳤다.

괴인을 보지 못하는 눈

비가 오지 않는다. 티끌 하나 없이 맑은 하늘은 아름답고도 잔혹하다. 노란 태양 아래 모든 것은 바짝 말라가고 있다. 며칠 전에는 구름이 꾸물꾸물 모여서 하늘이 어두워지기도 했었지만 단지 그뿐, 정말로 비는 내리지 않고 그저 지나가버렸다. 임금은 마치 죄인이라도 된 듯이 초라한 옷을 입고 수라의 반찬을 줄이며 죄수를 석방하는 등 가뭄이 일 때마다 수천 년간 왕들이 되풀이했던 모든 것을 따라 하고는 있었지만 무심한 하늘은 찬란하도록 깨끗하기만 했다.

왜 비가 오지 않는가.

아무도 대답할 수 없는 문제다. 그럴 때는 역시 임금이 가장 만만한 상대가 된다. 평소에는 이름을 부르는 것도 죄가 되기에 피해 가야만 하는 사람이지만 이럴 때만큼은 그의 부덕으로 인한 것임을 마음껏 드러내도 괜찮다. 백성의 나라거나 궁녀의 나라가 아니라 명실상부 왕의 나라이므로 모든 책임은 왕에게 있는 까닭이다. 한낱 필부부터 지나가는 꼬맹이까지 모두 임금의 이름을 이빨로 꼭꼭 씹으며 저주하고 있었으니 욕

먹는 임금이 이를 모를 리는 만무하다. 무인년에는 동생인데다 세자인 이방석과 개국공신 정도전을 죽였고 경진년에는 형님인 이방간을 죽이고 왕이 된 자가 아닌가. 세상에 혼이 있다면, 그것이 한을 품어 비를 내리지 않게 한다면 이 임금의 대에서는 한 방울의 비도 떨어질 리가 없었다.

악재는 혼자 오지 않는다고 하던가. 가뭄에 더하여 괴력난신이 기승을 부렸다. 사람들은 괴력난신의 출현이 부덕한 임금을 거부하는 하늘의 뜻이라고들 했다. 논바닥이 바짝바짝 말라갈수록 임금에 대한 백성의 원망은 커져만 갔으며 정통성에 대한 의문이 다시 입방아에 올랐다. 민심은 소문으로 대변된다. 그간 그가 흘린 피들은 논바닥을 적실 만큼은 아니었으므로 이대로 비가 오지 않는다면 아무리 이방원이라도 임금 자리를 유지할 수는 없으리라. 이방원에게도 예외는 없었다.

임금의 머리가 복잡해졌을 무렵 정 내관이 한 번 더 청하는 목소리가 들렸다.

"전하, 강수 선생이 기다리고 있사옵니다. 계속 세워둘 작정이십니까."

이방원은 괴력난신들을 생각하며 치를 떨었다. 한여름인데도 온몸이 으슬으슬했다. 그는 늘 마시던 차 대신 따뜻하게 데운 술을 입술에 댔다. 취기가 조금 올라오는 것이 느껴지니 겨우 좀 살 것 같은 기분이 들었다. 이젠 사람을 만날 수 있을 것 같았다.

"들라 하라. 그리고 이 안에 아무도 들이지 마라."

이방원의 말에 정 내관이 길게 대답했고 그가 들어왔다. 그는 절을 하려 했지만 이방원은 그것을 받을 여유가 없었다.

"됐으니 그만 앉으시오."

이방원은 굳이 예의를 차렸다. 처음 만났을 때처럼 여전히 젊고 아름다운 이 남자에게 아무래도 하대를 할 마음이 들지 않았다. 강수는 절을 하는 대신 고개를 숙였다.

"오랜만입니다. 강녕하십니까?"

"그런 말은 됐소. 먼길 오느라 고생했겠군. 술 한잔 하시겠소?"

이방원의 말에 강수는 웃을 뿐 말이 없었다. 그는 자신이 마시던 잔에 술을 채워 강수에게 내밀었다. 그는 좀 망설이더니 술잔을 받아 입에 털어 넣었다.

"황공합니다."

이방원은 강수의 말에 얼굴을 찡그렸다.

"황공은 무슨. 나는 선생의 주군이 아니오. 선생 또한 나의 백성이 아니고."

"유덕 선생*은 이제 일국의 지존이시니 무엇이든 뜻대로 하

---

* 유덕遺德. 이방원의 자.

실 수 있습니다."

예전에는 유덕이라 불린 적도 있었다. 하지만 이제는 아무도 그렇게 부르지 않는다. 부를 수 없다. 하지만 눈앞에 이 사내는 처음 만났을 때와 똑같은 얼굴과 변치 않는 태도로 자신을 대하고 있다. 마치 자신이 여전히 변성기가 덜 지난 성균관 애송이인 것처럼. 화가 나기보다 새롭고 신선한 느낌이 들어 이방원은 웃음을 터뜨렸다.

"유덕 선생이라는 말, 타인이 했으면 듣기 거북했겠지만 오로지 선생이라서 듣기 좋소. 와줘서 고맙소. 부르긴 했지만 정말로 와줄 줄 몰랐소."

"나의 유덕 선생이 부른다면 언제든 뛰어오겠습니다."

"여전히 간지러운 말을 잘하는군."

이방원은 강수로부터 다시 잔을 돌려받아 자신이 마실 술을 채웠다. 아직 식지 않은 잔에서 옅은 김이 올랐다. 이방원은 뭐라고 말을 시작해야 할지 몰라 한참 머릿속에서 단어를 골랐다. 평소 같지 않은 행동이었다. 원래 그는 말하는 것에 두려움이 없는 사람이고 자기 의견을 전달하는 것이 익숙한 사람이다. 그런데도 이번만큼은 신중했다.

저 능구렁이 같은 사내에게 적게 말하고 많이 얻으려면 어찌해야 하는가. 그의 머릿속에 일식이며 괴인과 같은 여러 사건들이 휘몰아쳤다. 그러다 겨우 그가 바싹 마른 입술을 들썩였다.

"뇌진이 사람에게 치는 이유를 모르겠소. 왜 그런 것이오?"

"세상 사람들이 뇌진을 천벌이라고 부르더군요."

이방원이 고개를 저었다. 원했던 답이 아니었다.

"사람들 말이 궁금했으면 선생을 불러오지도 않았소. 내가 일찍이 경서와 사기를 보니 나라를 도둑질하고 임금을 협박한 사람도 천벌을 받지 않더이다. 그런데도 얼마 전 궁녀 하나가 벼락 맞아 죽었소. 그것은 천벌이오?"

강수 선생은 숙였던 고개를 들고 꼿꼿이 허리를 펴고 앉았다. 나이가 들수록 더 날카로워지기만 하는 임금에게서 전에 없는 상념이 떠올랐다.

"하늘이 두려우십니까."

"……두렵지 않았소. 이 두 손으로 해내지 않은 것이 없는데 무에 두려울 게 있었겠소. 하늘과 땅이 모두 내 것이라 생각한 적도 있었소. 무엇이든 원하는 대로 할 수 있다 여겼지. 하지만 강수 선생, 이 땅에 비가 오지 않소. 내가 임금이 된 후로 해마다 땅을 잃은 농민들이 늘어가고 있소. 그것도 혹 괴인 때문이오? 아니면 이것이 천벌이오?"

형제를 죽인 이가 말했다.

아무것도 이루지 못했을 때 그는 두려움이 없었다. 자신 앞에 가로막고 있는 정적들을 하나하나 제거하기만 하면 됐으니까. 이제 그 앞에는 어떤 '사람'도 가로막고 있지 않다. 하지만 가뭄과 괴현상에 대해서는 어떻게 해야 할지 알지 못했다.

"무엇이 혼란스러우십니까. 불심으로 이겨내고 계시다 들었습니다만. 밤마다 중들에게 『금강경』을 읽히신다면서요."

이방원의 말에 강수가 여전히 뜸을 들였다.

"흥. 그놈의 땡중들을 결국 궁에 들이고 말았지. 다 내 나약함 탓이오. 고양이매를 없애달라고 했더니 아무도 나뭇가지로 쫓으려는 놈이 없어. 새를 코앞에 두고도 『금강경』만 읽는 바보들에게 내가 무슨 말을 하겠소. 영험하다는 중들을 많이 만나보았는데 다들 내게 크게 보시를 해서 업보를 지우고 덕을 쌓으라더군. 큰 절을 짓고 불상 앞에 엎드려 절이라도 하라고 말이야. 얼마나 쉽소. 고양이매를 없애려면 불상을 짓고 가뭄을 없애려면 절을 지어라. 내 눈엔 그들이 또 다른 형태의 괴인으로만 보인다오."

이방원은 자신의 돈주머니나 노리는 중들의 얼굴이 떠올라 고개를 내저었다. 마음에 들지 않는다. 하지만 강수 선생이라면, 괴이한 것 그 자체인 강수 선생이라면 다를지도 모른다. 그의 기억에 강수 선생은 알 수 없는 것들을 부리고, 있을 수 없을 법한 일들을 가능하게 했다. 어두운 밤에 빛을 만들어내고 귀신을 부리던 것을 기억하고 있다.

하지만 그것과는 별개로 이방원은 한 번도 괴력난신을 본 적이 없었다. 볼 수도 없었다. 그러니 이방원은 그런 것이 있다는 것조차 믿을 수가 없었다. 이것들이 보이는 사람이 있다는 것도 믿지 못한다. 사람의 머리에 뿔이 있거나 머리 위에 머리가 얹혀 있는 괴인들이 보인다면 어떻게 제대로 살 수 있단 말인가.

물론 괴인은 이전에도 있었다. 고려에도 신라에도 백제와 고구려에도 있었다. 하지만 여기에는 그런 것이 있어서는 안 된다. 이곳은 신화의 나라가 아닌 조선이고, 조선은 인간의 나라이자 학문의 나라여야 했다.

"나는 무엇이 천벌인지 인벌인지 알지 못하오. 하지만 이것 하나는 분명하오. 괴인들은 나의 백성이 아니오. 나의 백성들은 오로지 피와 살이 있는 인간이며 나는 조선에서 괴력난신을 금지하오. 그러니 이것들을 없애주시오. 나의 조선이 인간의 나라가 되도록."

"어떻게 말입니까?"

강수가 되물었다.

"원한 때문이라면 원한을 풀어주고 악귀 때문이라면 없애버리고 달래야 하는 신이라면 달래주시오. 어떻게든 하란 말이오. 괴인들이 모조리 없어진다면 그제야 사람들은 깨달을 것이오. 가뭄은 인재이지 결코 천벌이 아니라는 것을."

강수가 곤란한 듯한 표정을 짓더니 손가락으로 뺨을 긁었다. 이방원은 그 표정도 행동도 낯이 익었다. 성균관에 다니던 시절 답도 없는 황당한 것을 물어보면 언제나 강수는 그런 표정을 지었다. 지금 자신의 질문 어디에 어폐가 있었는가. 이방원의 미간에 주름이 생겼다.

"불가합니다."

한번 고민도 하지 않고 단호하게 대답하는 강수 선생의 태도에 이방원은 속이 상했다. 하지만 달리 생각해보면 그가 이방원의 질문에 성심껏 답할 이유는 없었다. 먼 옛날에 성급하게 했던 약속 하나를 제외한다면 말이다.

대답을 끌어내기 위해 그에게 줄 수 있는 것이 아무것도 없다. 그는 관직도 돈도 원치 않을 것이고 토지 또한 필요 없을 테니까. 도와주겠다 약조하긴 했지만 그것은 순전히 그의 호의와 추억에 의한 것이었다. 마음에 들지 않는다, 잘못 생각했다, 거절하면 그뿐이다. 하지만 이방원은 왕이다. 강수에게 줄 것은 없어도 얼마든지 그를 귀찮게는 할 수 있다. 원한다면 그를 당장 옥에 잡아 가두고 팔다리를 하나씩 잘라 협박할 수도 있었다. 늙지 않는다고 알려진 강수 선생이지만 설마하니 사람인데 불사의 몸은 아니겠지.

술잔을 쥔 손에 힘이 들어갔고 곧 잔은 날아가 강수의 단정한 얼굴에 처박혔다. 뺨에 작은 생채기가 났지만 피가 흐르는 대신 하얀 젖과 같은 것이 흘렀다. 강수가 그것을 손으로 닦아내자 상처는 사라져 마치 처음부터 그런 것은 없었던 것처럼 되었다.

그것을 보던 이방원이 기가 차서 웃었다.

"모든 것을 거스르며 사는 자네가 이제 와서 불가하다고? 과인더러 그 말을 믿으란 말이냐! 귀신들을 점호하던 그 잘난 책에 대해 내가 잊은 줄 아나 보지?"

그 책을 본 것이 십 년, 아니 이십 년은 지난 일이던가. 방원은 아직도 그 섣달그믐 날의 일을 기억하고 있었다. 그가 아직 성균관에 들지도 못했던 시절인데 민제의 셋째 딸과 방원의 혼인을 축하하러 강수 선생이 개경을 찾아왔을 때의 일이다.

지금도 그렇지만 당시에도 강수 선생은 가난했고 머무는 집도 일정치 않았다. 이 집에서 몇 달, 저 집에서 몇 년을 걸식하며 살기 일쑤였는데 그때는 아마 하륜의 초청으로 혼례를 축하하러 왔던 것 같다. 이방원은 첫눈에 그가 마음에 들지 않았지만 장인어른과는 꽤나 말이 잘 통했는지 혼례가 끝나고도 한참이 지나도록 강수는 그 집에 머물렀다.

이방원은 이해가 가지 않았다. 허름한 옷을 입고 배운 것도 없어 보이는 걸인을 왜 집에 들이는 것인지. 자신의 집이라면 절대 발도 들이지 못하게 했겠지만 아쉽게도 이 집은 그의 신혼집인 동시에 처갓집이었고 결정권은 그에게 있지 않았다. 강수는 그해 내내 민제의 집에 머물렀는데 섣달그믐이 되어서야 갑자기 집을 나가겠다 말했고 장인어른은 강수를 말렸다. 오래된 객식구가 나간다는 것을 대체 왜 말리는지 알 수 없었으나 그간 정이 함뿍 든 모양이라 장인께서는 강수에게 설음식이며 설빔까지 챙겨주고 싶은 모양이었다. 이제 곧 새해인데 길가에서 새날을 맞을 참이냐, 며칠이라도 더 머물고 쉬다가 출발하는 것이 좋지 않겠냐고 장인은 강수를 여러 번 말렸다.

강수는 곤란한 듯 몇 번을 더 사양하더니만 그러면 오늘만은 별채가 아닌 주인께서 쓰시는 사랑채를 내달라고 했다. 아주 대단한 손님이었다. 섣달그믐에 주인의 방을 내달라니. 그것만큼은 장인도 받아들이기 힘든 모양이었는지 잠시 고민을 하셨지만 결단코 화를 내지는 않으셨고 차근차근히 어째서 사랑채를 원하느냐고 물으시는 것이었다. 자신 같았으면 벌써 이 무례하고 은혜도 모르는 걸인을 쫓아내었을 것인데.

이방원은 그를 노려보았지만 그의 마음이야 어찌되었든 신경도 쓰지 않는 강수는 진지하게 대답했다.

"실은 저에게는 귀신을 부리는 재주가 있는데 설날이 되면 귀신을 점호해야 합니다. 별채의 마당은 너무 좁아 귀신들을 다 부를 수가 없으니 사랑채를 쓰도록 허락해주십시오. 만약 제가 점호를 하지 않으면 귀신에게 속하는 곳이 사라지게 되고 그러면 인가에 화를 미치게 됩니다."

장인어른은 웃었다. 그것도 아주 호쾌하게 웃어젖혔다. 하륜에게 듣기에 그대가 괴인이라 하더니만 보기에는 멀쩡하여 의심하지 못했으나 과연 이상한 일을 논하시는군요, 하며 웃는 장인의 웃음은 어딘가 즐거워 보이기까지 했다.

"믿지 않으시는군요."

"저 또한 유학자입니다. 그런 것은 알지 못하지요. 하지만 선생은 우리 집에 온 손님입니다. 손님을 믿지 못하면 예가 아니니 오늘은 사랑채를 쓰십시오. 아무도 드나들지 못하게 하겠으니 원하시는 바를 모두 실행하십시오."

장인어른은 허락했고 이방원은 촉각을 곤두세웠다. 무슨 일을 벌이려고 그러는 것이구나. 이 집에 들어와 해라도 끼친다면 절대 용서하지 않으리라. 이방원은 그날 밤새 잠을 이루지 못하고 문틈으로 강수가 행하는 모든 것을 보았다.

문틈으로 보이는 강수는 혼자 번다하게 움직이는 것 같았다. 그는 낡은 공책을 들고 아무도 없는 마당 위를 호령하며 점호를 하는 것 같았는데 얼마나 오래도록 이름을 읊어댔는지 2경에서 5경에 걸쳐* 마치 자신이 정말로 관리가 된 양 흉내를 내었다. 정말로 앞에 사람이 있는 듯이 호통치는 것이 얼마나 우스웠는지 모른다. 귀신들을 부리는 척 연기하는 것이 꽤나 그럴싸했는데 가만히 이야기를 들어보니 점호에 늦어서 나중에

* 오후 9시에서 새벽 5시까지.

오거나 담을 넘은 귀신도 있는 모양으로 상황이 세세하고 구체적이었다.

강수는 늦게 온 귀신에게 불호령을 내리기도 했다.

"너희 귀신들은 금령을 어기고 전염병을 퍼뜨린 죄가 이미 무거운데 귀한 댁 담장까지 넘었으니 그 죄가 더욱 무겁다. 여봐라. 늦은 자는 백 대, 담을 넘은 자는 수백 대를 쳐서 칼과 족쇄를 채워 옥에 가두어라."

어떤 귀신에게는 공중에 대고 직접 손을 휘두르며 무언가 때리는 시늉을 하기도 했다.

"네 어찌 감히 이 집안 사람을 데려가려 하느냐. 내가 신세 진 집안에 해를 끼치려 한다면 내 너를 가만두지 않겠다."

미친 사람이라 치부하기에는 행동에 기승전결이 있었고 말투도 또렷했다. 이자는 대체 뭐 하는 자인가. 무당이나 승려인가. 이방원의 눈매가 흔들리기 시작했다. 강수가 누구에게 무엇을 명령하는지 알 수 없었으나 그는 귀신들에게 호통치고 명령하고 가두고 때리며 인간 세상에 재앙 주지 말 것을 다짐받은 다음에야 점호를 마쳤다. 그리고 조용히 책망하듯 말했다.

"이제 다 끝났으니 선달*께서도 주무시지요."

선달이라니 누구를 말하는 것인가. 두리번거리는 방원 쪽으

---

* 문무과文武科에 급제하였으나 아직 발령을 받거나 벼슬에 나아가지 않은 사람.

로 강수가 걸어와 직접 문을 열어 그를 안으로 들였다. 그제야 이방원은 강수가 자신에게 한 말이라는 것을 알았다. 숨어 있던 자신을 어떻게 찾았는지 물었지만 강수는 아무 대답도 없었다. 지나가는 말로지만 자신도 그 재주를 배울 수 있느냐 묻자 강수는 고개를 저었다.

"이는 시골의 궁벽한 재인이나 하는 일이지 선달께서 할 만한 일은 아닙니다."

강수는 자꾸 그를 선달이라 불렀다. 선달이라니. 자신은 아직 과거도 치르지 않았는데. 이방원은 강수에게 그것을 물어보고 싶었지만 강수는 어린 그를 상대해주지 않았다. 집안의 주인인 장인어른에게만 고개를 숙이고 무엇인지도 모를 말을 지껄였을 뿐이다. 아침이 되어 강수는 조반을 먹자마자 장인어른께 인사를 드리더니만 도망치듯 집을 떠났는데 나중에야 강수가 도깨비를 부른 그 섣달그믐 밤에 집에 괴이한 일이 생겼다는 것을 알았다. 하녀 하나가 죽었다가 한참 뒤에야 다시 숨을 쉬기 시작했다는 것이다. 대체 어떻게 된 일이냐고 묻자 하녀는 겁에 질려 대답했다.

"어떤 귀신 하나가 나를 데리고 도망가려다가 실패하여 겨우 집으로 돌아왔습니다. 사랑채 마당에는 여러 귀신들이 있었는데 우리 집 별채에 계시던 손님이 절 알아보시고 귀신에게 호통을 치셨습니다. 얼른 절 놓아주라고 말입니다. 귀신은 손님의 말대로 절 놓아주었고 저는 그길로 다시 살아날 수 있었습니다."

신통한 일이었다. 장인어른께서는 얼른 사람을 시켜 강수의 뒤를 밟아 데려오라 하셨지만 강수의 걸음이 어찌나 빨랐는지 찾을 길이 없었다. 그해에 이방원은 강수의 말대로 과거 시험에 합격하여 선달이 되었고 이후 성균관에서 강수를 다시 만나게 되지만, 어쨌든 그것은 먼 미래의 일이며 또한 과거의 일이다.

이방원이 강수를 부른 것은 그날의 기억 때문이었다. 귀신을 부린다면 괴력난신을 없애는 일 정도야 간단할 것 아닌가. 이방원이 책에 대해 묻자 강수는 곤란하다는 듯 뺨을 긁어대더니 품에서 다 해어진 종이 한 장을 꺼냈다. 그것은 한때 책의 일부였는지 한쪽이 거칠게 뜯겨져 있었다. 강수는 뜯긴 책장을 보며 무어라 중얼중얼거렸는데 그러자 신기하게도 산산조각 난 술잔 조각들이 모여들어 마치 깨지지 않은 온전한 잔처럼 보였다. 이방원의 눈에는 조각들이 스스로 모인 것처럼 보였으나 강수의 눈에는 먼지만 한 작은 날벌레들이 모여 조각을 쥐고 있는 것이 보였다. 정말로 이것들이 보이지 않는단 말인가. 강수는 이방원의 눈동자를 빤히 들여다보았다.

"이 보아라. 여전히 기행을 할 수 있지 않은가."

허공에 뜬 잔만을 보고 눈이 커진 이방원이 그것을 잡으려

하자 벌레들은 일순간에 사라져버렸고 술잔은 다시 힘없이 떨어져 원래대로 흩어져버렸다.

“이게 전부입니다. 책이 사라지고 모래처럼 많던 귀신들이 모두 빠져나가 이제 이것밖에 남지 않았습니다. 팔방으로 흩어진 것들 중 일부는 사람과 섞여 살며 사람 흉내도 내더군요.”

한 시진 전까지만 해도 강수가 오면 모든 것이 해결되리라 믿었건만 이제는 모든 문제가 새로 생긴 것이나 마찬가지였다. 방원이 길게 탄식하자 강수가 손가락으로 볼을 긁었다. 마치 그것밖에 할 수 있는 것이 없는 사람처럼. 강수를 보는 이방원의 눈동자가 전에 없이 흔들렸다.

“그럼 혹 그것도 사라졌소?”

이방원이 말하자 강수는 잠시 ‘그것’이 무언지 고민하더니 얌전하게 자신의 머리를 내밀었다. 이방원은 떨리는 손을 뻗어 강수의 이마 주변을 만지기 위해 애썼다.

“이 즈음이던가.”

방원이 강수의 정수리 부근을 손바닥으로 휘휘 내젓자 갑자기 화끈한 느낌이 들었다. 손바닥 아래 잘 벼려놓은 창처럼 솟은 뿔이 쉽게도 그의 손바닥에 상처를 낸 것이다. 길게 긁힌 상처에 동그란 핏방울이 맺혔다. 이방원은 손을 자기 입술로 가져가 빨았다. 안심한 얼굴이었다.

“보이지 않지만 만져보면 피가 나지. 우스운 일이오.”

"실재하니까요."

"믿지 않소."

강수가 가늘게 눈을 뜨며 웃는 동안에도 이방원은 자신을 용의 아들이라 소개한 고려의 왕과 알에서 태어났다는 신라의 왕, 지렁이에게서 났다는 백제의 왕을 떠올렸다. 자신은 그 이야기들이 실제라고는 믿지 않는다. 신화의 세계를 다스리기 위한 거짓말이라 생각한다. 하지만 백성들은 진짜라고 믿고 있다. 그러니 일식의 때마다 가뭄의 때마다 왕이 직접 하늘에 비는 것이다. 그들의 눈에 괴인 중의 괴인은 바로 임금일 테니 말이다. 하지만 자신은 그런 왕이 아니며 자신의 백성은 그래서는 안 된다.

"새로운 나라를 세우기 위해 혈육도 죽였소. 괴인들을 믿느니 다 잡아 죽이는 쪽을 택하지."

"하지만 그러지 못하시지 않습니까. 보이지도 않고 있다고 믿지도 않는 것을 어떻게 죽인단 말입니까."

사실이었다. 죽이는 것은 두렵지 않다. 하지만 보이지 않는 것을 어찌 죽인단 말인가. 이방원은 바른말만 하면서 속을 긁어대는 그를 잠시 노려보았으나 또다시 술잔을 던질 수도 없어 깨진 술잔 대신 술병을 그대로 입으로 가져갔다. 뜨끈한 액체가 목구멍으로 꿀떡꿀떡 넘어가고 머릿속이 뭉근해진 뒤에야 화가 조금 풀리는 기분이 들었다.

"보이는 자들은 가뭄이 일어나면 용왕이나 수신水神에게 빌라고들 한다오. 세상에 얼마나 쉽소. 하지만 그래서는 안 되는 것이오. 신의 변덕에 의존해 물을 얻는 것은 왕이 할 일이 아니며 정치가 하는 일이 아니오. 내가 할 일은 매해의 강수량을 측정하고 땅을 파서 저수지를 만들어 그에 대비하는 것이지 소복을 입고 누구에게 비는 일이 아니란 말이오. 괴인은 있다 해도 없어야 하오. 그렇지 않으면 사람들은 요행을 바랄 것이오."

유덕 선생의 말이 모두 맞다. 괴인들은 신이 아니며 괴이한 현상은 스스로 일어나는 것이나 인간의 힘으로 통제할 수 없으므로 그것에 의존하면 안 된다. 강수가 온 것도 그의 생각에 공감하기 때문이었다. 그들은 물과 기름처럼 서로의 존재를 인정할 수 없는 사이였지만 하나의 목표점을 가지고 있었다.

"단도직입적으로 묻지. 뭘 할 수 있소?"

강수는 싱긋이 웃으며 대답했다.

"우선 말씀드리자면 저는 부엉이를 없앨 수 없습니다."

"또 처음으로 되돌아왔군!"

이방원이 치를 떨었다. 하지만 강수의 얼굴은 여전히 온화했고 입꼬리엔 작은 미소도 얹혀 있었다.

"더위가 선생을 괴롭힌다고 여름을 없앨 수 있겠습니까? 그것은 학자의 일이 아닙니다. 학자의 일이란, 더위를 없애는 것이 아니라 부채가 있다는 걸 알려드리는 겁니다. 비 오는 것을 막을 수 없지만 우산의 존재를 말할 수는 있습니다."

강수는 자신이 한 말이 더없이 자랑스럽다는 듯 고개를 꼿꼿이 세웠다. 하나 방원은 아직 만족하지 못했다.

"모두 없애지 못한다면 보이지 않게라도 할 수 없겠소."

이방원의 눈으로 보는 세상에는 귀신도 괴인도 없다. 방원은 그것이 모두의 눈에도 동일하길 바랐다. 현실에 발을 딛고 살아가기 위해서 이방원은 모든 사람이 자신과 같이 괴력난신에 무지하기 바랐다. 그게 정말로 실재하든 아니든 그런 것에는 관심이 없다. 그저 보지 못하고 생각하지 못하게 만드는 것만을 원한다. 그가 원하는 것은 합리성에 기반한 통념이었다.

"그것에 대해서라면 저도 견해가 있습니다."

강수는 오랜 시간 자신의 이론을 설명했다. 보는 사람과 보지 못하는 사람의 차이, 인식한다는 것의 허점과 사람의 편향된 시각에 대한 것까지. 강수는 거기까지 이야기했다가 이방원이 목을 기울이고 턱을 괴는 것을 보고는 말을 멈추었다. 성균관 시절과 조금도 달라진 것이 없었다. 강론이 조금만 길어지면 딴생각을 하면서 궤변을 늘어놓아 상대를 누를 생각만 할 뿐 남의 말을 듣고 수용할 생각이란 눈곱만큼도 없는 얼굴이었다. 사람이란 늘 변하는 것 같으면서도 어떤 부분은 절대로 변하지 않기도 하지. 강수의 눈에 이방원의 과거와 오늘이 겹

쳐 보였다.

설명은 이쯤 하고 원하는 바를 말해야 할 때다. 그러지 않으면 그와 아무런 대화도 하지 못할 것이고 오늘의 만남에서 무엇도 얻을 수 없을 테니. 강수는 이제 어떤 것들이 필요한지에 대해 말하기로 했다.

"괴력난신이 걱정이라면 괴력난신을 아는 수밖에 없지요. 제가 취하고 분석할 만큼 많은 사례를 알려주신다면 좋겠군요. 그러면 저도 그 책을 대신할 방법을 찾아낼 수 있을지도 모르지요."

이방원은 아직도 그의 대답에 만족하지 않은 듯 보였다.

"이왕 하는 것 부채와 우산을 만들어줄 수는 없는 거요?"

강수는 고개를 가로저었다. 절대로 그런 일은 있을 수 없다는 듯이.

"저는 학자지 장인이 아닙니다."

이방원이 질렸다는 듯이 손으로 이마를 받쳤다. 정말 마음에 드는 것이 하나도 없었다. 강수는 여전히 햇빛이라곤 받아본 적이 없는 고운 얼굴로 그를 똑바로 응시했다.

환관 김개시

그 무렵 경복궁에서는 흉한 소문이 나돌았는데 주상이 애첩을 강녕전에 숨겨두고 밤낮으로 들여다본다는 것이었다. 임금씩이나 되어서 애첩이 있다는 것이 흠이 되지는 않겠으나 그것이 사내라면 이야기가 나올 법도 하다. 가까이는 고려 공양왕이 남색의 취미가 있었고 그 이전에도 그런 일이 드물지는 않았으나 애첩이 사내라기에는 또 사내가 아닌 환관이라는 데야 말이 나올 수밖에.

하긴, 환관이라 하여 사랑을 모르겠는가. 왕자의 난 전에 세자 이방석의 빈이 환관 이만과 간통을 하여 폐서인이 된 적도 있으니 오히려 환관이야말로 귀하신 분들의 심사를 어루만지는 것인가, 하며 궁녀들끼리 시시덕거리던 것도 며칠뿐이었다. 이번에는 그 환관이라는 자가 신녕궁주가 있는 휘영당으로 간다는 것이다. 주상께서는 벌써 질린 것인가. 애첩을 호랑이 소굴로 넣는 이유가 대체 무엇인가.

온갖 추측이 난무하는 가운데 소문의 주인공이 신녕궁주를 알현하고 있었다. 미리 채선이 구해둔 환관의 관복을 입고서 허리를 숙이고 있는 강수는 관복을 입어본 적도 없는지, 머리 위로 관을 쓰고 있었으나 제대로 상투를 틀지 않고 반으로 묶은 단발머리를 그대로 고수하고 있어서 환관으로 보이기는커녕 남의 옷을 몰래 훔쳐 입은 어색함만이 감돌아 누가 봐도 가짜인 것을 알 수 있을 정도였다. 그 때문에 오히려 '숨겨둔 애첩'이라는 말도 그럴싸하게 어울렸다.

신녕은 남의 이목을 집중시키지 않기 위해 강수에게 환관복을 입힌 결과가 이렇다는 것을 아는지 모르는지 못마땅한 얼굴을 하고 있었다. 신녕궁주는 그가 마음에 들지 않았다. 여덟 팔자로 처진 눈이며 사내답지 않게 가느다란 몸뚱이가 믿음직스럽기는커녕 경망스러워 보였는데 저를 언제 보았다고 싱글거리는 것인지 낯짝마저 두꺼웠다.

신녕궁주는 최대한 위엄을 지키며 마음에 들지 않는 사내를 향해 목을 꼿꼿하게 세운 채로 인사했다.

"이런 꼴로 오시게 하여 죄송합니다."

"아닙니다. 후궁에 들면서 당당하게 들어올 수는 없지요."

"제가 어떻게 불러드려야 실례가 아니겠습니까. 설마 강수라는 이름이 본명은 아니실 테고."

"머리에 뿔이 났다 하여 세상 사람들이 모두 저를 강수強首 선생이라 부르는데 본래 제 이름이 무엇이든 무슨 상관이겠습니까. 진짜 이름을 아는 이들은 모두 죽었습니다."

강수 선생이 고개를 수그릴수록, 몸을 움츠릴수록 신녕궁주는 딱딱한 얼굴을 더욱 굳건히 했다. 이 남자 앞에서는 무엇 하나 책잡히고 싶지 않다. 이제까지는 잘생긴 얼굴과 필연적인 안타까움으로 관계에서 얼마든지 우위를 선점할 수 있었겠지만 내가 왔으니 어림도 없다.

신녕궁주는 엄격한 얼굴로 강수의 이마를 쏘아보았다.

"관모를 벗어보시겠습니까."

신녕궁주의 명에 강수는 일언반구도 없이 손을 뻗어 관을 벗었다. 제멋대로 뻗치는 헝클어진 머리카락 어디에도 뿔은 보이지 않았기 때문에 신녕궁주는 실망했다. 이놈도 똑같구나. 뭔가 있는 것처럼 온갖 소문을 내고는 사실 아무것도 없이 속이 텅 빈 자로구나. 신녕궁주가 이것으로 그를 책망하려 하자 강수는 신녕궁주가 무엇을 말하려는지 안다는 듯 당당한 얼굴로 고했다.

"궁주님도 보지 못하시는군요."

"없으니 보지 못하는 것이지요. 똑똑한 주상을 속이셨으니 선생도 대단한 분이시겠지요. 예언이라도 하나 해주세요. 다음 왕손은 아들입니까, 딸입니까? 내주에는 비가 오겠습니까, 맑겠습니까? 맞히시는 날엔 조선의 왕사王師라도 되겠습니다."

일부러 화를 돋우려고 한 것이었는데 강수는 속인이 하는 것처럼 얼굴이 붉어지거나 굳는 대신 신녕궁주의 손목을 잡아챘다. 신녕 또한 무술을 배웠던 사람이기 때문에 갑자기 손을 잡히면 어찌해야 하는지 정도는 알고 있어 얼른 손목을 바깥으로 꺾은 후 그를 끌어당겼다. 팽팽한 접전이 될 것이라 예상했지만 강수의 힘이 일반적인 성인 남성의 것이라 할 수 없을 정도로 가냘팠기 때문에 도리어 신녕 쪽으로 강수의 몸이 기울자 그를 보고 있던 채선의 얼굴이 하얗게 질렸다. 누군가 그를 막기도 전에 강수는 신녕궁주의 치마폭에 둘러싸였고 두 사람은 한 덩어리로 엉키고 말았다.

하지만 강수는 잡은 손을 놓지는 않았다. 오히려 신녕궁주가 당황하여 힘이 빠진 틈을 타 그의 손가락을 자신의 정수리 언저리에 가져가는 데 성공했다.

"따끔할 겁니다."

그 말대로였다. 손끝이 잠시 저릿하더니 핏방울이 작게 맺혔다. 분명 아무것도 없다 생각했는데 허공에서 만져진 날카로운 것에 손을 다치자 마치 무엇에라도 홀린 기분이 들었다. 신녕궁주는 갑자기 손목을 잡힌 것보다, 손가락에서 피가 나는 것보다, 분명 자신의 손에 만져졌던 딱딱하고 날카로운 촉감 때문에 놀라 잠시 말을 잃었다.

"궁주께서 모시는 주상은 저잣거리 광대에게 속는 분입니까? 저는 학문이 부족한 사람이지만 그래도 군자의 도리를 배웠으므로 거짓으로 혹세무민하지 않습니다. 사실, 그런 일을 막기 위해 온 것입니다."

강수는 소매에서 깨끗한 손수건 하나를 꺼내더니 핏방울이 맺힌 신녕궁주의 손가락을 감고서야 손을 놓고 그 자리에서 벗어났다. 신녕궁주의 얼굴이 분노로 빨갛게 피어올랐다.

"네놈이 감히."

"죄송합니다. 물론 용서해주시겠지요?"

싱글거리는 낯짝에는 침을 뱉을 수 없지만 목을 떨어지게는 할 수 있다. 신녕궁주는 끔찍하게도 여유로운 저놈의 얼굴이 바닥에 굴러다니도록 발로 차고 싶었지만 주상의 손님을 차마 그렇게 대할 수는 없는 일이라 억지로 화를 억눌렀다.

"제가 용서한다는 말 이외에 어떤 말을 할 수 있겠습니까."

"넓으신 아량에 감사드립니다. 궁주님은 눈으로 보지 않는 것은 믿지 않는 성정이신 것 같아 실례를 무릅쓴 것입니다."

강수가 다시 한번 머리를 조아렸다. 어떤 뿔이나 가시도 없는 멀끔한 정수리를 쏘아보며 신녕궁주는 고개를 까딱 숙여 그의 절을 받았다. 아무것도 없지만 분명 손에 그것이 만져졌다. 그것은 차갑고 부피감이 있었다. 직접 만진 이상 믿을 수밖에 없는 것인가 싶으면서도 또 저자가 다른 손에 무슨 장치를 하여 나를 속인 것은 아닌가, 하는 의구심이 들었다. 하지만 이렇게까지 한다면 의심은 할 수 있으되 무작정 모르쇠로 일관할 수는 없는 일이다.

신녕은 느릿느릿하게 한 마디 한 마디 힘주어 말했다.

"말씀대로입니다. 선생이 확인시켜주지 않았다면 저는 절대 선생을 신용치 않았을 것입니다. 하나—."

신녕궁주는 입술에 힘이 들어간 것을 느꼈다. 이렇게 화가 나본 일도 오랜만이었다.

"허락 없이 이 몸에 다시 손을 댄다면 홋날의 명예에 걸고 맹세컨대 선생이 합당한 대가를 치르게 하겠습니다."

분노 때문에 입술이 떨렸다. 이런 것으로 감정을 통제하지 못한다니 강수 때문만이 아니라 스스로에게도 화가 날 지경이었다. 저 능구렁이 같은 작자에게 약한 모습을 보이다니 치욕스럽다. 강수는 그런 신녕궁주를 힐끗 보더니 다시 고개를 숙였다.

"여부가 있겠습니까."

그렇게 말하는 강수의 표정이 전에 없이 단호했다. 입술 위에 머금었던 미소도 흔적을 찾을 수 없었다. 어디까지가 농이고 어디까지가 진담인지 알 수 없는 사내다. 그런 그가 한마디 더 뱉었다.

"그런데— 홋날의 명예에 걸고 맹세하시는 걸 보니 이보다 더 명예로워질 것을 장담하시는군요. 유덕 선생과 무척이나 닮았습니다."

강수가 싱긋이 웃었다. 저런 음흉한 자를 옆에 두다니 주상의 심중을 알다가도 모르겠다. 신녕궁주는 이 일에 대해 더이상 말하고 싶지 않아 얼른 본론을 꺼냈다.

"괴력난신을 찾아다니신다고요. 제 도움이 필요하시겠군요."

"그렇습니다."

"그것이 금상이 구상하고 있는 조선의 미래에 어떤 도움이 되는지 여쭙고 싶지만 아마 대답하지 않으시겠지요."

강수가 가타부타 하는 말 없이 웃었다. 여기서 이 작자와 계속 실랑이를 하면서 기운을 빼앗기고 싶지 않아 신녕궁주가 얕게 한숨을 쉬며 채선에게 손짓했다. 채선이 궁주의 말을 알아듣고 얼른 다가와 고개를 숙였다.

"고개를 들어 앞을 보라."

채선이 고개를 들어 맞은편의 강수를 응시했다. 강수를 보는 채선의 눈빛이 살풋 떨렸다. 그의 눈에는 강수의 머리 위에 존재하는 그것이 보이는 듯했다. 어쩔 줄 몰라 흔들리는 눈빛을 보던 신녕궁주는 마치 자신이 바보가 된 것만 같아 목에서 울컥 화가 올라왔다. 어째서 이런 궁녀도 보는 것을 나는 보지 못하는가.

"보이느냐."

묻지 않아도 알 것 같았지만 그래도 물어보았다.

역시나 채선은 고개를 끄덕였다. 무엇이 어떻게 보이는지 물어보지 않았는데도 '보인다'는 말에 대답했다면 분명 보이는 것일 테다. 채선은 당황했는지 몸을 떨었는데 강수는 마치 추운 곳에 있는 병아리처럼 바들바들 떠는 채선의 자그마한 손등을 보자 안쓰러운 마음이 들었다.

괴인을 처음 보는 것일까. 하지만 머리가 둘이거나 셋이거나 아예 짐승의 모양을 한 다른 괴인들과 달리 자신의 머리에는 고작 낯선 뿔 두 개가 있을 뿐이라 보기에 그리 다르지 않을 텐데. 하지만 사람에 따라서는 조금 다른 것이 완전히 다른 것보다 불쾌할 수도 있다. 용을 보고서는 그러려니 하던 사람도 손가락 하나 없는 사람을 보고서는 움츠러들지 않던가. 구중궁궐에서 정제된 것만 보고 자란 어린 궁녀라면 멀쩡한 사람 머리 위에 돋아난 불순한 뿔이 보기 끔찍할 수도 있겠다. 그런 생각이 들자 강수는 얼른 벗어두었던 관을 다시 자신의 머리 위로 올려 뿔을 감췄다.

"항아님, 걱정 마십시오. 앞으로 항아님을 만날 때 절대 이 관을 벗지 않겠습니다. 원하신다면 얼굴이 보이지 않을 정도로 멀찍이 앉아 이야기만 듣겠습니다. 그러니 그리 저어하지는 말아주십시오."

강수의 말에 신녕궁주가 대신 사과했다.

"제 사람이 실례를 하는군요. 보고도 못 보아야 하고 들어도 못 들어야 하는 것이 궁인인데 아직 덜 여물어서 그런 것뿐입니다. 이 또한 공부이니 마음 쓰지 마십시오."

신녕은 부러 말투를 딱딱하게 다듬었다. 처음 본 궁녀에게도 과하게 친절한 강수가 마뜩잖았기 때문이다. 분명 지나다니는 마을마다 아내를 만들어두며 살겠지. 처음에는 채선이나 중궁전에 있는 아무 궁녀를 통해 괴담만 전할 생각이었지만 이렇게 생긴 얼굴의 사내와 일대일로 만나게 된다면 그게 누구든 분명 사달이 날 것 같았다. 아무리 마음이 딱딱한 궁녀라 해도 사랑을 모를 리 없으니 괜히 분란을 만들 필요는 없다.

신녕은 마음을 정했다.

"사람을 통해 건너 건너 이야기를 듣기보단 직접 괴담을 듣는 것이 낫겠지요."

"제가…… 직접 말입니까?"

강수의 말투에 망설임이 묻어났다. 지난 이십 년간은 닫힌 문 안에서 서책만 보고 살았다. 당연히 이번에도 문서로 된 사례를 넘겨받으면 그것을 분류하고 분석하고 통계 내고 가설을 증명하면 될 것이라 생각했다. 그런데 직접 사례를 모아 연구하라니 그것은 예정에 없던 일이었다.

"학자시라 들었습니다. 괴담을 모으려면 괴담회가 있는 곳에 가야겠지요. 교태전 궁녀들이 밤마다 삿된 모임을 연다는 제보를 받았으니 직접 가서 그곳을 조사해주셨으면 합니다."

가고 싶지 않다. 현장에는 가고 싶지 않아. 내가 필요한 것은 자료이지 현장 경험이 아니야. 만약 유덕 선생이 여기에 있었더라면 강수는 그렇게 말했을 것이다. 하지만 여자는 무섭다. 어떻게 대해야 할지 모르겠다. 강수는 마음속으로 싫다고 몇 번이나 소리쳤지만 기껏해야 겉으로 내뱉은 말은 이 정도였다.

"하나 제가 어찌 교태전에 출입할 수 있단 말입니까. 평시에도 그럴진대 최근 냉궁이 되어 출입을 엄격히 제한하고 있다면서요."

"맞습니다. 그러니 강수 선생께선 교태전 소속의 환관으로 일하시게 될 겁니다. 그편이 아무도 의심하지 않고 좋겠지요. 내명부의 수장 대리로서 정식 교지를 내릴 테니 안심하고 근무하셔도 됩니다."

"제가…… 말입니까? 환관이요?"

아직 사태 파악이 되지 않아 그를 올려다보는 강수의 얼빠진 얼굴을 보니 신녕의 묵은 체증이 내려가는 기분이었다. 당한 것을 바로 이렇게 갚아주게 될 줄은 몰랐는데. 신녕은 웃음이 나오려는 것을 억지로 참았다.

"어차피 강수 선생은 신선이시니 그다지 다를 것도 없지 않습니까."

벌써 신녕궁주의 빠른 손이 붓을 잡고 하얀 종이 위에 일필휘지로 무언가를 쓰고 있었다. 교지인 모양이다. 강수가 어찌해야 할지 몰라 검지손가락으로 자신의 뺨을 긁고 있을 때 신녕궁주는 이미 자신의 인장을 찍은 후였다. 그는 교지를 봉투에 담더니만 강수의 섬섬옥수 위에 얼른 올려두었다.

"선생을 양의문을 지키는 별감으로 발령하겠습니다. 백귀가 야행하는 통행금지 시간인 인정(밤 10시 30분)부터 파루(새벽 4시 30분)까지의 시간을 포함하여 주로 야간에 업무를 하게 되실 겁니다. 궁녀들이 숙식하는 행각과 바로 붙어 있으니 이야기를 들으려 마음먹으면 못하실 것도 없을 겁니다."

강수의 눈빛이 흔들렸지만 신녕은 굳이 못 본 척 말을 이었다.

"선생의 본명을 알지 못하므로 제 임의대로 새 이름을 지어 보냅니다. 김가 개시介屎면 어떻습니까."

개시라니. 개똥이란 말인가. 아니 어떻게 사람 이름을 개똥이라 짓는단 말인가. 강수가 당황하여 손을 내저었지만 신녕은 인장까지 찍힌 교지를 거둘 마음이 없어 보였다. 길고 우아한 눈썹과 같은 방향의 입꼬리가 함께 살짝 위로 올라갔다. 어쩌면 그것이 신녕의 웃는 표정인지도 몰랐다.

"……따르겠습니다."

강수가 별수 없이 신녕의 말을 받아들이자 신녕은 더없이 온화한 표정으로 그를 휘영당에서 내보냈다. 휘영당의 닫힌 문 앞에서 강수는 기운 빠진 한숨을 뱉을 수밖에 없었다.

다 늙은데다 세숫물 떠 오는 것으로도 잔소리를 하는 금부 도사가 가고 새로 젊은 별감이 배속된다는 소리를 들은 교태전의 궁녀들은 환호성을 내질렀다. 젊은 별감이라는 것은 궁녀들의 밥이자 장난감이자 놀이 상대였다. 여자를 모르는 젊은 사내라니. 그것만큼 놀리기 쉬운 것이 또 있을까.

"적당히 놀려야 해. 알지? 그러다가 지난번처럼 일주일도 못 버티고 도망가버리면 어찌해."

어린 궁녀들이 하도 짓궂다 보니 젊은 별감을 배치하는 경우는 드문데 어째서 이런 발령이 이루어졌는지 알 수는 없었지만 모든 것이 중전의 대리인 신녕궁주의 뜻이라 궁녀들은 그저 받아들이는 수밖에는 없었다.

"소주방 김 상궁 말로는 교태전에 이번에 발령받은 별감이 주상 전하가 총애하는 환관이라 하던데. 그게 사실일까요."

"진짜야? 세상에 우리 주상 전하는 취향도 다양하시지."

"그치. 환관과 임금님이라니 그거야말로 진정한 사랑 아닌가."

히히덕거리는 연홍의 말에 장미는 깔깔 웃으며 등을 때려대며 난리를 쳤다. 어린 궁녀들이란 굴러가는 낙엽으로라도 웃을 거리를 만들어내곤 한다. 별것 아닌 일에 활기차게 웃어대고 금방 울먹이는 이 시끄럽고 사랑스러운 존재들을 바라보는 노아의 표정은 흐뭇했지만 두 나인이 좋아죽는 와중에도 백희만이 걱정스런 얼굴을 거두지 못했다. 아무래도 남자 별감들과는 상성이 좋지 않아 새로 누가 온다고 하면 걱정부터 되는 모양이었다. 백희는 어두운 표정으로 저녁 식사를 준비했다.

"형님, 너무 걱정 마시오. 기껏해야 아무것도 모르는 젊은 남자인데 뭘 그리 신경 쓰시오?"

"마음 안 써. 그냥 속이 안 좋아서 그래."

중전마마께서 남긴 음식들로 저녁상을 차리면서 백희는 속이 울렁거리는지 몇 번이나 손으로 제 입을 막고는 움찔거렸다.

"저런. 식사 준비는 나와 연홍 장미가 할 테니 형님은 어서 들어가서 좀 쉬시오."

"그래야겠다."

평소 같았으면 두어 번은 거절할 백희였지만 속이 많이 안 좋았는지 얼른 입을 손으로 틀어막더니만 행각으로 발길을 돌렸다. 하지만 시간 운이 나쁘게도 그는 행각으로 들어가는 대신 멈춰 설 수밖에 없었다. 새로 들어온 별감, 김개시가 선진 별감의 이끌림을 받아 입구를 가로막고 서 있었던 것이다.

"식사 준비하느라 분주한데 죄송합니다만 제가 곧 교대를 할 시간이라 지금이 아니면 소개할 시간이 없군요. 이쪽은 이번에 새로 온 신참, 김개시입니다."

개똥이? 아명도 아니고 대체 이름이 왜 그 모양인지, 하고 웃어댄 것도 잠시. 선진 별감 뒤에 서 있던 김개시의 멀끔한 얼굴을 마주하고는 아무도 웃지 못했다.

"김개시입니다. 경험 많은 훌륭한 궁인들 사이에 서기에는 부족함이 많으나 저를 믿고 의지해주신다면 무엇으로든 보답하겠습니다. 부족한 점이 있거든 언제든 깨우쳐주시고 불편한 점이 있다면 주저 말고 말씀해주십시오. 최선을 다해 돕겠습니다."

숨 한번 고르지 않고 기름칠한 듯 유들유들한 입술로 말한 내용에는 흠잡을 내용도 꼬투리 잡을 단어도 없었다.

애초에 어린 여자아이들이 놀릴 수 있으려면 무언가 하나 부족해야 하는 법이다. 숫기가 없든가 경험이 없든가 아니면 적어도 거시기라도 없어야만 놀릴 맛이 나는 법인데 얼굴부터가 능글능글한 미소로 점철되어 계집애들에게 고개 숙이기를 어려워하지 않는 미남자란 아무래도 불편하다. 차라리 버럭버럭 소리나 지르는 늙은이가 대하기 쉬울 것이다. 까다롭고 호통만 치는 남자는 이제까지 천 명도 더 만나봤지만 상냥하고 나긋나긋한 미남자라 하는 것은 책에서만 보았지 실제로는 한 번도 본 적이 없으니 말이다.

궁녀들은 꿀 먹은 벙어리가 되어 어떤 표정을 지어야 할지도 알지 못한 채 미남자의 얼굴을 한참 구경하느라 아무도 인사를 받아주지 않았다. 그것은 연정과는 다른 것이었다. 잘 빚은 도자기를 보는 것과 같은 종류의 애틋한 감정이었는데 한순간 사람의 말문을 잊게 하는 것이었다.

가장 먼저 정신을 차린 것은 노아였다. 괜히 지밀궁녀로 일하는 것이 아닌지 간신히 노아가 정신을 부여잡고 고개를 수그려 인사를 받았다.

"지밀에서 일하는 마가 노아입니다. 식사 준비중이라 분주한 모습을 보여 송구합니다. 이쪽부터 생과방 출신 장가 미, 소주방 출신 감가 연홍, 그리고 세답방 장가 백희……"까지 소개했을 무렵, 백희는 구역질을 참지 못하고 퇴선간을 뛰쳐나갔고 곧이어 멀리서 무언가 토해내는 소리가 들렸다. 저런. 아무래도 점심때 먹은 무언가 얹힌 것인가 보지. 노아가 행각 쪽으로 몸을 돌리자 설핏 물비린내가 흘러들어왔다. 이게 무슨 냄새지? 주위를 둘러보았지만 다른 궁녀들은 여전히 김개시에게서 눈을 떼지 못하고 있었다.

"송구합니다. 장씨 항아님께서 속이 좋지 않으신 모양입니다. 오늘만 날이 아니니 기회 될 때 또 인사를 하도록 하지요."

노아의 말에 김개시는 고개를 끄덕이면서도 백희가 사라진 곳을 계속 바라보고 있었다. 기분 탓인지, 그의 코가 움직이는 것도 같았다. 미간을 살짝 찌푸린 것도 같다. 하지만 어쩌면 그렇지 않을지도 모른다.

"제가 또 알아두어야 할 분이 계십니까."

“저희 말고도 이곳에 경안궁주께서 자주 출입하시니 그분을 알아두셔야 할 겁니다. 의문스러운 것이 있다면 저희가 도울 테니 언제든 물어보시지요.”

연홍이 전에 없이 예의 바른 어투로 말했다. 장미는 그것을 놀리고 싶어 입이 근질거리는 모양이었지만 연홍에게 무어라 야살을 떠는 대신 입을 꾹 닫고 연홍의 죄 없는 옷자락을 만지작거렸고 연홍은 그런 장미를 무시하기 위해 옷자락을 홱 잡아 뺐다. 아무튼 귀여운 아이들이다.

“경안궁주님. 그렇군요. 기억해두겠습니다.”

김개시가 화사한 미소를 짓자 희고 가지런한 치아가 드러났다. 저런 이를 가지고 있으면서 환관이라니 아깝군 아까워. 연홍은 그렇게 생각했다. 그리고 어쩌면 소문이 사실일지도 모른다고 생각했다. 장미를 보니 그녀 역시 같은 생각을 했는지 능글맞게 눈을 맞추고는 살풋 웃기만 했다.

하지만 강수는 지금 눈앞에 누가 있는지 어떤 표정을 짓고 있는지 하나도 알 수가 없었다. 저 멀리서 희미하게 풍겨오는 물비린내에 온통 집중하느라 다른 어떤 것에도 신경을 쓸 수가 없었던 까닭이다. 아는 냄새였는데 어떤 것인지 정확히 기억이 나지 않았다. 하지만 서두를 것은 없다. 그가 교태전에 들어왔으니 모든 것은 정리되고 분석되고 연구될 것이다. 아무리 엉켜 있는 것이라도 팔월의 태양빛 아래에 낱낱이 밝혀져 정체를 드러낼 것이다. 강수는 그럴 자신이 있었다. 그는 연구하는 자이며 그것이 그가 가장 잘하는 일이기 때문에.

모두가 웃는 낯으로 인사를 하는 그때 백희만이 행각 그림자에 숨어 강수를 노려보았다. 목구멍에서 물비린내가 올라와 역겨웠다. 백희의 입술 사이로 비비의 초록색 머리털이 삐죽 튀어나와 있었다.

(『이름 없는 여자들의 궁궐 기담』에서 계속)

괴인怪人

사람의 신체와 닮았으나 사람은 아닌 괴이한 사람들을 괴인이라 부른다. 수명도 식성도 제각각이며 그 존재 이유는 알 수 없다. 자연의 일부이므로 저절로 그러하다는 것 외에는 알려진 바가 없다. 다른 괴이한 현상들과 마찬가지로 어떤 이들의 눈에는 괴이한 것으로 보이지만 어떤 이의 눈에는 완벽하게 정상적인 사람으로 보인다.

강수强首

신라 무열왕 때 벼슬을 했던 사람이다. 이마에 뿔이 돋아나 있어 흔히 강수라고 부르지만 사실 이것은 본명이 아니라 무열왕이 붙여준 별명이다. 당대에는 유학자로 정평이 났으나 해가 지나도 나이를 먹지 않고 늙지 않아 종국에는 자취를 감추었고 세속에서는 신선처럼 여긴다. 욕심이 없고 세상일에 초탈하여 늙지 않는다. 오래 산 덕으로 지혜가 많아 귀신들을 부릴 줄 안다는 소문이 있다.

교전지상交戰之狀

하늘을 날아다니는 날벌레들이 모여 병사나 장군의 형상을 취한 것이다. 작은 벌레들이 일제히 움직여 그 덩어리가 마치 무예를 익힌 장군처럼 창칼을 휘두르고 활을 쏠 수도 있다. 칼이나 화살도 갈라져 피할 수 있으며 이것이 싸우려 들면 사람이나 짐승을 해칠 수도 있다. 강수가 이들을 부린다.

외전 ◉ 면신례

어린 선진과 나이 많은 신진

도깨비집 사건 이후, 아무도 살지 않던 백희의 집은 불행인지 다행인지 나라의 주인에게 팔려 경복궁의 토대가 되었다. 하나뿐인 집과 가족을 잃고 나쁜 소문까지 온몸에 감은 백희는 어디에도 시집갈 수가 없어 조선의 새로운 정궁인 경복궁의 궁녀가 되었는데 백희가 원하기도 했지만 그 이상 가는 묘수도 없었다. 새로운 가정을 이룰 나이에 이모 집에 머무를 수도 없고 그렇다고 평생 빨래만 하며 살 수도 없는 노릇이었으니 말이다. 백희는 궁녀로 입궁할 수 있다는 것을 감사히 여겼다. 만약 궁궐이 아니었으면 정말로 못되고 삿된 곳이나 절간밖에는 갈 곳이 없었으리라.

겉으로 보기에는 모든 것이 완벽하게 제자리를 찾은 듯 보였지만 백희의 고민은 끝나지 않았는데 무엇보다 그를 괴롭히고 있는 것은 허기였다. 어째서인지 목구멍의 비비는 그날 이후 아무 인간도 해치지 않았고 그런 날이 길어지자 백희의 허기 역시 갈수록 심해졌다.

우선 몸이 약해졌으며 급격하게 체력이 떨어졌다. 마치 달거리를 유난하게 한 날처럼 머리가 핑 돌면서 어지럽기도 했고 손발이 자신의 의지와 상관없이 떨리기도 했다. 오랫동안 굶은 사람처럼 기력이 떨어져 행동이 느려졌고 줄곧 딴생각을 하다가 혼나기도 일쑤였다. 밥을 몇 그릇씩 먹어도 허기는 사그라들기는커녕 점점 더 커지기만 하여 마치 여름날의 뭉게구름 같았다. 따사로운 햇살 아래에서 구름은 몇 시진, 아니 몇 각 사이에도 크게 부풀어 갑자기 흰 빛깔을 잃고 비구름이 되어 아래로 떨어지지 않던가. 이대로 있다가는 언제 자신도 이성을 잃게 될지 모른다.

백희는 목구멍을 단속하는 것이 두려웠다. 지금이야 비비를 다루는 방법을 조금은 터득한 백희이지만 그 시기에는 아직 모든 것이 서툴렀다. 그때는 백희가 아직 노아를 알기 전인데 백희가 열여섯, 노아는 열세 살에 불과했다. 태조 이성계가 즉위한 지 이제 겨우 오 년 되었고 경복궁은 완공된 지 일 년이 갓 넘었을 때이다.

그해의 여름에는 미지근하고 습기 찬 공기가 피부에 진득하게 들러붙어 저주처럼 떨어지지 않았으며 조선 첫 왕비였던 중전 강씨의 병세가 심상치 않아 임금의 시름이 깊었다. 중전의 손발은 퉁퉁 부어올랐고 복부의 통증으로 여러 번 혼절하고 여러 날을 앓았으나 백약이 무효했으며 어의의 치료도 효험이 없었다. 수많은 의원들이 다녀갔으나 병명조차 알아내지 못했고 전국을 뒤져 가장 뛰어나다는 한 의원에 이르러서야 겨우 음수증*이라는 병명을 밝혀냈지만 그것만으로는 아무것도 해결되지 않았다. 왕이 할 수 있는 것이라곤 하늘의 자비를 구하는 것뿐이었다.

왕은 중전을 낫게 하기 위해 중들을 내전에 들였고 여러 날 기도했다. 유교의 나라에서 미신을 거두라는 신하들의 상소는 씨알도 먹히지 않았다. 왕은 중전을 낫게만 할 수 있다면 동해 용왕의 간이라도 구해 오라 했을 것이다. 하지만 죄수를 풀어주고 기도를 했는데도 정성만으로는 병을 낫게 할 수 없었는지 중전의 병환은 깊어만 갔으며 결국 고심하던 왕은 중전을 개경에 있는 환관 이득분의 집에 머무르도록 했다.

고려 우왕 때 왜구들의 침략이 심해지자 통도사 주지인 승려 월송이 부처님의 사리를 지고 개경에 있는 이득분의 집까지 피난을 온 적이 있다. 그때 이득분은 와병중이었는데 부처의 사리가 자신의 집에 왔다는 소리를 듣더니 단번에 병이 나았다고 한다. 한번 병자를 고쳐준 적이 있는 곳이니 이번에도 혹시나 중전의 병이 낫지 않을까 하는, 지푸라기라도 잡는 심정으로 왕은 중전을 개경 이득분의 집으로 보낸 것이다. 때문에 교태전은 새로 단장한 보람도 없이 주인을 잃은 채 텅 비어

* 현대의 병명으로는 신부전증이다.

버렸다.

백희는 지금 주인 없는 궁궐에 홀로 서 있다. 살아 있는 사람이라곤 없었던 오랜 고향집—도깨비집을 떠올리며 백희는 자신의 옛집에 세워진 교태전을 걸었다. 주인이 바뀐다고 해도 도깨비집터는 어디로 가지 않는 것일까. 백희는 자신이 괴담의 한가운데에 있다고 느꼈다.

두려움에 떨던 백희의 귀에 아니나 다를까 여인의 흐느끼는 소리가 들렸고 팔뚝에 흉한 닭살이 오소소 돋아 여름인데도 한기를 느꼈다. 소문대로였다. 교태전은 틀림없이 비어 있는 상태인데도 어째서인지 인경*이 되면 사람이 흐느껴 우는 소리가 들린다. 불이라도 붙인 듯이 빛이 깜빡깜빡 하기도 한다. 어린 궁녀들이 두려워 떠는 것도 무리가 아니지만 대체 어째서 감찰상궁도 아닌 자신이 괴이 현상을 확인하러 와야 하는지 알 수 없었다. 조정의 관리나 성균관 신진도 아닌데 왜 경복궁 궁녀가 면신례**를 해야 하는지도 모르겠다. 하지만 어린 선진들이 나이 많은 신참에게 굳이 이런 일을 시키고 싶다는데 어쩌겠는가. 무엇으로든 괴롭혀라. 무엇이든 해줄 테니. 어떻게든 이곳에 자리 잡고 말겠다. 이곳이 아니면 이제 있을 곳도 없는 백희

---

* 밤 10시. 통행금지 시각이다.

** 면신免新, 즉 신입을 면하게 하는 관례라는 뜻이다. 오늘날의 신고식과 유사하다.

는 손바닥으로 싸늘한 자신의 팔뚝을 훑었다.

이 일이 일어난 건 모두 어린 생각시들 때문이다. 더 근본적인 이유를 찾자면 백희가 나이가 많은데다 우유부단한 사람이기 때문이겠지. 보통 궁녀들은 열 살 이전에 입궁하여 생각시로서 궁녀의 일을 시작하는데 백희는 열여섯이나 되어서야 나인으로 입궁했다. 일손이 모자라 그에게 일을 가르쳐줄 사람이 없었던 탓에 백희는 하는 수 없이 생각시들과 함께 일을 배우게 되었다.

그 탓에 동료도 친구도 제대로 만들지 못했다. 같은 나인들은 수준이 떨어진다 생각하여 백희와 어울리지 않았고 생각시들은 그가 불편하므로 거리를 두었다. 백희는 원래가 말이 없으며 순종적인 성격이었는데 다른 생각시들보다 머리 두 개는 더 큰 그가 아이들에게 보인 공손한 태도는 오히려 독이 되었다. 한참 어린 생각시들 앞에서 얌전하게 고개를 숙이고 경청하는 모습이 때로 우습기까지 했던 것이다. 생각시들은 백희를 나쁘지 않게 보았지만 꺼리지 않는다는 것과 존중한다는 것은 다른 이야기였다. 계례*까지 올린 다 큰 여자아이가 어린 생각시들에게도 공손한 모습은 인상적이긴 했어도 보기 유쾌하지

---

* 여자 나이 열다섯 살을 전후하여 쪽을 지고 비녀를 꽂는 일종의 성인식이다. 궁녀들의 경우 신랑이 없는 혼인식을 올린다. 궁중 여관들은 모두 임금의 여자라는 상징이다.

는 않았던 까닭이다.

그런 백희가 생각시들에게 가장 인기 있는 순간은 바로 해가 진 이후부터였다. 측간에 같이 가달라는 말에 몇 번 같이 가주었더니 어린아이들은 해가 지면 백희부터 찾았다. 키 큰 사람이 기대기에 좋았던 것일까. 자기들끼리 모이는 괴담회에 초청하기도 했고 백희의 팔짱을 끼며 무릎이나 허벅지를 베개 삼아 눕기도 했다. 낮에는 자신을 어린애 취급하는 것에 화내는 녀석들도 밤이 되면 한껏 어리광을 부리는 것이다. 백희는 집에서는 막내였지만 어릴 때부터 병자를 돌보는 것에 익숙했던지라 오히려 이런 식의 관계가 싫지 않고 마음이 편했다. 돌보아주고 보호해주는 것이 자신이 누군가에게 어리광을 부리는 것보다 쉬워서 마음을 너무 느긋하게 먹었는지도 모른다.

얕보이는 것 정도는 두렵지 않다고 생각한 것이 잘못이었는가. 이 깜찍하고 앙큼한 선진들이 백희를 부리기 좋은 어른으로 생각하기 시작했다. 밤마다 괴담회에 불러 경복궁에 퍼진 온갖 무서운 이야기를 들려주더니만 "그것이 진짜인지 확인해 보고 싶다"며 백희를 부추긴 것이다. 처음에는 웃으며 거절했으나 백희를 부추기는 애들이 하나에서 두 명으로, 두 명에서 서너 명으로, 서너 명에서 열댓 명으로 늘어나면서 백희는 점차 곤란해졌다.

"백희 그거 알아? 인경만 되면 교태전에 여자 우는 소리가 들린대. 귀신이야. 분명해."

"아니야. 여우가 나온대."

"나무가 우는 거야. 나라가 망할 땐 나무가 울거든."

귀신이나 여우 이야기는 흔했지만 우는 나무 이야기는 처음 들었기 때문에 백희는 귀를 쫑긋 세웠다. 부여에서 왔다는 우씨 궁녀가 해준 이야기인데 백제가 망할 때 부여궁에서 회화나무가 울었다고 한다. 나무라는 것은 한번 자리 잡으면 움직이지도 못하고 그 자리에서 천 년을 산다는데 그것이 운다면 정말로 나라라도 망할 징조겠지. 하지만 이씨 조선이 세워진 지 십 년이 됐는가, 이십 년이 됐는가. 이제 겨우 오 년 되었는데 나무가 울고 나라가 망한다니 우스운 소리다. 더군다나 경복궁이 생긴 지는 아직 일 년도 되지 않았다. 모르긴 해도 교태전 나무는 어디 시골에서 편안히 살다가 수레 타고 와서 심겼을 것이고 나이도 아마 자신보다 어릴 것이다. 바닥에 뿌리는 제대로 박혀 있을지 모르겠다.

백희는 어린애들 몰래 조그맣게 웃었다. 하지만 다른 생각시들은 나라가 망하면 어쩌는가 하면서 눈을 동그랗게 뜨고 자못 진지하게 토론했다.

"나라가 망하면 어째? 그럼 우린 어떻게 돼?"

"어떻게 되긴. 자결하는 거지. 일부종사란 말도 몰라? 어떻게 두 임금을 섬기니?"

침방 생각시이며 노아와 함께 방을 쓰는 효진이 그렇게 말하자 채선이 코웃음을 쳤다.

"자결은 무슨. 마노아 몰라? 고려 궁녀인데도 아주 잘 먹고 잘 살고 있잖아. 동료들은 다 자결해 죽었다는데 염치도 없지."

방금까지는 죽는 게 무섭다더니 살아남은 사람을 조롱하는구나. 이래서 어린애들이란 어쩔 수 없다. 백희는 올라간 입꼬리를 손바닥으로 억지로 가리고 조용히 웃었다.

"나도 걔 알아. 노인처럼 머리가 하얗게 센 애 말이지? 말투가 굉장히 꼴사납더라. 자기가 무슨 상궁 마마님이라도 되는 것처럼 굴던데."

"그치 그치! 나이도 나보다 한 살이나 어린데 얼마나 으스대는지 알아? 이렇소 저렇소 하더라니까. 아는 척은 얼마나 하는지. 두 임금 섬긴 게 자랑인가?"

너희도 나보다 어리면서 으스대잖니. 백희는 그렇게 말하고 싶었지만 아무 말도 하지 않았다. 마노아라면 몇 번 본 적이 있다. 침방에 있는 아이인데 말투며 행동거지가 생각시라고 볼 수 없을 만큼 조신하고 우아했다. 그 애는 고려에서부터 궁녀였다는데 그래서 그런지 입궁한 지 일 년이 채 안 된 다른 궁녀들과 비할 바가 안 됐다.

상궁이나 나인이라고 해도 고려에서 온 몇몇의 궁인들을 제외하면 모두 새로 들어온 사람들이라 아직 모든 것이 서툴고 실수가 많았다. 말만 상궁이지 작년까지는 그저 귀족들의 몸종인 경우가 많았던 것이다. 고귀한 분을 오랫동안 모셔서 시중드는 것에는 이골이 난 사람이라 하더라도 사가는 궁과 문화가 다를 수밖에 없으니 이리저리 헤매고 실수하는 일이 생기게 되었다. 언어부터 옷가지며 행동거지까지 모든 것을 새로 배워야 했는데 궁중 용어는 낯설고 궐 내에 상전도 한둘이 아니었다. 어느 분이 더 높은지 어느 분을 더 위해야 하는지도 알 수 없을 때가 많아 나인들도 이따금 실수를 하는데 마노아는 궁에서 오래 살아 그런지 숨 쉬는 것처럼 자연스럽게 경복궁에 녹아들었다.

그가 겉돌고 있는 것은 오직 또래 집단에서였다. 열셋밖에 안 되는 어린 궁인 주제에 마치 마흔 살이라도 먹은 듯이 입을 무겁게 꾹 다물고 어떤 일을 시켜도 제대로 해내는 그를 또래들이 동등하게 대하기는 어려운 일이었지만 그렇다고 괴롭힐 일도 아닐 텐데 생각시들 생각은 다른 모양이었다.

그 증거로 침방의 마노아는 누구보다 바늘과 실을 자주 잃어버렸다. 그가 허술해서가 아니었다. 여러 명이 한 사람을 바보로 만드는 일이야 어렵지도 않다. 나인들이나 상궁들도 그 점을 어느 정도 눈치채고 있었지만 아무도 그를 도와주지는 않았다. 궁에서 누가 누구를 도와준단 말인가. 궁중 여관들은 주인을 도와주어야 하는 존재지 도움받아야 할 주제는 못 되었다.

백희는 오며 가며 노아를 본 적이 있었지만 관여한 적은 없었는데 어린애들 사이의 시기나 질투에 끼어들고 싶지 않았던 탓이다. 되도록 조용하게 아무런 색깔도 없이 이 무리 속에 녹아들어 평범한 궁녀로 살고 싶었다. 하나 이렇게 노력하는데도 꼬맹이들은 백희를 가만히 놔둘 생각이 없었다.

"그런데 말이야, 백희는 아직 면신례를 안 하지 않았어?"

백희의 모골이 송연해졌다. 떠들던 꼬맹이들이 눈을 반짝이기 시작한 것이다. 엽전처럼 반질반질하고 동그란 어린 선진들의 눈동자는 장난기와 악의로 가득했다.

"면신례? 그게 뭔데?"

백희가 되묻자 효진이 그것도 모르느냐는 듯 웃었다.

"신참이 들어오면 원래 있던 선진에게 예를 보이는 거야. 몰라? 조정에서도 하고 성균관에서도 하는걸."

"나는 몰라, 그런 거. 성균관 이야기를 내가 어떻게 알아."

"그래? 백희는 모르는가 보구나. 우리 아버지는 성균관 출신이었거든. 밤마다 날 무릎에 앉히고 성균관에서 일어나는 일들을 말해주셨는데 그중 면신례 이야기가 정말로 재미있었지."

효진이 거들먹거렸다. 좋은 집안 출신의 아이인 듯했다. 하지만 정말로 좋은 집에서 사랑받고 자란 아이라면 이런 곳으로 들어올 리도 없다. 분명 무슨 곡절이 있을 것이다. 백희는 그런 생각이 들었지만 입을 다물었다. 그런 것으로 효진의 기분을 상하게 할 생각은 없었다. 이런 정도의 귀여운 잘난 척을 들어준다고 해서 귀가 닳는 것도 아니지 않은가.

“나중 들어온 신참이 선진들에게 잘 봐달라고 술도 떡도 대접하는 거야. 그리고 선진들 기분을 좋게 해주는 거지. 흙탕물에서 구르거나 목욕물을 마시거나 동물 울음소리 같은 걸 따라 하면서. 백희, 너는 뭘 해줄래?”

효진의 말에 아이들이 몰려들어 눈동자를 빛냈지만 백희는 그 장단에 맞춰줄 생각이 없었다.

“내가 흙탕물에서 구르거나 목욕물을 마시거나 동물 울음소리를 흉내 내면 너희는 기분이 좋아지니?”

그렇게까지 말하자 아이들의 눈이 흔들렸다. 백희는 말을 이었다.

“이미 나는 너희들을 선진으로 대접해주고 있잖아. 너희 중 누구라도 내게 형님이라고 부르는 사람이 있어?”

“하지만 넌 우리에게 반말을 쓰잖아! 선진에게 말이야. 이게 말이 돼? 이러니까 면신례가 필요한 거라고!”

효진이 벌게진 얼굴로 억지를 썼다. 자신이 생각해낸 기발한 놀이를 거절당하자 몹시 기분이 상한 모양이었다.

“그 문제에 대해 할 말이 있거든 날이 밝은 후에 상궁 마마께 말씀드려보렴. 상궁 마마께서 허락하시면 나도 너희에게 존대하지."

물론 어느 상궁이라도 그런 문제를 받아들여줄 리 없다. 생각시들에게 일을 배우고 있기는 하지만 일단은 백희도 나인으로 입궁하였다. 위아래가 분명한 경복궁에서 나인이 생각시에게 존대라니 가당키나 한 일인가. 하지만 그렇게까지 말했는데도 효진은 물러서지 않았다.

"이렇게 신진이 방자하기 때문에 면신례를 하는 것이야. 선진들이 우스워? 우리도 여기서 지난 일 년간 놀며 지내지 않았어. 우리를 선진으로 인정해주지 않는다면 우린 앞으로 네게 아무것도 가르쳐줄 수 없어."

효진이 억지를 부리자 다른 생각시들도 맞아 맞아 하며 동조했다. 정말로 저 말이 맞는다고 생각해서가 아니라 아마 재미있기 때문에, 혹은 가만히 동조하는 것이 편하기 때문에 그러는 것이리라. 백희는 크게 한숨을 쉬었다. 원하는 대로 해주지 않는다면 언제까지고 고집을 부릴 모양이었다. 그러게 이런 괴담회에는 왜 나와서는. 백희는 쪽을 지어 뒤로 묶은 자신의 뒤통수를 만져보았다. 목이 빳빳하군. 이래서야 궁에서 버틸 수 없을지도 모른다. 숙이자. 어린애에게라도. 필요하다면 뭐든 못 하겠는가.

"그럼 선진께서는 제가 무엇을 하길 바라십니까."

백희가 부러 존칭을 쓰자 효진은 입꼬리를 올리며 만족한 듯 웃었다.

아이들이 요구하는 것은 간단했다. 주인이 자리를 비워 텅 빈 교태전에 들어가서 인경이 되면 들린다는 울음소리의 진상을 알아 오는 것이다. 하지만 교태전에 가지 않았으면서 갔다고 거짓말을 할 수도 있으니 경복궁에서도 오직 교태전 아미산에만 피는 나리꽃을 꺾어 오라는 주문도 잊지 않았다. 다른 곳에서 피는 나리꽃은 주홍빛에 주근깨 같은 점이 박혔지만 교태전에 있는 나리꽃은 오로지 붉은색이라고 했다. 중전마마의 고귀하신 취향에 맞추어 조경한 것이었다.

"그 꽃을 꺾어 오면 신진을 면하게 해주지."

"여부가 있겠습니까."

백희의 공손한 대답에 효진이 오만하게 웃었다. 무슨 부탁이든 들어주는 백희, 어떤 일도 거절하지 않는 백희는 결국 그들의 뜻대로 인경에 맞추어 교태전에 몰래 들어가게 되었다. 정말로 나무가 우는 건지 확인하기 위해서.

땡—땡—땡…….

종이 스물여덟 번 울렸다. 보루각에서 시작된 이 소리는 종로와 남대문을 지나 동대문까지 이어질 것이다. 성문이 닫히고 통행이 금지되는 시간이다. 이 시간에 돌아다니는 것이라곤 귀신뿐이겠지. 흐느껴 우는 여자의 소리가 점점 커지고 있다. 주인이 없는 교태전은 자물쇠로 잠겨 있었지만 장난꾸러기 꼬맹이들을 이길 수 있는 건 아무것도 없다.

지엄한 궁궐에서 어떻게든 놀 거리를 만들어내는 것은 어린애들이었고 물론 교태전으로 들어가는 개구멍도 알고 있었다. 담 아래 커다란 돌로 막혀 있는 것을 치우면 어린애들 몸에 맞춰 작게 뚫린 구멍이 있었는데 이것은 교태전 뒤뜰 아미산으로 연결되었다. 그런데 이상하게도 바위가 치워져 있었다. 누군가 먼저 들어간 사람이 있다는 뜻이었다. 꼬맹이들이 먼저 들어가놓고는 숨어서 자신을 놀래려고 하는 것인가. 백희는 구멍 속으로 힘겹게 몸을 밀어 넣었다. 조금만 더 큰다면 못 들어가겠군. 투덜거리며 억지로 담을 통과해 저고리에서 흙을 털어내자 정말로 우는 소리가 더 크게 들렸다.

그뿐이 아니었다. 이따금 휘파람 소리가 나기도 하며 마치 여러 명이 있는 듯이 수다스럽게 속삭이는 소리가 들리기도 했다. 대체 이게 무슨 조화인가. 생각시들 말처럼 회화나무라도 울고 있나 했지만 어둠 속 아미산에서 어떤 것이 무슨 나무인지 알아낼 방도는 없었다. 소름이 돋았다. 경복궁에 들어와 이제 겨우 살 만하다 생각했더니 이대로 죽는 것인가. 당장이라도 돌아가고 싶었지만 붉은 나리꽃이 보이질 않았다.

얼른 그것만 꺾어서 돌아가자. 백희는 떨어지지 않는 발걸음을 조심스럽게 옮겼다. 그때 코가 간지러웠고 백희가 가볍게 기침하자 어느새 그의 곁에는 비비가 서 있었다.

비비의 얼굴은 마지막으로 보았던 오라버니의 모습 그대로였지만 풍채와 표정이 낯설어 처음 보는 사람과도 같았다. 오랫동안 앓느라 집 밖으로 나가지 못해 창백하고 뼈마디가 도드라질 정도로 마른 청년이었던 오라버니는 햇빛 아래에서 태운 구릿빛 피부에 새까맣고 서늘한 눈동자를 하고 있었다. 곧은 허리와 벌어진 어깨는 어느 모로 보나 확실한 성인 남성의 것이었는데 이전의 오라비에게서는 느껴보지 못했던 위협적인 분위기에 더불어 비릿한 물 냄새가 풍겼다. 모습은 바꾸었어도 본체의 속성을 지우지는 못한 모양이다.

"아직도 그 얼굴이야?"

백희의 말에 비비는 씨익 웃으며 대답했다.

"그대가 너무 떨기에 나온 것이다. 이 얼굴에는 안심할 수 있겠지. 오라비가 지켜줄 테니 안심하거라."

"화가 치밀어 오르니 좀 들어가주지 않겠어?"

"불가하다. 그대가 여우나 귀신에게 잡아먹히면 큰일이잖느냐."

다 듣고 있었군. 백희는 가늘게 뜬 눈으로 비비를 노려보았다.

"우리 서로 걱정해주는 사이는 아닐 텐데."

"섭섭한 소리를 하는구나. 본좌는 그대를 지키기 위해 여기 있는 것이다. 그대의 안위에 본좌의 명줄이 달려 있느니라."

또 무언가 잡아먹을 게 없나 하고 있는 거겠지. 경복궁에 들어와서 아직 그는 아무것도 먹지 못했으니 무척이나 배가 고플 것이다. 그가 굶는 기간이 길어지면 백희 또한 허기를 느꼈다. 허기가 길어지면 마치 곡기를 끊은 듯 몸에 힘이 빠지고 쉽게 아팠는데 엊그제부터는 허기를 참을 수 없을 정도여서 백희는 괴로웠다. 막연히 그가 목구멍 뒤로 숨었다고 생각했는데 아무래도 비비와는 위장으로 연결된 모양이었다.

"내가 없으면 또 다른 숙주를 찾으면 되잖아. 내 오라비를 버리고 내게 왔던 것처럼."

"그것이 그리 쉬운 일이라면 나도 좋겠구나."

비비의 말에 백희가 얼굴을 찌푸리며 딴죽을 걸기 위해 입을 열었을 때 다시 흐느끼는 소리가 들렸다. 분명 사람의 목소리였다. 백희의 얼굴이 하얗게 질렸다. 비비와 함께 지낸 지 일 년이 넘었지만 아직도 괴이한 것들에 대해 익숙해지지는 못했다. 설마하니 경복궁에 다른 귀신이나 괴인이 있는 것은 아니겠지. 떨리는 손을 주체하지 못해 자신의 손을 주무르는 백희에게 비비가 말했다.

"물론 다른 귀신들이 있을 것이다. 궁궐 용마루마다 올려놓은 수호신들을 보아라. 아무것도 두렵지 않다면 저리 많을 리도 없겠지."

비비의 말대로였다. 경복궁에는 삼장법사나 용의 형상을 한 어처구니들이 가득했고 해태와 같은 수호신들의 형상을 딴 무늬가 수두룩했다. 월대에만 해도 궁궐을 지키는 상들이 오방신이며 십이지신을 포함해 마흔하나나 되었고 주홍빛 벽돌로 쌓은 아미산의 굴뚝에도 불가사리가 새겨져 있었다. 화마를 막는다는 신이 어째서 자신을 노려보고 있는지는 알 수 없었지만.

"신이 그리 많은데도 네놈이 돌아다니는 것을 보니 효과가 없는가 보구나."

"상서로운 무늬나 조각 자체가 힘을 가지는 것이 아니라 그것을 보고 비는 인간들의 염원 때문에 힘이 생기는 것이다. 하나 여기서는 아무도 상전의 안전을 빌지 않는구나. 아무도 빌지 않는데 무슨 효험이 있겠느냐."

"아무도 빌지 않는다니?"

"저 불가사리가 중전을 지켜줄 것을 바라는 이가 없다는 뜻이다. 오히려 악의가 가득하니 오래는 못 가겠다."

불경한 것. 감히 중전마마께 그런 무례를. 백희가 비비를 노려보았지만 비비는 꺼리지도 불쾌해하지도 않았다. 병아리가 위협한다고 해서 사람의 기분이 상하는 일이 없듯이 비비는 그저 웃었다. 그는 자신을 하나의 인격으로도 대하고 있지 않았다. 그때 다시 흐느끼는 소리가 났고 백희는 자신도 모르게 뒷걸음질을 치다 미끄러질 것만 같아 비비의 옷자락을 쥐었다.

"불경한 것의 옷자락이라도 도움이 되는가."

또 생각을 읽혔다. 백희는 입술을 깨물었다. 얼른 손을 놓으려고 했지만 흐느끼는 소리가 점차 커지는 통에 그것을 놓는 대신 더 꽉 쥐는 수밖에 없었다. 비비가 빙그레 웃으며 덜덜 떨고 있는 백희의 손등을 쥐었다. 뱀처럼 차갑고 미끈했다.

"안심해라. 그대는 오늘 여기서 죽지 않는다."

"그것을 어찌 확신하지?"

"본좌만큼 그대 안전에 신경 쓰는 이가 또 있겠느냐."

비비가 이죽거렸다. 혹시 여기에 있는 것이 귀신이 아니라 사람인가. 하지만 울고 있는 것이 귀신이 아니라 사람이라고 하더라도 무섭기는 매한가지였다. 대부분의 사람은 귀신이 아니라 사람의 손에 해를 입는다. 백희는 침을 꿀꺽 삼켰다. 붉은 나리꽃만 찾으면 이대로 돌아갈 참이었다. 나무가 흐느낀다고 하든 잡초가 통곡하더라고 하든 이야기야 나중에 맞춰주면 된다. 어차피 어린애들이 원하는 것은 진실이 아니라 유흥이니까. 저 멀리 건순각 아래 붉은 나리꽃이 피어 있는 것이 보였다.

백희는 조심스럽게 한 걸음씩 내디뎠다. 다른 사람들에게 들킬까 봐 아무 등불도 가지고 오지 못해서 오직 달빛에 의지해 걸어야 했기 때문에 어둠이 몸에 덕지덕지 달라붙어 무척이나 무서웠다.

"걱정 말아라. 못된 것이 있으면 본좌가 잡아먹어줄 테니."

그 말을 들으니 조금은 안심되었다가 그 말에 마음을 놓는 자신의 끔찍함에 놀라 백희는 숨을 골랐다. 언제부터 내가 저런 괴물을 의지했던가. 부모도 형제도, 마음을 터놓는 동무도 하나 없이 오로지 귀신 하나를 등에 업고 다니는 자신의 초라함에 백희는 눈물이 날 지경이었다. 백희는 종종걸음으로 뛰어가 붉은 나리꽃을 한 손으로 꺾었다. 이제 돌아갈 일만 남았다. 뒤돌아서 뛰어가려는데 갑자기 울음소리가 멎었다.

어쩌면 울던 것이 이제야 자신의 기척을 눈치챈 것인지도 몰랐다. 주위를 둘러보니 건순각 아래 달빛을 받아 희게 빛나는 머리카락이 보였다. 한껏 몸을 구기고 웅크리고 있는 것은 처음엔 바윗덩이같이 보였으나 자세히 보니 사람의 머리였고 노인인가 했으나 어린아이였다. 키가 작고 체구가 자그마한 생각시였다. 회색 머리의 생각시라면 떠오르는 이가 하나 있었다. 백희는 바로 그를 알아보았다.

"너는 혹시 마노아가 아니냐."

백희가 알은체를 하자 웅크리고 있던 생각시가 고개를 돌려 백희를 노려보았다.

"누구요. 나를 어찌 알지?"

백희는 어쩌면 노아가 비비 때문에 놀랄지도 모른다는 생각에 얼른 주위를 돌아보았지만 이미 그는 초록색 안개 사이로 사라지고 없었다. 목구멍이 묵직했다. 이런 때는 빠르다니까. 백희는 침을 꿀꺽 삼켰다.

"생각시들 사이에서 유명하더구나. 나는 장가 백희다. 교태전이 잠긴 것을 모르니? 왜 여기 있는 게야?"

"그러는 항아님은 왜 금지된 곳에 들어오셨소."

노아는 백희가 손에 쥔 붉은 나리꽃을 보더니 흥, 하는 소리를 내며 비웃었다.

"교태전에만 피는 붉은 나리꽃을 꺾으러 오신 걸 보니 시시한 내기라도 하셨나 보오. 이곳에 몰래 들어온 것이 들키면 목이 날아갈 텐데 목숨보다 유흥이 더 중요하다니 대단키도 하구려."

가시 돋친 말에 백희는 움찔했지만 한껏 울어서 갈라진 목소리와 붉게 충혈된 눈동자를 보니 가여운 마음이 들어 소매 속에 늘 가지고 다니던 손수건을 꺼내 노아에게 건넸다.

"너야말로 다만 울 곳을 찾으러 여기까지 오다니 목숨이 여러 개로구나. 무슨 일이 있니?"

노아는 백희가 자신에게 상냥하게 대할 것이라고는 예상하지 못했는지 잠시 멍청하게 손수건을 바라보더니만 천천히 손을 내밀어 그것을 받아 들었다. 하지만 어째서인지 눈물을 닦지는 않고 그저 그것을 들고만 있었다.

"별일 아니오."

"별일 아닌데 그리 울어?"

백희는 노아의 옆으로 다가가 같이 쪼그리고 앉았다. 노아는 움찔거리며 한 걸음 옆으로 비켜났지만 백희 역시 한 걸음 다시 옆으로 가서 노아 옆으로 바짝 붙어 앉았다.

"몇 살이니?"

"열세 살이오."

"그런데 말투는 꼭 육십 된 할머니 같다."

"육십 된 할머니 손에서 자랐으니 할 수 없잖소."

그 소리에 백희가 배시시 웃었다. 사람의 오해란 참 얄팍하다. 말투가 좀 예스럽다고 해서 잘난 척을 한다, 상궁 마마처럼 군다 하며 온갖 욕을 먹더니만 고작 이런 이유에서였다니. 백희는 노아가 손에 쥔 손수건을 쓰지 않는 것을 보고 다시 빼앗아 노아 눈가와 볼에 묻은 눈물 자국을 닦아주었다. 그러자 노아는 화들짝 놀라며 손수건을 얼른 떼어냈다.

"아깝잖소. 이런 좋은 천에. 얼룩이 묻으면 지워지지 않을 게요."

"괜찮아. 나는 세답방 궁녀라 어떤 얼룩이든 잘 지우거든. 안심하고 가만히 있어라."

노아는 머뭇거리다가 눈을 감고 백희가 해주는 대로 가만히 얼굴을 맡겼다. 물건을 소중히 여기는 것을 보니 좋은 아이로구나. 백희는 그렇게 생각하며 노아의 눈물과 땀과 개구멍을 드나드느라 목덜미에 묻은 진흙 같은 것을 꼼꼼히 닦아주었다.

"할머니가 널 예뻐하셨나 보다. 말투가 닮을 만큼 오래 붙어 있었나 보지?"

"진짜 할머니가 아니라 상궁 마마셨소. 지금은 돌아가셨지만."

그제야 노아가 고려에서 온 궁녀였다는 것이 떠올랐다. 모르긴 해도 궁에 들어온 지 몇 년이나 됐을 테니 작년에 들어왔답시고 백희에게 선진 흉내를 내는 궁녀들이 이 아이를 불편해하는 것도 당연하다.

"다 됐다. 이제 울지 마. 예쁜 얼굴이 이게 뭐니. 뭐가 그리 서러워서 울었어?"

백희의 덕택에 얼굴이 깨끗해진 노아가 우물쭈물하며 대답했다.

"바늘을 잃어버려서……."

"겨우 바늘 때문에?"

겨우라는 말에 노아는 억울하다는 듯 목소리를 낮추어 대답했다.

"서른다섯 개째였소. 골무는 여섯 개, 귀한 실타래와 천도 내 손에만 들어오면 항상 사라진다오. 상궁 마마님들도 나인들도 이제 내게 무엇도 맡기지 않소. 나는 침방에서 아무 일도 하지 않소. 멍청이처럼 앉아 남이 바느질하는 것을 지켜보기만 하오. 그런 내 신세가 한심하여 다 관두고 싶지만 아무 데도 갈 데가 없어서……."

노아가 말꼬리를 흐렸다. 벽에도 귀가 붙고 그림자에도 눈이 달린 경복궁에서 남의 눈을 피해 울 수 있는 곳을 찾다가 이곳까지 숨어든 것이다. 이제 갓 십 대가 된 노아의 얼굴이 피로로 덮여 있었다. 너도 나만큼이나 혼자구나. 위로하고 싶었지만 무슨 말을 해야 할지 알 수가 없었다. 자신은 세답방 궁녀이니 침방에서 다른 아이들이 어떻게 대하건 도움을 줄 수 있는 것이 하나도 없었다. 하긴, 그가 세답방 궁녀였다고 해도 자신이 해줄 수 있는 일은 없었을 것이다. 궁에 녹아들기로 한 이상 다른 궁녀들의 흐름에 거스르면서 노아 편에 설 자신이 없었다. 오늘은 이대로 흘려보내자. 마치 아무것도 보고 듣지 않은 것처럼.

백희가 노아의 곁에서 발을 떼려고 할 때 노아가 말했다.

"오늘은 고맙소만 소녀를 이곳에서 봤다는 말은 비밀로 해주시오. 그러면 소녀도 형님에게 언젠가 빚을 갚을 날이 있을 것이오. 물론 지금은 아무것도 없지만."

노아가 젖은 눈을 억지로 웃어 보이며 백희에게 말했다. 그 순간 백희는 노아의 편에 서기로 마음먹었다. 다른 애들 백 명을 준다고 해도 이 아이 하나와 바꾸지는 않으리라. 백희는 얼른 노아의 손을 잡았다.

"아니 왜……."

당황한 노아가 손을 빼려고 했지만 백희는 그 손을 놓지 않았다.

"너 지금 뭐라고 했어?"

"비밀로 해달라고……."

"그다음 말은?"

"그러면 소녀도 형님에게 빚을……."

형님! 백희는 그 한마디에 마음이 환희로 가득 차는 것을 느꼈다. 형님이라니. 경복궁에 들어와 아무도 자신을 형님이라 부르는 사람이 없었다. 열 살 효진이부터 일곱 살 송숙에 이르기까지 모두 자신을 '백희'라고, 마치 동네 강아지 부르듯 백희라고만 불렀던 것이다. 그러고 보면 태어나 머리털 나고 누구도 자신을 형님이라 불러준 적이 없었다. 같은 동네에 살던 꼬맹이들조차 그를 '도깨비집 딸'이라고 불렀을 뿐 사실은 이름도 불러주질 않았다.

그런데 형님이라니. 심지어 시키지도 않았는데 나를 높여주다니. 백희는 마음이 벅차올라 노아의 얼굴에 입이라도 맞추고 싶은 심정이었다.

"마노아, 나는 네 편이다. 앞으로 누가 너를 괴롭히거나 못되게 굴면 세답방으로 와서 장가 백희를 찾아. 내가 어떻게 해서든 너를 도와주마."

큰 결심 하고 한 말이었는데 노아는 미덥지 않다는 듯이 백희를 힐끔거릴 뿐이었다.

"형님이 저를 어찌 돕는단 말이오."

"내가 너를 왜 못 도와?"

"세답방 나인이 생각시들 눈치를 보더라는 말은 제 귀에도 들리더이다."

노아의 말에 백희의 귀가 빨개졌다. 사실이다. 어린애들 눈치나 보며 버티고 있었으니. 하지만 백희는 용기를 내어 말했다.

"괴롭힘을 막아주진 못하지. 내 처지도 이러한데 어찌 막아주겠니."

백희의 말에 노아는 거 보라는 듯이 짧게 한숨을 쉬었다.

"하지만 나는 너를 위로할 수 있다. 손을 잡아줄 수도 있고 손수건도 빌려줄 수 있어. 원하면 교태전에 와서 같이 울어줄 수도 있다. 소주방에서 몰래 엿을 훔쳐 널 기쁘게 할 수도 있어. 이렇게."

백희는 그렇게 말하며 오전에 소주방에서 몰래 훔쳐 품에 넣었던 쌀엿을 꺼내 노아의 손에 쥐여주었다. 아끼던 것이었지만 동생에게는 양보할 수 있다. 형님 아닌가. 이 정도는 어려운 일도 아니었다.

"먹어. 동생에게만 주는 거야."

"고…… 고맙소."

노아는 어안이 벙벙한 얼굴로 엿을 받아 들더니만 반으로 쪼개 큰 쪽을 백희에게 주었다. 말도 예쁘게 하더니 하는 행동도 예의가 있군. 백희는 웃으며 노아의 머리를 큰 손으로 쓰다듬었다. 노아는 마치 착한 고양이처럼 머리를 돌리지도 않고 그대로 백희의 귀여움을 받았다. 남의 손길을 받는 것은 정말로 오랜만이었다. 빨래 때문에 거칠거칠한 손이 세상 무엇보다 부드러웠다.

노아는 이전부터 백희를 알고 있었다. 모르는 것이 더 힘들 것이다. 계례식까지 올린 어른이면서 어린애도 하지 않을 법한 실수를 저지르곤 했으니 말이다. 세숫물이라도 떠 오라고 시키면 반드시 돌부리에 걸려 넘어지고 머리를 빗으라고 하면 빗을 부러뜨린다. 더러운 빨래는 찬물에 빨고 섬세한 옷감은 뜨거운 물에 빨지 않나 그 손을 한번 거치면 아무리 튼튼한 옷감도 구멍이 나기 일쑤였으니 일을 가르치는 세답방 아이들이 속상해죽으려고 하는 것을 몇 번이나 보았다.

그런데도 생각시들은 그를 내치지 않았다. 따돌리지도 않았고 이따금 심술을 부리긴 했어도 자신에게 하듯 못되게 구는 일도 없었다. 누구나 백희에게 친절했다. 같은 문제를 자신이 일으켰다면 아마 벌써 경복궁에서 쫓겨났을 것이다. 그러나 어떤 사건을 일으키든 그것이 백희의 손에서 벌어진 일이라면 둥글둥글하게 모서리가 깎여 나가 아무래도 상관없는 일이 되었다. 별일 아닌 문제도 자신에게 오면 날이 선 검이 되어 자신을 찌르는 것과는 상반되었다.

그런 백희가 꼴사납다고 느꼈던 적도 있었지만 실제로 만나 보니 왜 사람들이 그를 사랑하는지 알게 되었다. 그는 정말로 사랑스러웠다. 천성이 친절하고 남에게 악의를 품게 하지 않는다. 이렇게 둥글둥글한 사람 옆에 있으면 자신도 받아들여질 수 있을까. 노아는 백희 쪽으로 몸을 기울였다.

"그런데 너 휘파람은 왜 불었니?"

백희가 뜬금없는 것을 물었다. 노아는 그가 무슨 소리를 하는지 몰라 빤히 쳐다보았지만 백희 딴에는 진지했다.

"네가 사람들을 피해 교태전에 숨어 들어와 울었다는 것은 이해했다. 하지만 휘파람은 어째서지? 들킬 수도 있잖아."

"소녀는 불지 않았소."

"무슨 소리야. 내가 다 들었는데."

"하나 소녀는 휘파람을 불 줄 모르오……."

백희의 말에 노아가 고개를 갸웃하며 무슨 말을 하려는데 갑자기 큰 바람이 불었고 멀지 않은 곳에서 휘파람 소리가 들렸다. 들려오는 휘파람 소리에 노아가 겁에 질리자 백희가 깜짝 놀라 노아의 손을 잡고 일어섰다. 나라가 망할 때 운다는 회화나무 이야기가 떠올랐다. 그게 정말이었던가. 백희의 마음이 불안으로 덮였다.

"혹시 교태전에 회화나무가 있니?"

"잘 모르겠소. 버드나무는 많소만."

"버드나무. 과연 그렇군."

두 사람 앞으로 비비가 모습을 드러냈다. 백희도 그를 보고 놀라긴 했지만 아무도 없으리라 여겼던 교태전에서 사람이 나오자 노아는 정말로 깜짝 놀랐다. 하지만 오래 망설이지는 않았다. 위험해 보이는 비비의 외견 때문인지 그는 망설임 없이 비비와 백희의 사이를 가로막고 섰다. 마치 자신이 백희를 보호할 수 있다는 듯이. 노아는 바닥에 떨어진 나뭇가지를 하나 주워 마치 칼을 쥔 듯 자신만만하게 비비를 적대했다.

"누구요. 소속은?"

키가 자신의 허리께까지밖에 오지 않는 아이가 자신을 지키겠다고 들자 백희는 어리둥절하면서도 기분이 나쁘지 않았다. 노아가 적의를 드러내자 비비는 흥미롭다는 듯이 그를 응시했는데 그 눈이 무엇을 함의하는지 백희는 알았다. 그것은 고양이가 종종거리며 영역을 침입하는 새앙쥐를 향해 드러내는 이빨과도 같은 눈빛이었다. 백희는 비비가 그에게 해라도 입힐까 싶어 얼른 노아를 자신의 뒤로 숨겼다.

"이 애는 안 돼."

그 말에 비비가 웃었다.

"뭐든 안 된다고 하는군. 이렇게 굶어 죽을 생각이냐."

비비는 뭐라고 이야기를 더 할 모양인지 입술을 열었으나 멀리서 계속 휘파람 소리가 들렸고 얼마 지나지 않아 그것은 펄럭거리는 소리로 바뀌었다. 팔월 밤의 후덥지근한 공기를 휘저으며 펄럭이는 그것은 억세고 커다란 발톱을 가졌다. 그것은 빠르게 날아와 백희의 뒤를 노렸고 비비는 순간 얼른 손을 뻗어 백희의 어깨를 끌어당겼다. 백희의 얼굴이 있던 곳에 그것이 스치고 지나갔다. 조금만 지체했더라면 크고 강한 발톱이 백희의 머리통을 움켜쥐어 멀쩡한 꼴을 유지하긴 어려웠을 것이다. 비비는 백희의 뺨에 남은 작은 생채기를 자신의 손으로 문질렀다.

"감히 본좌의 것에 손을 대다니."

비비가 백희를 내버려두고 어둠 속으로 몸을 던졌다. 휘파람 소리가 새들을 조종하는 모양이었다. 까마귀와 까치 따위가 휘파람 소리에 따라 이리로 저리로 움직이며 공격을 서슴지 않았다.

"저것들이 무엇이오?"

"나도 몰라. 일단 피하자."

백희는 노아를 데리고 들어왔던 구멍으로 나가려고 했다. 하지만 대체 그동안 무슨 일이 있었는지 구멍은 반대편에서 막혀 있었다. 이곳에 구멍이 있다는 것을 아는 누군가가 바위를 다시 막아둔 모양이었다. 대체 누가 이것을 막았단 말인가. 백희는 정신이 아찔해졌지만 이대로 가만히 있다가는 무슨 일이 생길지 몰랐다.

"형님이 보고 있을 테니 얼른 담을 넘어. 할 수 있겠어?"

백희가 다급하게 말했다. 그를 위해 자신을 희생할 생각은 추호도 없었다. 부끄럽고 한심한 소리지만 비비가 자신의 목숨을 살려줄 것이라는 일말의 기대가 있었던 것이다. 하지만 그것을 모르는 노아는 백희의 말을 듣지 않았다. 자신 혼자 도망가는 것은 옳지 않다고 여긴 모양이다. 무슨 꼬마 애가 이렇게 쓸데없이 정의롭담.

백희는 말을 듣지 않는 노아를 억지로 안아 담 위로 밀었지만 자신을 향해 공격해 오는 새떼에 놀라 손을 놓쳐 미끄러져 넘어지고 말았다. 백희가 미처 일어나지 못하고 꾸물거리는 동안에도 노아는 얼른 일어나 백희를 향해 날아오는 까마귀들을 향해 얇고 보잘것없는 나뭇가지를 휘둘렀다. 가느다란 팔뚝이 휘저은 나뭇가지는 마치 미풍에 흔들리듯 힘이 없었다. 대체 그것으로 뭘 할 수 있다는 거야. 백희가 노아의 목덜미를 잡아 끌어당겼고 노아는 뒤로 폭 안겨 백희와 함께 넘어졌다.

백희는 노아를 품에 안고 제 몸으로 어린애를 지키려 노력했다. 눈을 꼭 감았다. 날카로운 부리로 자신을 향해 날아올 까치와 까마귀 들을 끝까지 지켜볼 용기가 없었다. 하지만 눈을 감고 얼마간이 지났는데도 아무런 고통도 느껴지지 않자 이게 무슨 일인가 싶어 겨우 실눈을 떴고 까치와 까마귀 들이 마치 화살에 맞은 것처럼 축 늘어져 바닥에 떨어져 있는 것을 보았다.

"어떻게 된 거지?"

백희가 중얼거리자 노아가 붉게 상기된 뺨으로 말했다.

"세상에. 형님, 제가 검술에 소질이 있는가 보오. 이것으로 한 번 휘둘렀을 뿐인데 다들 나가떨어져버렸소."

그럴 리가 없다고 생각했지만 다시금 휘파람 소리가 들렸고 새 한 마리가 더 날아들었을 때 이번에는 정확히 보았다. 노아가 나뭇가지를 휘두르자 까치가 그것에 맞지도 않았으면서 툭 하고 떨어져 내리는 것을. 무슨 곡절인지는 몰라도 효과가 있었다. 대체 어떻게 한 것인가.

놀란 백희 옆에 어느샌가 비비가 다가와 있었다.

"좋은 나무를 주웠구나. 복숭아나무 가지는 대부분의 괴이한 것들에 효과가 있다."

비비가 말했다. 입술에는 검은 깃털이 몇 개 물려 있었고 머리카락과 옷깃에도 검고 하얀 깃털로 가득한 것이 몇 마리는 잡아먹은 모양이었다.

"정말로 회화나무가 통곡한 것이야? 나라가 망하려고?"

"회화나무가 아니라 버드나무다. 나라가 망하려고 하는 것이 아니라 그저 나무가 먹고살려고 하는 것이야. 잎사귀 사이에 새를 숨겨두고 휘파람으로 조종하여 사람의 혼을 유혹한다. 정말 괘씸하지 않으냐. 이곳엔 본좌가 먼저 왔는데 감히……."

비비가 억울하다는 듯 말했다.

"본래 고목이 아닌 나무는 큰 힘을 가지고 있지 않으나 이곳의 터가 이래서 그런지 아니면 무슨 까닭이 있는지 이상하게 힘이 부풀어 올랐다."

그때 가만히 비비를 쳐다보던 노아는 까치를 물리쳤을 때처럼 복숭아나무 가지를 휘둘러 비비를 톡, 하고 쳤다. 노아는 그가 까무러치기를 몇 초간 기다렸지만 그에게서는 아무런 일도 일어나지 않았다. 비비는 아귀 같은 큰 입을 벌려 웃었다.

"본좌를 잡귀 취급하는구나."

"잡귀가 아니라면 대체 무엇이오. 사람은 맞소?"

"건방지다, 꼬마."

비비는 거친 눈동자는 그대로 두고 입꼬리만 올려 웃으며 노아에게 다가갔고 백희는 노아가 비비의 심기를 건드려 무슨 일이라도 일어날까 봐 얼른 중간에 끼어들었다.

"이 애는 안 돼."

"그럼 다른 사람은 괜찮은가? 그래. 그대를 이곳으로 보낸 앙큼한 계집애면 어떠냐. 그것은 먹어도 되는가?"

"아니— 그것은……."

자신을 잠시 지켜주었다 해서 잊고 있었다. 이것은 아버지를 잡아먹고 어머니와 오라버니를 잡아먹은 귀신인데 백희는 자꾸만 그에게 마음을 의지하려 하고 있었다. 그는 백희를 지켜주기 위해서가 아니라 사람을 먹기 위해 백희의 목구멍에 살고 있는 것이다. 백희는 자꾸 그것을 잊으려 하는 자신을, 무시하려 하는 자신의 나약한 마음을 가다듬었다.

"경복궁에 온 이후로 아무것도 먹지 않았다. 이런 식으로 굶다간 오래 버티지 못해. 그러니 잘 생각해보아라. 누구를 먹으면 좋겠느냐?"

그 말에 백희의 얼굴이 굳었다. 자신에게 무슨 권리가 있어 죽을 이와 죽지 않을 이를 가린단 말인가. 하지만 아무나 죽이라고 놔두는 것도 꺼림칙하다. 어지러웠다. 어째서 이런 일을 자신이 고민해야 한다는 말인가. 귀신이라면, 비비라면 아무나 잡아먹으면 되지 않은가. 백희는 인간을 잡아먹는 비비를 끔찍해하며 증오하면 될 일이다. 그를 용서하지 않는다고 해도 누가 뭐라고 하겠는가. 하지만 이 녀석은 배가 고파 기운이 떨어질 지경이 되었는데도 백희가 허락하지 않았다는 이유만으로 아직 아무도 먹지 않았다.

어째서인가. 그는 자신이 사랑했던 모든 사람들을 먹었다. 심지어는 자신조차 먹으려 수작을 부리다가 자신의 손에 죽을 뻔하기도 했다. 이런 괴물이 인간에 대한 동정심이나 일말의 애정으로 식사를 금한다는 것은 믿을 수가 없다. 그렇다면 이 비비라는 괴물은 숙주와 위장을 공유하는 탓에 숙주가 먹기 꺼리는 음식은 먹지 못하는 것인가. 이것은 그럴싸하게 들렸다. 백희가 노아 앞을 가로막고 이 아이를 먹지 말라 했을 때 비비는 뭐라고 대답했던가.

—뭐든 안 된다고 하는군. 이렇게 굶어 죽을 생각이냐.

백희는 그 말을 곱씹어보았다. 지금 생각해보면 이상한 말이다. 자신이 굶게 되어 괴롭다는 말이 아니다. 굶어서 죽는 것이 비비라면 '나를 굶어 죽게 놔둘 생각이냐'라고 말했을 것이다. 하지만 그 물음을 잘 생각해보면 오히려 백희에게 묻고 있지 않은가. '(백희) 너는 이렇게 굶어 죽을 생각이냐.' 다시 말해 이대로 먹지 않으면 죽는 것은 백희 자신이 된다는 뜻이렷다. 백희는 다리가 후들거려 그 자리에 주저앉을 뻔했으나 노아가 얼른 그 가는 팔을 내밀어 백희를 부축해주었다.

"형님 괜찮소?"

"으응."

백희가 작게 대답했지만 노아의 눈에 그 말은 틀림없는 거짓이었다. 피죽도 못 먹은 듯이 몸이 바싹 마르고 눈 아래가 거뭇하다. 어린아이의 손으로도 부축이 가능할 만큼 뼈대가 얇아 한숨이 나올 지경인데 대체 뭐가 괜찮다는 것인지. 대체 세답방에서는 나인에게 무엇을 먹이는 게야. 노아는 앞으로 자신의 식사를 아껴 백희에게 주어야겠다고 생각했다. 비쩍 마른 백희의 손가락은 통통한 자신의 것과 비교되었다.

"어디 아픈 곳이 있소? 왜 이리 손이 차오?"

노아의 물음에 백희는 초점이 흐린 눈으로 겨우 대답했다.

"배고파서."

백희가 억지로 짜내듯이 말했다. 자신의 입에서 나온 그 한마디가 어찌나 우습고 서럽던지 백희는 부르튼 입술을 씹으며 눈물을 삼켰다. 백희가 아무 말도 하지 못하고 있는데 어디선가 웃음소리가 들렸다. 또 버드나무인가 하고 백희가 얼어붙었으나 비비는 시큰둥했다. 요물은 아닌 듯했다. 담 너머에서 소녀들의 목소리가 들려왔던 것이다. 재잘거리는 목소리는 나무가 아니라 정말 살아 있는 사람의 것이었다. 백희는 그 목소리를 알고 있었다. 자신을 이곳에 보내지 못해 안달했던 효진과 채선이었다.

"백희, 귀신이 정말 있었어? 아니지? 여우지?"

"회화나무라니까, 백희. 나무지? 나무 맞지? 엄청 시끄럽던데 무슨 일이 있었어?"

담장 너머로 생각시들의 장난기 어린 목소리가 들려왔다. 저들이구나. 저들이 나를 골린다고 담 아래 개구멍도 막아버린 거로구나. 백희는 화가 났다. 그들은 그저 장난을 친 것이겠지만 개구리는 장난으로 던진 돌덩이에 맞아 죽는 법이다. 평소라면 화가 나더라도 꾹 눌러 참았겠지만 자신을 형님이라 부르는 노아가 보는 앞이라 그런지 용기가 차올랐다. 감히 머리에 피도 안 마른 것들이 형님을 놀려! 백희가 작은 주먹을 꽉 눌러 쥐었다.

"당장 거기 있는 돌을 치워."

백희의 화난 발투에도 그들은 별로 놀라지 않았다.

"백희, 또 반말하는 거야? 여기까지 왔으면서 반성이 없군."

"자꾸 이런 식으로 나오면 곤란해. 면신례를 몇 번이나 더 할 참이야?"

애초에 모든 것이 백희의 잘못이다. 처음부터 단추를 잘못 끼웠다. 자신을 마음대로 대해도 된다 말해놓고 이제 와서 화를 낸다 해서 두려워하지는 않겠지. 백희는 자신의 나약함과 꼬마의 비열함에 화가 났으나 겉으로 드러내지 않기 위해 입술을 깨물었다. 침을 꿀꺽 삼키는 목에서 피 맛이 났다. 통째로 먹어버리고 싶다. 머리부터 와그작와그작 다 먹으면 얼마나 속이 시원할까. 얼마나 배가 부를까. 딱 한 명만 먹으면 되는데. 백희의 눈빛이 날카로워지자 노아가 걱정스러운 듯 노아의 옷깃을 꼭 쥐었다.

"형님……?"

순간 백희의 눈동자가 노랗고 또렷한 뱀의 그것처럼 변했다. 전혀 단단하지 않은 백희의 작은 주먹이 교태전의 담장을 때리자 그것은 마치 모래성처럼 우수수 무너져내렸다. 부서진 담장 반대편에서 놀란 얼굴의 효진과 채선이 보였다. 그들은 발이 얼어 그 자리에 선 채 도망가지도 못하고 바들바들 떨고 있었다.

"백희 너…… 미쳤어?"

효진의 말마따나 백희는 미친 사람처럼 보였다. 눈에는 인광이 뚜렷하여 사람이라도 죽일 듯했다. 노아는 이 사람이 지금 무척 위험한 짓을 하고 있다는 것을 본능적으로 알았다. 그는 백희를 말려줄 다른 한 사람인 비비를 눈으로 찾았으나 그는 사라지고 없었다. 물론 그는 사라진 것이 아니라 백희의 목구멍에 있었다. 공동의 사냥감 앞에서 몸을 사리고 있었을 뿐이다. 백희는 맹수 앞에 서서 얼어버린 효진의 어깨를 순식간에 쥐었다. 효진은 놀라고 또 당황해서 눈물을 흘렸지만 비명도 지르지 못할 정도로 놀라 온몸이 빳빳했다. 백희는 효진의 한쪽 어깨를 잡고 다른 쪽 팔을 당겨 마치 입을 맞추듯 그의 손을 자신의 입술에 가까이 대었다.

그 일은 아주 순식간에 끝났다. 효진의 오른손 엄지손가락을 입안 가득 넣은 백희는 마치 잘 삶은 닭을 뜯듯이 깔끔하고도 군더더기 없이 모든 과정을 끝냈다. 오독, 하고 뼈가 부러지는 소리가 들렸으나 피는 한 방울도 흐르지 않았으므로 겉으로 보기에는 아주 농밀한 연인들끼리 하는 애무처럼 보였다.

효진은 자신에게 무슨 일이 일어났는지도 모르는 것 같았다. 백희의 입속에서 그것은 부드럽게 씹혀 목구멍으로 들어갔다. 작은 탄식과 함께 백희의 피부가 밝아졌다. 눈 밑에 거뭇하던 것도 부르터버린 입술의 거스러미도 말끔하게 사라졌으며 인광이 빛나던 눈동자도 원래의 검고 반질반질한 것으로 돌아왔다. 백희는 만족한 듯 웃었다.

채선이 비명을 지르려는 듯 입을 벌리자 백희는 검지손가락을 그 입술에 갖다 대었다.

"조용히 하지 않으면 다음엔 너야."

다음 날부터 백희에게 하대하는 생각시는 사라졌다. 반말은 아니되 존댓말도 아닌 어정쩡한 말투를 사용하긴 했지만 예전에 하듯이 "얘, 백희야" 하는 호칭은 사라졌으니 그것만으로도 백희는 마음이 뿌듯했다. 채선과 효진은 마치 처음부터 그런 일은 전혀 없었던 것처럼 "우린 선진이 아니라 동료"라는 말을 반복했는데 백희는 이제야 그들이 어린애 같고 귀여웠다. 노아는 어째서인지 그날의 일에 대해 백희에게 물어보지 않았고 백희는 그것이 무척이나 마음에 들었다. 질문하지 않음에 대한 보답으로 그는 노아를 위로해주겠다는 약속을 정말로 지켰다.

예전에 노아는 휴식 시간을 두려워했다. 침방에 제일 먼저 출근해서 제일 늦게 퇴근하면서 되도록 아이들과 마주치지 않기를 바랐지만 그 또한 마음대로 되지 않았기에 그가 가장 좋아하는 것은 출근하여 일하는 시간이었고 가장 싫어하는 것은 휴식 시간이었다. 휴식 시간이 되면 대체 무엇을 해야 할지 알 수 없어 엄지손톱의 거스러미를 물어뜯기 일쑤였다. 하지만 이제는 아니었다. 그는 휴식 시간에 언제든 백희를 만날 수 있었다. 빨래를 하는 냇가에서, 측간에서, 오고 가는 경복궁의 수많은 뒷길에서 백희는 어디서든 노아를 찾아냈다. 교태전이 아니라 장독대 사이에 숨어 울어도 백희는 귀신같이 그를 찾아냈고 아무리 울어도 얼굴을 닦을 수 있는 손수건을 몇 개나 만들어주었다. 이따금 그들은 바쁜 와중에 우연히 만나 멀리서 눈인사를 하거나 가벼운 미소를 지으며 지나칠 줄도 알게 되었다.

노아와 백희를 괴롭히던 효진은 침방에서 퇴출되었는데 놀랍게도 하룻밤 사이에 엄지손가락이 사라져서 바느질을 더이상 할 수 없게 된 까닭이었다. 상처가 생긴 것도 아닌데 마치 처음부터 원래 손가락이 없었던 것처럼 오른손에서 엄지손가락만이 깨끗이 사라졌다. 원래 손가락이 달려 있던 부분에는 민둥민둥한 맨살이 그 자리를 채우고 있었다. 궁금증이 많은 몇몇 궁녀들이 효진에게 어떻게 된 일이냐고 이유를 물었지만 효진은 간밤의 일을 제대로 기억하지 못했다.

그 일은 처음에는 궁녀들 사이에서 괴담이 되어 퍼졌으나 얼마 지난 이후에는 '참 괴이한 일이다마는 궁에서는 별일이 다 일어나는구나' 하는 정도의 기담이 되어 사람들은 별 감흥 없이 원래대로의 일상을 살아내게 되었다. 효진은 이후에 백희가 일하는 세답방으로 배치되었는데 처음에는 인사 배치를 받아들일 수 없었는지 몹시 반항을 하였지만 곧 익숙해졌는지 이전보다 훨씬 열심히 일한다는 평을 받았다.

그러니까 백희는 완전히 노아를 지켜주지는 못했어도 약속대로 그를 위로해준 셈이 되었다. 백희의 목적은 궁궐에 스며드는 데에 있었고 노아의 목적은 그저 경복궁에 오래 붙어 있는 데에 있었으므로 그들은 동료들과 필요 없는 분란을 일으키는 대신 자신들이 얻은 평화에 대해 기뻐하며 그것들을 열심히 누렸다.

노아는 시간이 지날수록 백희를 의지하게 되었다. 아니, 의지라는 말은 적확하지 않다. 다만 노아는 백희를 관찰하게 되었다. 눈을 뗄 수가 없었다. 언제 그녀가 다시 배고파질지 모르니 그녀에게 붙어 있어야 했다. 그것만이 노아의 마음에 점처럼 박혔다. 그 외에는 모든 것이 좋은 경복궁의 나날이었다.

비망록

"여기 있었구려."

비번이라 아침부터 종일 방 청소를 하던 백희는 문득 환청을 들은 줄로만 알았다. 창문 밖을 지나가던 노아가 백희의 얼굴을 보고 갑자기 말을 걸어온 것이다. 좋아하는 목소리가 들려 백희는 고개를 돌렸다. 노아가 단정한 얼굴을 하고는 싱긋이 웃었다.

"세답방에도 없고 빨래터에도 없어서 한참 찾았다오. 오늘은 어쩐 일로 방에 있소? 비번이오?"

백희가 고개를 두어 번 끄덕이자 노아는 통통 튀는 발걸음으로 얼른 백희의 방으로 뛰어 들어오더니 가지고 온 것들을 펼쳐두었다. 종이와 먹, 휴대하기 좋은 작은 벼루와 연적 같은 것들이었다. 글을 쓸 줄 모르는 백희에겐 낯선 문방구들이었으나 노아는 그것들을 쉽게 다루는지 붓이며 벼루에는 오랫동안 사용해온 손때가 반질반질하게 빛이 났다.

"이게 다 뭐냐?"

백희의 물음에도 노아는 가타부타 바로 대답을 하지 않고 엿가락처럼 말을 길게 늘였다.

"지난번에 형님이 배고프다 하시지 않았소. 나는 애들이 괴롭히느라 형님께 밥을 적게 주었나 했는데 효진이의 손가락을 한입에 드시는 걸 보고 그제야 깨달았지 뭐요. 아, 형님은 곡기가 아닌 다른 것으로 허기를 채우시는구나, 하고 말이오. 그래서 그날부터 얼마나 고민했는지 모른다오."

백희의 심장이 쿵 하고 떨어졌다. 그것에 대해 말하려고 하는구나. 하긴, 누군들 놀라지 않겠는가. 사람이 사람의 손을 먹었는데 말이다. 이런 자신이 평범한 사람인 척 궁녀들 사이에 섞여들어 일한다는 것도 사실은 어불성설임을 알고 있다. 그래도 어떻게든 조용하게 살고 싶었는데 왜 굳이 그 이야기를 꺼내는 거니.

백희는 혈맥이 요동치는 것을 느꼈다. 안 그래도 배가 고팠다. 손가락 하나로는 아무래도 모자란 것이다. 목구멍 안쪽의 비비가 신이 났는지 왔다 갔다 하며 활개 치는 것이 느껴졌다.

"무엇을 고민했는데?"

답이 궁금하지는 않았다. 다만 적당한 때를 고르고 있었을 뿐이다. 적당한 때에 말을 끊고 두근거리는 노아의 왼쪽 심장과 연결된 목덜미를 한입에 물어뜯는다면 무슨 맛이 날까. 백희는 노아의 뽀얗고 통통한 목덜미를 자신도 모르게 바라보았다. 머리카락이 들러붙어 땀내가 나는 목덜미에 손을 대려다 백희는 퍼뜩 정신을 차렸다.

내가 지금 무엇을 하는 것인가. 미쳤군, 미쳤어. 식욕과 한없이 가까이 닿아 있는 이 감각들은 나의 것인가 비비의 것인가. 어정쩡하게 노아의 어깨에 팔을 올리고 어떻게 하면 그 동작을 거둬들일까 고민하던 차에 노아는 자신의 어깨에 올려진 백희의 팔을 끌어당기며 마치 어부바하듯 백희의 품에 쏙 안겨들었다. 어린아이가 엄마를 업어주는 장난을 치는 것처럼 자연스럽고 사랑스러웠다.

"소녀는 말이오, 어떻게 하면 형님을 배부르게 할 것인가. 그것만 고민했다오. 형님도 들으시면 아마 깜짝 놀랄 것이오."

내가 먹는 것을 나도 걱정하지 않는데 어째서 너는—.

말이 되지 않은 말이 백희의 목구멍에 턱하니 얹혔다. 백희는 자신이 노아에게 아무런 해도 끼치지 못할 것임을 알았다. 아니, 무엇이든 해주고 싶어졌다는 말이 맞을 것이다. 백희는 자신의 감정에 맥없이 굴복했으며 어쩔 수 없이 노아의 옆자리에 붙어 앉는 수밖에는 없었다. 작은 소녀가 대체 무엇을 하려고 자신에게 붙는 것인지 알 수 없었지만 이미 백희는 노아가 말하는 것이라면 아무래도 좋은 기분이 되었다. 처음 만났을 때는 형님 형님 하며 자신에게 있는 줄도 몰랐던 자매애를 끌어내더니만 이제는 어머니도 해준 적이 없는 끼니 걱정으로 마지막 남았던 뾰족한 심마저 녹여버렸다. 백희는 노아가 자신에게 중요해졌다는 것을 인정할 수밖에 없었다.

"옛날 고려에서 일할 때 말이오, 그곳에는 이해가 가지 않는 금기가 참 많았다오. 문지방을 밟지 마라, 손발톱은 꼭 해가 있을 때만 잘라라, 밤에 휘파람 불지 마라, 같은 것들이었소. 그런 것들엔 이유가 없소. 그저 그러면 안 될 것 같은 느낌만 줄 뿐이오."

백희의 마음이 요동치는 동안에도 노아는 그것을 아는지 모르는지 백희를 쳐다보지도 않고는 입을 삐쭉 내민 채로 먹가는 데에만 집중하며 말했다. 백희는 그런 노아가 미워 보이기는커녕 무엇에 빠져 있으면 아무 말도 들리지 않는 모양이구나, 하고 또 다른 노아의 모습을 발견한 것에 대해 기뻐졌다. 대체 자신을 언제까지 들었다 놨다 할 모양인지. 혼란스러운 백희의 마음속처럼 노아 역시 준비해 온 붓을 잡았다 놓았다 하면서 한참을 골랐다.

"그런데 말이오, 그런 금기를 어긴 다음엔 꼭 나쁜 일이 생기는 거요. 문지방을 밟고 다니던 궁녀는 발목이 부러졌고 밤에 손발톱을 자르던 아이는 손가락이 잘렸소. 밤에 휘파람 불던 아이요? 말해 무엇하겠소. 전염병이 돌았을 때 맨 먼저 죽었다오. 그런 일들이 자꾸만 생기자 소녀는 궁금해지기 시작했소. 정말 금기를 어겼기 때문에 나쁜 일이 생기는 걸까? 어쩌면 나쁜 일이 생겼으므로 금기가 만들어진 것은 아닐까? 그렇다면 금기가 금기시된 때는 언제부터인가. 소녀는 말이오, 형님. 그것을 오늘 결정할 생각이오."

노아는 여러 붓들 중 세필을 하나 잡고서는 먹을 듬뿍 묻혔는데 백희는 노아가 무슨 말을 하는지 도통 알아들을 수가 없었다.

"소녀는 오늘 하등 쓸모없고 우스운 금기를 만들어낼 것이오. 우물 안을 들여다보지 말라든가, 야간 근무중에 휘파람을 불지 말라든가 하는 작고 사소한 금기들을. 그러면 이후에 어떤 나쁜 일이 생기더라도 사람들은 금기를 어겼기 때문이라고 생각할 것이오."

노아는 종이에 무언가를 쓰려다가 말고 백희를 빤히 쳐다보았다.

"혹 어느 날 갑자기 사람이 사라지더라도 말이오."

그제야 백희는 노아가 무슨 일을 꾸미려는 것인지 알아차렸다. 사람이 사라져도 되는 이유를 만들어주려는 것이다. 백희는 노아의 옆에 붙어 그가 뭐라고 쓰는지 알지도 못하면서 글자 하나하나에 고개를 끄덕이며 동의했다. 노아는 하찮은 기록들을 하나하나씩 읽어주었고 백희는 몇 가지 새로운 규칙들을 스스로 만들어내기도 했다. 까르르, 하는 소리가 행각 너머로 멈추지 않았다. 바야흐로 사춘기였고 소녀다운 웃음이었다.

궁궐 기담

그 소식 들었소?

엊그제 새로 들어온 나인 하나가 담을 넘어 도망쳤댔잖소. 그런데 사실은 그게 도망친 것이 아니라 귀신에게 끌려간 것이라더오. 내 그럴 줄 알았지. 여기 일이 녹록치 않다고는 하지만 어찌 많은 신진들이 도망을 갈 수 있단 말이오. 아무래도 신진들만 잡아가는 귀신이 있는 게 분명하오. 어머나. 농이라니. 나는 이런 것으로 농을 하진 않아요. 내 옆방을 쓰는 오씨 항아님이 직접 겪은 일이라고 내게 이야기해주었다오. 아무에게도 말하지 않겠다 굳게 약속을 하였으니 항아님들도 절대 제가 말하는 내용을 발설해서는 안 됩니다. 아셨소? 이것은 우리끼리의 비밀로만 둡시다. 그러지 않으면 밤에 아주 악몽을 꿀 테니.

그러니까 말이오, 며칠 전 새벽에 오씨 항아님이 잠을 이루지 못해 밤 산책을 하는 도중 교태전에서 이상한 소리를 들었다고 합데다. 사실 그것까진 놀랄 일도 아니지요. 우리 모두 그 통곡 소리를 들어본 적 있지 않소. 그 때문에 백희가, 아차차 백희 형님, 아니, 아이고, 뭐라고 부르라는 건지. 어색해죽겠군. 아무튼 장씨 나인을 보내 확인을 시켰지만 아무 소식도 듣고 오지 않았고요. 그런데 오씨 항아님 말로는 흐느끼는 소리가 아니라 무슨 휘파람 소리 같은 것을 들었다고 하오. 무척 수상하잖소. 세상에 밤중에 휘파람을 부는 궁녀가 대관절 어디 있단 말이오? 우리 모두 알듯이 비망록에도 적힌 다섯 번째 금기잖소.

야간 근무중 휘파람을 불거나 노래를 부르는 행위는 금지됩니다. 그 이유를 알기 위해 위험을 무릅쓰는 짓은 하지 마십시오.

그런데도 우리 용감한 오씨 항아님은 그 소리를 듣고도 도망치지 않았소. 오히려 직접 그 수수께끼를 풀겠노라 마음을 먹었다 이 말이오. 교태전 아미산으로 향하는 개구멍 있잖소. 그곳으로 몰래 들어가서는 이 금기의 정체를 밝혀보리라, 다짐했다고 하오.

그런데 막상 그곳에 들어가보니 아무것도 보이지 않는 거요. 달 밝은 밤을 틈타 밤 산책을 하던 중이라 초롱도 가지고 오지 않았는데 이상하게 교태전 안이 몹시 어두웠다고 하더이다. 다들 아시겠지만 교태전에 고목이라곤 별로 없고 모두 새로 심은 나무들이라 아직은 키가 작아 볼품없어 보일 정도잖소. 그런데도 하늘이 마치 고목으로 덮인 듯 새까맣게 느껴져서 그 많던 별과 달이 보이지 않을 정도였다 했소. 그런데 휘파람 소리는 점점 커져가더라 말이오. 몇 걸음만 걸으면 자기 손에 닿을 정도로 소리가 가까이 있었다더이다. 그러니 슬슬 무서운 생각이 들었겠지요.

갑자기 그런 생각이 들었대요. 이렇게 어두운 곳에서 살아 있는 사람이 휘파람을 불고 있을 리가 없다. 하지만 귀신이든 요물이든 어떤 것이 휘파람을 분다는 것은 누군가를 불러들이는 소리가 아닌가, 하고 말입니다. 등줄기에 소름이 오싹 돋았겠지요. 오씨 항아님은 슬슬 돌아가야겠다, 생각을 하고 왔던 길로 돌아가기 위해 개구멍을 찾았소.

귀신이 곡할 노릇이라는 말이 여기서 쓸모가 있을는지 모르지만 아무튼 말도 안 되는 일이 일어났소. 개구멍이 사라진 게요. 어쩌면 온통 새까만 곳에 갇혀 있어서 동서남북 구분이 잘되지 않았을 수도 있고 말이오. 그날은 분명 달이 무척이나 밝았는데 교태전 안은 자신의 손도 발도 보이지 않을 정도로 완전히 암흑이었다고 했소.

이상하다 이상하다 하며 가만히 생각을 해보니 세상에 마침 그날이 중전마마께서 다시 궁으로 돌아오기로 한 날이지 않겠소. 중전마마께옵서는 개경에서 몸이 영 회복되지 않으시어 임금께서 이대로는 싫다, 마지막이라도 함께 보내고 싶으시다 하셔서 다시 교태전으로 돌아오셨지요. 그날이었던 거요. 그런데 이상하잖소. 중전마마께서 계시다면 교태전은 환하게 불을 밝히고 있어야 하는데 자신의 눈앞에 있는 교태전은 암흑에 차 있으니 말이오. 이것은 잘못되었다. 몹시 잘못되었다고 오씨 항아님은 느끼셨다고 하오. 그곳은 교태전이되 교태전은 아닌 곳이었다면서요.

귓가에서는 휘파람 소리가 들리지 않은 전혀 보이지 않지, 괴롭고 무서워서 이리 저리 헤매는데 멀리서 무슨 빛이 보였다고 하오. 별수가 있소? 그 빛을 따라 뛰어갔겠지. 가보니 글쎄 말이오, 거기에 무엇이 있었느냐 하면!!

아유 깜짝이야. 에이. 김새게. 이런 때 갑자기 문을 열면 어쩌오? 놀라서 애 떨어질 뻔했잖소. 백희 네가, 아니 장씨 나인이 여기 웬일이오. 에? 여기가 그쪽의 처소라고? 참 나. 그런 건 미리 이야기해야 하지 않소. 아니오. 별 이야기 안 했소. 이런 벌써 시간이 이렇게 되었나.

나는 이만 들어가봐야겠소. 이렇게 늦은 시각까지 궁녀들이 모여 수다 떠는 것은 경을 칠 일이지. 그럼 저는 이만 물러가오. 다른 분들도 어서 갑시다. 밤이 늦었으니.

기담의 주인

내가 괴담회에 참여하는 것이 싫었다면 다른 사람 방에서 하면 될 것을.

굳이 빈방을 찾는답시고 자신의 방까지 들어온 꼬맹이들이 귀찮으면서도 한편으로 귀엽기도 하여 백희는 어깨를 으쓱했다. 상전이 급히 빨지 않으면 얼룩을 지울 수 없는 빨래를 넘겨준 탓에 혼자 빨래터에 있다가 늦게서야 방으로 들어온 참이었는데 본의 아니게 괴담회의 흥을 깨버렸다. 그리고 이제 꼬맹이들은 그 모임에 백희를 끼워주지 않기로 결심이라도 한 모양이다. 그가 얼굴을 내밀자마자 이야기꾼은 입을 멈추었고 가만히 듣던 귀들은 모두 순식간에 뿔뿔이 흩어져버려 방에는 백희 이외에 아무도 남지 않게 되었다. 아마 다른 방에 모여서 뒷이야기를 이어서 하겠지.

백희는 생각시들이 어질러놓고 간 방을 치우고 먼지를 쓸고 물걸레로 닦으며 방을 정갈하게 만들었다. 다 내 잘못이다. 그 이야기가 벌써 괴담회에 돌다니. 분명 잘 처리했다고 생각했는데. 백희는 걸레로 방을 닦으며 그날의 일을 다시 떠올리고는 입맛을 다셨다.

아아, 맛있었지. 그것이 설령 오래 병을 앓은 사람이라 할지라도 말이다. 백희의 목구멍 속에 숨은 비비도 만족한 듯이 낮게 트림했다. 백희는 남들이 혹시 들었을까 싶어 얼른 주위를 둘러보았으나 역시 아무도 없었다. 경복궁은 평화로웠고 비망록은 제 역할을 충분히 해내고 있었다.

명여인곡성鳴如人哭聲

신령스러운 회화나무이다. 제 뜻을 알리기 위해 곡을 한다. 백제 멸망의 징조로 부여 궁궐에서 발견되었다.

장화훤요張火喧閙

날씨가 흐리면 괴이한 휘파람 소리를 내는 버드나무다. 밤에는 빛을 내며 휘파람을 불어 새나 작은 짐승들을 이용해 혼을 불러들여 잡아먹는다.

【 궁녀 규칙 조례 】

경복궁에 입궁한 것을 환영합니다.
최근 갑자기 인원수가 늘어난 신입 궁녀들을 가르칠 훌륭한 선생님이 부재하여 종종 안전 문제가 발생하고 있습니다. 이에 다음과 같은 문서를 배포하여 새로 입궁한 궁녀들의 적응을 돕고자 하오니 잘 읽고 그에 따르기 바랍니다. 지시 사항을 어길 경우 안전을 책임질 수 없으니 주의 깊게 읽고 실천해주십시오.

一. 궁에서 고양이매를 조심하십시오. 그것의 원래 이름을 부르지 마십시오.

二. 궁궐 내에 설치된 우물은 어떠한 것이라도 사용하고 있지 않습니다. 만약 사용중인 우물을 발견했다면 그 안을 들여다보지 마십시오. 그곳에는 아무도 없습니다.

三. 어느 궁녀에게든 '왜 이곳에 들어왔는가'를 묻지 마십시오. 오죽했겠습니까.

四. 궁에서는 춘향이놀이를 엄격히 금지하고 있습니다. 그에 따른 노랫말은 다음과 같습니다.

남원골 춘향 아씨

남원골 춘향 아씨

생일이라 생시는 사월 초파일날

물 좋고 정자 좋으니 정글 정글 내리시오

내리시오 내리시오 슬슬 내리시오

춘향 아씨 생일은 사월 초파일날

슬슬 내리시오 영험하게 내리시오

빨리빨리 내리시오

궁에서는 춘향이놀이가 금지되어 있으나 그에 대한 대가를 치른 궁녀가 없는 것도 아닙니다.

五. 야간 근무중 휘파람을 불거나 노래를 부르는 행위는 금지됩니다. 그 이유를 알기 위해 위험을 무릅쓰는 짓은 하지 마십시오.

六. 손발톱은 해가 떠 있는 동안 잘라야 하며 자른 것은 반드시 그 날이 가기 전에 화롯불에 태워야 합니다.

七. 정월대보름에 달이 보이지 않더라도 무서워하지 마십시오. 드물지만 간혹 일어나는 일이니 괜찮습니다. 하지만 그림자가 보이지 않는다면 그것은 정말 무서워할 만합니다. 그 일은 바로잡을 수 없으니 받아들이십시오.

八. 누가 당신의 성과 이름을 함께 부른다면 대답하지 마십시오. 여기선 아무도 그런 식으로 이름을 부르지 않습니다.

九. 궁에서는 소등 시간을 엄격히 지킵니다. 자시* 이후에는 모든 불을 끄고 잠자리에 들도록 합니다. 개인 호롱불을 이용하는 것도 금지됩니다. 만약 불을 켜야 하는 상황이 생기더라도 절대 창문 밖을 비추지 마세요. 창문 밖에서 무엇을 보았든 간에 그것을 무시하십시오. 그것들이 당신의 정체를 눈치채지 않게 하십시오.

十. 궁궐의 모든 건물은 3층 이하로 건설되어 있습니다. 간혹 웃전 마마께서 어느 건물의 4층에 다녀오라 명령하시더라도 그 말을 듣지 마시고 무시하십시오. 어차피 마마님들은 당신이 그것을 명했다는 사실조차 모르고 계실 겁니다.

十一. 자신의 미래가 궁금하다면 자정에 머리를 풀고 소복 차림으

---

* 23시에서 1시 사이.

로 식칼을 물고 우물을 들여다보십시오. 바로 알게 될 것입니다.

十二. 나무 기둥의 점이나 옹이 세 개를 이어 얼굴 모양을 찾아내지 마십시오. 당신이 그를 찾아낸다면 그 또한 당신을 찾아낼 것입니다.

十三. 교태전 동쪽 원길헌은 언제나 잠겨 있습니다. 그곳이 열려 있다면 들어가지 마시고 감찰상궁에게 신고하기 바랍니다.

十四. 버드나무 아래에 서서 비밀을 말하지 마십시오. 그곳에선 단 한 번도 비밀이 지켜진 적이 없습니다.

十五. 소주방 및 생과방, 수라간 등 음식을 조리하는 곳에는 반드시 두 사람 이상이 있어야 합니다. 절대 그곳을 비워두거나 한 사람만 놔두는 일이 없도록 하십시오.

十六. 경복궁 궁녀 중 강씨 성을 지닌 사람은 없습니다. 강씨 성을 가진 궁녀가 당신에게 일을 도와달라고 하거든 거절하십시오. 그리고 절대 통성명을 해서는 안 됩니다. 이미 이름을 말해주었다면 옥색 저고리를 입은 감찰상궁에게 그 일을 고하고 어떻게 해야 하는지에 대한 지혜를 구하십시오. 그러나 적색 저고리를 입은 감찰상궁에게는 아무 일도 고하지 마십시오.

十七. 궁궐에서 고약한 냄새가 난다면 다른 사람에게 물어 확인하십시오. 만약 아무도 그런 냄새를 맡지 못하고 혼자만 맡았다면 그 근원지를 찾으십시오. 그것은 사람이거나 사물이거나 건물, 동물, 혹은 자연물일 수 있습니다. 만약 찾지 못했거든 춘향이에게 물어보십시오. 그는 그런 것들에 대해 대답하는 것을 좋아합니다.

十八. 이 항목에 대해서는 서술하지 않습니다.

十九. 경복궁에서 백인百人이 죽기 전까지 이 내용은 유효합니다.

이 문서는 총 열아홉 개의 항목으로 이루어져 있습니다. 주의깊게 읽고 지침을 따라주세요.
다시 한번 입궁을 환영합니다. 부디 오랫동안 궁궐에 머무를 수 있기를 바랍니다.

작가의 말

나는 공교육으로 예술을 배운 작가다. 거리에서 예술을 배우는 사람도 있다는데 나는 굳이 학비를 내고 안전하고 상냥한 도서관 열람실과 멀티미디어실에서 자라났다. 『잠 못 드는 밤의 궁궐 기담』 이야기도 학교에서 시작한다.

2012년 여름에 학교에서 '취재 필드워크'라는 수업을 들었다. 자신이 쓰고 싶은 글의 소재를 찾아와서 취재하는 수업이었다. 당시에 나는 두 가지 소재를 가지고 왔는데 하나는 '궁녀들이 밤마다 괴담회를 연다'라는 막연한 아이디어였고 다른 하나는 '미식가 허균'에 대한 이야기였다. 두 가지 모두 당시 내 관심사였던 희곡과 어울리는 이야기는 아니었기 때문에 금방 놓아버렸다.

2019년에 곽재식 작가가 쓴 『한국 괴물 백과』(워크룸프레스 펴냄)를 봤을 때 나는 무척 기뻤는데 처음 판타지 소설을 봤을 때와 비슷한 충격을 받아서였다. 장롱 속에 '나니아'가 있듯이, 숲 너머에 '중간계'가 있듯이, 내가 아직 몰랐던 '다른 세계'가 있다는 것을 깨달은 것이다. 이렇게 다양한 괴물들을 이야기 속에 등장시키지 않으면 안 된다, 작가라면 반드시 이것을 소재로 한 이야기를 써야 한다, 고 다짐했을 정도다. 나는 이 괴물들이 내가 아는 장소에서 나타나길 바랐다. 이를테면 경복궁 같은 곳에서 말이다. 경복궁이라는 사실적인 공간 속에서 추상적인 괴물이 등장한다면 도리어 구체적 기묘함을 느낄 수 있을 것이라고 생각했다. 그것은 여자들의 이야기여야 했고 어쩌면 여학생의 이야기일 수도 있었다.

경복궁이 거대한 학교라고 한다면 궁녀들은 영원히 졸업하지 못하는 학교에 갇힌 학생들이 될 테다. 〈여고괴담〉의 최강희만 모여 있는 세계다. 그곳은 온갖 불합리한 규율이 판치는 곳이며 불안과 공포가 일상화된 공간이다. 그런 곳에서 괴물들이 실체화된다면 얼마나 즐거울까.

『궁궐 기담』에는 수많은 괴물들이 등장하는데 그것들은 대체로 『한국 괴물 백과』를 토대로 하였지만 『어우야담』 등의 옛이야기를 비롯하여 민담을 구술 채록, 연구한 논문들을 참조하기도 했다. 하지만 내가 상상하기에 따라 이 괴물과 저 괴물을 합쳐서 제3의 괴물을 만들어낼 때도 있었으며 곽 작가가 정리해놓은 괴물과 이름은 같되 행태는 상이한 괴물을 만들어내는 일도 있었으므로 독자들의 이해를 돕기 위해 '괴이도감'이라는 섹션을 만들어 각 장에 나오는 괴물들에 대한 설명을 덧붙였다.

이 이야기는 대체로 태종 6년(1406년)을 배경으로 하고 있지만 독자들이 일반적으로 알고 있는 조선의 제도와 명칭들은 대부분 세종 이후에 정립되었으므로 후궁이나 왕족들을 가리키는 호칭들 역시 알고 계신 것과 매우 다를 것이다. 이를테면 '효빈 김씨'로 알려진 사람은 이 시기에 '효순궁주'로 불렸다. 궁녀들의 품계도 매우 제멋대로다. 입궁한 지 몇 년 되지 않은 아이가 나인이나 상궁이 되기도 한다. 조선을 사랑하는 많은 독자들은 읽으실 때 이러한 것들이 마음에 걸릴 수 있을 것이다. 하지만 이곳이 우리가 익히 아는 조선과 다소 다르다는 점을 감안하여주신다면 조금 낯선 단어들이 주는 위화감 또한 즐거움으로 바뀌리라 기대한다. 이후 경복궁을 거닐 때 한 번이라도 괴력난신이 즐비한 조선을 상상해주신다면 작가로서는 더없는 영광이겠다.

이 세계에 온 것을 환영한다, 낯선 이여.

2022년 8월 3일

사랑하는 남편 구자준의 전폭적인 지지를 받아
글을 쓰는 일상에 감사하며

현찬양

잠 못 드는 밤의 궁궐 기담

1판 1쇄 2022년 9월 2일 | **1판 4쇄** 2024년 10월 23일

지은이 현찬양

책임편집 지혜림 | **편집** 임지호 김유진
표지디자인 이혜경디자인 | **본문디자인** 이현정
저작권 박지영 형소진 최은진 오서영
마케팅 정민호 서지화 한민아 이민경 왕지경 정경주 김수인 김혜원 김하연 김예진
브랜딩 함유지 함근아 박민재 김희숙 이송이 박다솔 조다현 정승민 배진성
제작 강신은 김동욱 이순호 | **제작처** 상지사

펴낸곳 (주)문학동네 | **펴낸이** 김소영
출판등록 1993년 10월 22일 제2003-000045호

주소 10881 경기도 파주시 회동길 210
문의 031-955-1918(편집) 031-955-2696(마케팅) 031-955-8855(팩스)
전자우편 elixir@munhak.com | **홈페이지** www.elmys.co.kr
인스타그램 @elixir_mystery | **X(트위터)** @elixir_mystery

ISBN 978-89-546-8807-9 03810

엘릭시르는 출판그룹 문학동네의 장르문학 브랜드입니다.

잘못된 책은 구입하신 서점에서 교환해드립니다.
기타 교환 문의 031) 955-2661, 3580